犯罪心理

02

假面人生

戴西
作品

中信出版集团 | 北京

图书在版编目（CIP）数据

犯罪心理．假面人生 / 戴西著. -- 北京 : 中信出版社, 2021.1（2021.4 重印）
ISBN 978-7-5217-2307-6

Ⅰ. ①犯… Ⅱ. ①戴… Ⅲ. ①推理小说－中国－当代 Ⅳ. ①I247.5

中国版本图书馆CIP数据核字(2020)第188435号

犯罪心理 · 假面人生

著　　者：戴　西
出版发行：中信出版集团股份有限公司
（北京市朝阳区惠新东街甲4号富盛大厦2座　邮编　100029）
承 印 者：中国电影出版社印刷厂

开　　本：787mm × 1092mm　1/16　　印　　张：20　　字　　数：220千字
版　　次：2021年1月第1版　　印　　次：2021年4月第3次印刷
书　　号：ISBN 978-7-5217-2307-6
定　　价：59.00元

服务热线：400-600-8099
投稿邮箱：author@citicpub.com

目录

楔　子　1
第一章　“房子”的秘密　5
第二章　孤独的表演者　45
第三章　黑夜里的蜘蛛　75
第四章　游戏刚刚开始　115
第五章　心迷宫　135
第六章　谁在说谎　177
第七章　不存在的女孩　207
第八章　两种真相　235
第九章　说不出的罪恶　255
第十章　重叠的记忆　287
尾　声　311

楔子

离你不远处，

地狱之火在熊熊燃烧……

我在你的眼神中看到了杀气，那是一种冰冷彻骨的感觉。

你的眼神甚至都可以把我整个吞噬，并且什么也不会留下。

你说我不配活在这个世上，因为我的灵魂已经被卖给了魔鬼。

你说我的一生注定是个悲剧，但我在众人眼中，就是一场彻头彻尾的喜剧。

我恨你……

第一章 『房子』的秘密

你会为了守住你心中的秘密而付出什么样的代价？

你会杀人吗？

雨刷单调地来回摇摆，在车前玻璃窗上画出了两道完美的弧线。

“求求你，救救我，我不想死，求求你……”

她居然还活着。

悲哀的哭泣声一阵阵地刺激着你早就已经麻木的灵魂。

“我什么都不要了，我什么都答应你，求求你，我真的不想死，我怕……我还年轻……”

你的脑海里突然出现了一幅画面：

血红的天空中，一只鸽子折断了翅膀，满身是血的它依旧在风里挣扎，可惜的是没坚持多久，那摇摇欲坠的瘦小身躯便伴随着阵阵哀鸣开始向死亡坠落。

而在离它不远处的空中，一只老鹰露出贪婪的眼神，俯冲……

漆黑的夜幕，雨越下越大。车厢里的哀求声不知何时已经消失了。

2020年6月初。已经半个多月没有下雨了，安平的气温天天都在35℃上下徘徊，这让安平路308号这栋百年老房子瞬间变成了一间免费的桑拿房。

偏偏在这个节骨眼上，刑侦支队长马国柱偶然得知了老上司李大强突然住院的消息，而这消息还不是从李大强的儿子李振峰的嘴里得到的。他在试了几次都没打通李振峰那家伙的手机后，便干脆快步来到办公室门口，叉着腰直着嗓子朝大办公区吼了一声："李振峰，李振峰，听到没？来我办公室，速度！"

安东应声从大办公区探出头，笑嘻嘻地对马国柱说："头儿，别那么大声嘛，天热，小心中暑。李哥去赵法医那儿了，临走时交代说地下室手机信号不是很好，有啥事儿您跟我说就行，我一样都能给您办到。"

"那你能替他伺候他家老爷子吃喝拉撒不？"马国柱伸手一指楼道口，嗓门又高了一度，"去，去，叫他马上去人民医院急诊科，他爸刚被120送过去，具体情况现在还不知道呢！"

安东听了暗暗一咧嘴，心知事儿闹大了，便"哦"了一声，不再打哈哈，一溜小跑回到自己办公桌前，用座机打通了法医处电话，紧接着便把这坏消息一五一十都告诉了李振峰，末了还压低嗓门提醒一句："我还真没见过咱头儿发那么大火，李哥，我看你动作得麻利一点，别耽误了，要知道头儿和你老子的关系可比你这亲儿子还亲上好几分呢！"

李振峰皱了皱眉："他是我爸亲手教出来的徒弟，能不亲吗？谁都知道我家老爷子的胳膊肘儿朝外拐也不是一天两天的事了。好了好了，我这就去，有事儿随时手机联系。"

挂断电话后，李振峰转身对赵晓楠尴尬地笑了笑："真抱歉，我现在要去趟人民医院，那下次再跟赵法医讨教，打扰啦！”说着，便匆匆离开了办公室。

赵晓楠的法医助理马月凑了过来：“姐，李队是不是要换岗来这儿当法医啊？”

赵晓楠若有所思地摇摇头，开始收拾灯箱上的那几张X光片：“他是为了那桩快100年的案子来的。”

“他怎么还不死心？”马月笑了，“都快把咱这一亩三分地当成考古研究所了。”

“那没办法，这具尸骸够不上文物的标准，文物管理局回复过了不归他们管，让我们自行处理。这要是没确定身份也就算了，一件世纪悬案，咱留着慢慢查。但是，如今明确了死者家属，就不能那么随便对付过去了。既然发现了，这事情就得想办法尽快解决。”赵晓楠看了她一眼，“李队好歹是受害者家属，死者是他太爷爷那辈儿的。”

“有点儿邪门。”马月嘟囔了句，“把个大活人往墙洞里塞，这得多大仇、多大恨才做得出来啊。”

“那年月不好说……对了，马月，粮仓KTV杀人案的尸检报告你帮我找一下，九原市局早上来过电话，那边催着要呢。”赵晓楠指了指墙角的铁皮柜，“他们要求送个纸质副本过去，说是结案要用。”

粮仓KTV杀人案是丁燕妮在安平做的最后一起案子，但受害者尸体被人发现却是在她因九原、安平、长桥三地系列杀人案被捕并被送进九原精神卫生中心以后发生的事了。死者是个18岁的陪唱女，被发现时面部严重损毁，死亡原因经鉴定是硬脑膜下血肿伴随失血性休克。案发时，丁燕妮用棒球棍数次猛力击打女孩的头颅，造成受害者当场死亡。因为作案时间临近春节，KTV中的客人并不多，所以隔了一个多月后，服务员闻到了尸体的臭味，这才被发现的。尸体被塞在沙发夹层里，沾满血迹的作案凶器就在尸体旁边，如果不是那个在尸体上一并被发现的米老鼠头像钥匙扣的话，案件不可能那么快就被并案侦破。

案发后，赵晓楠曾问过李振峰：丁燕妮到底是因为什么从一个单纯的女孩变成了暴力杀人犯的？他当时只是反问了赵晓楠一个问题：小时候，你把秘密藏在哪儿？

赵晓楠听了，摇摇头，表示听不懂他说的是什么意思。

"我们在6岁之前，基本没有秘密，因为有事我们都会直接告诉自己的父母，而6岁之后，再有秘密的时候我们就会藏在自己的心里。"李振峰伸出两根食指在空中对称地画了个房子的模样，然后郑重其事地说，"从6岁开始，就有一所这样的小房子住在我们的心里，无论什么样的秘密，我们都会往里面塞。日子久了，如果你不及时整理和修缮这所房子，房梁就会倒塌，那时候的我们，无论谁都不会幸免，等待着我们的将会是一个非常糟糕的局面。"

赵晓楠终于听明白了，丁燕妮之所以会走到现在这一步，那就是她心里的"房子"已经坍塌，所以她变成了一个四处游荡的失控的灵魂。

"那她为什么不寻求心理医生的帮助呢？"

李振峰一脸的苦笑："关键点是——信任。我想，童年时她被自己的父母抛弃，又被熟悉的人性侵之后，她就已经不打算再'信任'身边的任何人了。她失去了对他人的信任，任何心理医生都是无能为力的。”

“她得的是什么病？确诊了吗？”赵晓楠心中感到些许不安。

“九原精神卫生中心那边回复局里说是分裂情感性精神病中晚期，发作频率非常高，有时候一天会爆发好几次。”李振峰的目光中闪过一丝怜悯，“如果她能再次信任医生的话，或许还有治愈的希望，否则，她将永远无法过上正常人的生活了。”

沉默片刻后，赵晓楠平静地反问道：“如果这个社会让她感到痛苦、绝望，那她为什么还要想着回来？”

李振峰瞬间呆住了，他盯着赵晓楠看了会儿，便找借口结束了这次谈话。

“姐，这是你要的报告副本。”马月把一个文件夹递给了赵晓楠，同时打断了她的思绪。

“马月，我想问你一个问题，非专业性的，纯属兴趣。”

“说，尽管问，我知无不答。”马月顿时来了兴趣，顺势一屁股坐在办公桌上，难得有机会让她在直属领导面前显摆下自己的能耐，她两眼放光，摆出一副摩拳擦掌的架势。

“迄今为止，你有不愿意告诉别人的秘密吗？”赵晓楠问。

“这个……”马月愣了一下，“怎么说呢，多多少少应该会有点儿吧。”

“那你会为了守住你心中的秘密而付出什么样的代价？你会杀人吗？”

刹那间，马月屏住了呼吸，她简直无法相信问出这样的问题时，赵晓楠的眼睛所流露出的目光居然天真得像个孩子。马月真的被赵晓楠的样子吓着了，她双眼直勾勾地盯着赵晓楠，脸上的表情就如同见了鬼："姐，你，你没事吧？怎么会突然这么问我？这问题太可怕了吧！"

赵晓楠满脸的疑惑，她似乎从马月反常的回应中明白了什么，便故作轻松地笑了笑，摆摆手："没事，只是随口问问，你别怕，我没疯，我的'房子'好着呢！"

"房子？"马月一脸迷茫。

下午4点半，李振峰匆匆地走进人民医院急诊中心大楼，他去护士站打听了下，知道父亲李大强住在38号床，便顺着指引牌一路来到了急诊中心病房区。

1到50号病床所在的房间属于急诊中心的观察病房，还没进门，李振峰便看见了拿着水壶远远朝自己走过来的母亲陈芳茹，他随即紧走几步迎了上去，从母亲手中接过水壶，简单交谈几句后，两人在一旁的长椅上坐了下来。

陈芳茹知道儿子有些话不方便当着李大强的面问，便轻轻叹了口气："你爸上了年纪，脾气却还是那个样，身体不舒服也不说，就自己扛着，这不，扛不住了也就倒下了。不过没什么大事，医生刚才来看过了，说观察48小时，然后看各项指标，再决定是转普通门诊做手术还是直接回家休养。你不用担心的，去忙工作吧，妈身体还行，能照顾你爸。"

"还是血压的问题吗？"李振峰无奈地摇摇头，皱眉问道，"他是不是还拒绝吃药？"

"没办法，你爸的犟脾气说不听啊，或许吃点苦头就能明白点事理了吧！"

母亲抱怨归抱怨，李振峰其实心知肚明。表面上父亲是家里最强势的一方，但实际上是母亲陈芳茹不愿意和他计较罢了，家里有什么事，还是得由母亲拿主意。尤其是父亲每次生病，最依赖的就是母亲，一刻见不着就会在家里发脾气。

"对了，妈，我这次来还有件事儿想问问你。"自从几个月前忙完了"钥匙扣杀人案"后，李振峰为了清净，直接把家搬到了办公室，也就隔三岔五回家吃个饭，进门就端碗，吃完撂下筷子就走，自然很少有机会和母亲像现在这样推心置腹地聊天儿，尤其是不得不同时面对傲慢的父亲李大强时。

"说吧。"陈芳茹看着儿子，目光中充满了关爱。

"就是这张相片。"李振峰小心翼翼地从随身带着的小挎包里取出了特地塑封过的相片，递给母亲，"你给我的，我去找人塑封了下，这样能保存得久一点。"

陈芳茹点点头，右手手指摩挲着光滑的相片表面，神情有些感慨："那你想知道什么？"

"你是从哪里拿到的这张相片？"李振峰问。

"从你奶奶何美华的遗物里。"陈芳茹回答，"当初我嫁给你爸之前，只知道他爷爷李林已经过世了，他父亲身体又常年不好，总是闭门不出，在一个宅子里住着却一年见不到几回，家里一切事都由你奶奶说了算，别的我一概不知，过门后我便感到有些奇怪。"

"奇怪？"

陈芳茹再次点头："清明、过年之类的，咱民间传统不都是要给自己祖先上香祭拜吗？但无论是家谱，还是宗祠里的牌位上，我都找不到你太爷爷名讳，就好像这个人根本不存在一样。

“为此我曾经偷偷问过你奶奶，说怎么没看见爷爷的牌位，你奶奶当时的表情我到现在都还记得——很尴尬，支支吾吾老半天，最终却只是摇摇头，推脱说不清楚。后来过了几天的样子吧，回答我说是你的太爷爷李林亲自留下的话，也就是六字遗言——不祭祀，不记录。”

“扫地出门？妈，那你信奶奶说的话吗？”李振峰哭笑不得，“怎么跟演戏一样？”

“我当然不信啦。”陈芳茹重重地叹了口气，“我从安平女子大学毕业后就在县城里最大的公立图书馆上班，多少也是了解些事情的，所以寻思着趁上班的时间从藏书里找找原因。图书馆里保留了很多民间札记，用铁皮柜统一装着放在地下室里，读起来都挺有意思的。结果我找了一圈，收获寥寥，即使找到片言只语，上面也布满了被人工涂改过的痕迹。我最初还想过他是不是被当年的‘锄奸队’给干掉了，事实证明不是。我了解下来得知李林虽然是个巡捕，明里替洋人干活，但口碑方面并没有污点，甚至从当地老百姓那里打听到一星半点的都还尽是好话，不然他怎么得了个‘安平第一华人巡捕’的名头，你说是不是？虽然那块功德匾额现在找不到了，但是咱安平城里老百姓的记忆可是不会丢的。

“后来我还特地找到了曾经的‘锄奸队’队员来确认这件事的真伪，人家说了，他们只杀那些卖国的人。”

李振峰有些糊涂：“那他是怎么死的？”

“听说是病死的。”陈芳茹想了想，说道，“还有一件事挺奇怪的，我找遍所有的历史资料档案，却找不到任何一张他的单人相片。”

“妈，你这话什么意思？”

陈芳茹看着自己儿子的眼神深不见底："阿峰，你仔细想想，什么样的人在他死之前会费尽心机毁掉自己所有的相片，甚至抹去自己所有的档案事迹？"

"真的是他自己干的？"李振峰呆住了，他晃了晃母亲递还给他的那张相片，"那这个……"

陈芳茹微微一笑："你奶奶是传统的旧社会里的大家闺秀，在金陵女中读过书的，虽然明里是一家之主，但谁都知道有事还得听你爷爷的。再加上她老人家平日里谨言慎行惯了的，所以这个秘密她一直藏在心里，愣是没跟家里的任何一个人说。我嫁过来后的第二年，你爷爷就去世了，后来你奶奶为了避嫌，就独自搬去乡下老房子里住，我怀着你3个月的时候，得知她快不行了，就请假赶去乡下照顾。记得在你奶奶弥留的时候，她就一直看着那个自己陪嫁带过来的樟木箱子，久久不肯闭眼，直到我翻出了这张相片递到她面前，她才点点头，彻底断了气，算是了却了一桩心事。"

"那你怎么就能确定这张相片是我太爷爷李林？"李振峰问。

"傻孩子。"陈芳茹苦笑着摇摇头，伸手一指相片，"你仔细看看这眉毛，还有这眼神，你们老李家的基因可不是一般的强大。我就是觉得既然你在打听那时候的事，这张相片或许能帮你找到一些答案，所以我就把它给你了，当时也没想那么多。"陈芳茹站起身，接过儿子手中的水壶，这才如释重负地点点头，"怎么说呢，阿峰，我就有种感觉，当初的这个谜团或许还真得由你们李家的后人来解开才行，不然的话，你说那具尸体，为什么偏偏让你给发现了，对不对？"

李振峰是个无神论者，但是对于母亲陈芳茹此刻的话，他还真的一时之间找不到任何可以用来反驳的理由。

临走的时候，隔着病房门的玻璃窗，李振峰看到父亲李大强正在酣睡，睡梦中一只手还牢牢地抓着母亲的衣角，生怕她丢了似的，而病床旁的母亲则拿着本书正在仔细阅读，时不时看向病床上的老伴，目光中满是浓浓的宠溺，他不由得笑了。

走出急诊病房区，李振峰顺便去医生办公室了解了下父亲的病情，被告知没什么大碍，以后别总动气就行，他悬着的心这才放了下来。

父亲这辈子可能都无法真正学会心平气和地去面对生活中的琐碎，但是只要母亲在，相信一切就都不是问题。尤其是经历了这次住院，就像母亲所说的那样，父亲或许还真能明白点事理吧。

开车回公安局的路上，李振峰的心里突然感到了一丝落寞，脑海中海堤上的那个孤单身影，就像一只无形的手，每时每刻都牢牢地抓着他内心深处最柔软的一块。

看着车窗前方的夕阳，他轻轻叹了口气，顺手拧开了车载音响。

现实与地狱之间往往只隔着一层无形的薄纱，明明看不见，但那冰冷的死亡的味道却时刻让你感到窒息。

面包车一路颠簸，高速行驶，车里的木质板材不断撞击着她的脸颊，而那颗已经有点松动的钉子露出尖尖的一角，随着车辆的晃动正好划破了她裸露在外的胳膊，鲜血顿时渗了出来。

她是被痛醒的，可是接下来发生的一幕却远比噩梦还要可怕。

车停了下来，四周如墓地一般安静，只有哗哗的雨声演奏着悲伤的乐曲。车门被用力拉开，黑暗中，一只手突然捂住了她竭力想尖叫的嘴巴。

抓住她下巴的手指犹如铁爪一般有力而纹丝不动，疼得她瞬间流下了眼泪。而她刚想张开嘴，立刻就被那人用宽大的手掌再次捂得严严实实。她本能地把自己的头用力往后甩，想摆脱这犹如骷髅一般可怕的铁爪，但迎接她的却是胸口上挨的重重的一拳，剧痛让她眼冒金星，几乎折叠起了自己的身体，窒息了一两秒钟。

当周遭一切都安静下来的时候，“省点力气吧，愚蠢的小妞儿，都到这一步了，乖乖听话才是你最明智的选择。”他凑在她耳边说话，那阵阵口臭让她的胃里一阵翻腾，她快吐了。

而自己耳朵中的怦怦声几乎盖过了他的说话声，她感觉到自己的心脏抵着胸口剧烈地跳动着。

因为恐惧，她拼命睁大了双眼，但是她什么都看不到。她的眼睛上被蒙了一块布，布条在脑后打结，勒得她感觉两颗眼珠都快爆裂了。

她知道自己被用力拖下了车厢，就像拖一袋沉重的土豆，双脚着地的刹那便是一个踉跄，如果不是被他像拎小鸡崽子那样一路提溜着，她早就瘫倒在地上不会动了。

她的脚下是坚硬的水泥地，除此之外，她唯一能确定的就是她此刻在一间房子里，因为她闻不到屋外草地的味道，刚下过一场很大的雨，空气中湿漉漉的，应该满是青草所特有的涩涩的清香才对，但是这周围却什么都没有，反而是一股扑鼻而来的霉味，其中充满了恐惧。

不知道是哪里来的力量，她再次奋起反抗，双臂用力想把他推开，却反而被拉得更紧，她拼命扭动着身子，不想被他带走。她知道等待着自己的绝对不是什么好事，因为那个男人的声音自始至终都充满了邪恶的意味。

她听到那扇移动车门被用力关上了，她知道自己就要被永远地丢在这儿了。她绝望地哭出了声，拼命地扭动着身子，再次试图挣脱身后那个该死的男人的双臂。

结果换来的却是她的膝弯被男人结结实实地顶了一下。

只是一下，她便双腿一软向前倒去，在即将接触地面的瞬间，她的头皮一阵剧痛，整个身体被硬生生地从下坠的姿势中拽了起来，泪水又一次夺眶而出。

该死的，她的头发被男人扯住了。

她知道自己再也跑不出去了，索性拼命扭动身体，与对方厮打了起来。

两人撞到了一个桌子旁，黑暗中她听到了玻璃罐互相撞击的声音，空气中是一股熟悉的味道。她整个身体被用力按在了桌子上，绝望之际，她的右手无意中抓住了一个玻璃罐子，玻璃罐子是打开的，随着罐体的晃动，味道愈发浓烈。面对侮辱，性格刚直的她愤然用脚踢开对方，然后趁他再次扑上来之际仰头喝下了玻璃罐子里所有的液体。

“不——”那是一声沉闷的野兽般的怒吼。

一阵急促的脚步声由远至近，一个焦急的声音骤然响起：“你干了什么？你到底干了什么啊！”

“啪——”

两盏应急照明灯亮起，这个被废弃的小厂房里顿时一片雪亮。

灯光汇聚的焦点处，她斜靠在椅背上，双手耷拉在身体的两旁，这时候，她明显变得安静多了，散乱的长发也被梳理得整整齐齐，她的脸被扑上了一层厚厚的遮瑕粉，那股廉价的异香久久无法散去。

最后，遮住眼睛的黑布终于被小心翼翼地拿了下来，只是这个时候她脸上的表情早就已经凝固了，脸色灰白，眼球突出，眼神绝望而又空洞，眉宇间萦绕着一丝困惑——她死了。

一条二指宽的淡紫色发带随后被轻柔地绑在了她修长的脖颈上，在遮住了那一圈深色手指印的同时，也捎带着固定住了那再也无法自己支撑住的头颅。

“我这样做可以吗？”一个头戴动物头套的黑衣男人冲着镜头的方向轻轻一笑。

镜头中他看不清自己脸上的表情。

趁着身体彻底僵硬之前，她被黑衣男人精心地摆出不同的姿势，“咔嗒，咔嗒……”伴随着相机一次又一次被按下快门的声音混合着“魔鬼”单调的脚步声，黑衣男人在这空荡荡的小厂房里来回不停地走动着。

接着便到了录像时段，略做准备后，悲伤的大提琴曲骤然响起，黑衣男人冲着镜头的方向做了个标准的舞台剧起场行礼姿势。他左腿站直，右腿弯曲，左手高扬，上身前倾，右手划过胸前最终停留在左胸，姿势标准极了。接着，他便走向椅子上的她，双手支撑起她的双臂，在缓慢流淌的音乐节奏中，两人犹如情侣一般相拥而舞。她的头无力地向后仰着，面容平静，长发扬起，赤裸的双足却再也无法接触冰凉的地面，只能悬空缓缓飞舞与旋转。

正如曲名*The Death Waltz*，这是一首《死亡的华尔兹》。

一曲终了，他又把她放了回去，然后以同样的姿势鞠躬谢幕，仰起头时，那被头套遮住的脸上露出了激动的笑容。

镜头如实地记录下了这诡异的一幕。

厂房外，满天星斗，月光清凉如水。

在食堂简单吃过早饭后，李振峰便心事重重地回到办公室，他又一次点开了自己电脑屏幕上那个特殊的文件夹，里面的资料都是从“悬案迷踪”公众号拥有者曹小军那里要来的。这些资料大多拍自历史档案博物馆，且照片中大部分是手写的稿件，所以清晰度实在不尽如人意，花上半个小时都不一定能读懂一百个字。

走进这个案子后，李振峰突然意识到事情的真相或许还真不是自己所想象的那么简单，因为光是李林探长的历史就扑朔迷离。

安平路308号的这栋老宅落成于1927年秋天，作为安平县巡捕房聘用的第一个华人巡捕，李林那时候只有28岁，正是风华正茂的年纪，妻子是安平县女中的国文老师，时年23岁，叫华菊芳，典型的江南美女，儿子李国华，11个月大。

那年月兵荒马乱的，李氏一族在安平城来说算不得人丁兴旺，所以族谱只是薄薄的一本。而与太爷爷同一辈的，记录上并没有出现过女性，旁支中也没有。

那墙里的人总不见得是凭空冒出来的吧？

既然在历史的尘埃中找不到受害者的踪迹，那么就只能从尸骸被发现的位置开始调查了，毕竟死者是被人活生生地塞进了那个坑洞。作为最后的案发现场，此刻自己再回去看看，或许还能有些意外的收获。

在这之前，李振峰仔细研究过安平路308号这栋大房子仅存的三份老图纸，知道当年的建筑设计师是个德国人，所以房子的内部构造与周围的民居建筑有着很大的不同。这所房子是典型的欧式房屋建筑风格，以橡木为主结构框架，房间与房间之间用厚厚的橡木板分割，墙壁中用砖块隔出空间以起到防火和降温的作用，而这样的结果就是看似实心墙壁，其实却是一个个用青砖垒成并辅以石灰涂料的空洞而已。尸骸就是在这样的狭小空洞中被发现的，并没有完全用墙泥固定，所以如今想来，那些石灰也间接起到了让尸骸"风化"的作用。

这节骨眼儿上李振峰再也坐不住了。他站起身，匆匆走出了办公室，顺手在门口的去向牌上他的名字下方写下"地下室"三个字。

遇事多个心眼儿总没错。

半小时前。

赵晓楠锁上家门，走下楼梯，出了小区，初夏的耀眼阳光扑面而来，她赶紧换了副偏光眼镜戴上，顺便看了一眼手机上的公交车到站时间。

今天并不是很热，虽然最高温度还继续维持在35℃左右，但或许是凌晨下了一场雨的缘故，天气凉爽了许多。

公交站台上已经站了好几个等着上学的孩子，十五六岁的年纪，看那校服就知道是安平二中的学生，他们要在安平市公安局前倒数第二站下车。趁着等车的间隙，这几个孩子都各自低头刷着手机，根本就没有人朝车辆来的方向张望。

赵晓楠要搭乘的85路公交车来了，她上车后便径直向车辆的后部走去，找了个靠窗的座位坐了下来，身旁很快坐满了随后走进车厢的那几个中学生。

他们从上车的那一刻起就表现得非常兴奋，彼此间时不时地压低嗓门交头接耳，又各自低着头用手指快速翻动手机页面，或许是顾及车厢里的其他人，他们没有大声交谈，只是眼神中充满了异样的光彩。

坐在一边的赵晓楠把一切都看得清清楚楚，因为身边那中学生的手机屏幕足足有7英寸大，眼角余光随便一拐都能把页面尽收眼底。

他们在看的是一段视频，从画面上方的播放量来看，已经达到了惊人的6位数，而画面上滚动的弹幕犹如流水般没有终止过。

赵晓楠起先对此并不感兴趣，因为现在这些真伪难辨的短视频在网上随处可见，可是无意中的一眼，却让她的脸色瞬间变了。

她默默地伸手从自己的随身挎包里摸出一副乳胶手套戴上后，便果断地探身拿过身边坐着的那男孩的手机，神情严肃地注视着画面上那个被来回随意摆布的“洋娃娃”。

“你，你想干吗？”回过神来的男孩急了，伸手就要夺回自己的手机。

“别动，”赵晓楠冷冷地说道，“我是警察。”她头也不抬地腾出左手摸出了自己的工作证。

男孩见状有点发蒙，“安平市公安局”那几个字他还是认识的。

车厢里的空气瞬间凝滞了，对面座位上那两个本想管闲事的老太太见此情景也心领神会地闭上了嘴，目光看向了窗外。

赵晓楠自顾自地翻看了下去，而她的举动顿时让前后两排的那几个男孩也收敛了许多，纷纷关了自己的手机。

“警察阿姨，我，我只是看看视频，没，没犯什么法吧？”因为担心手机被赵晓楠没收，自己回家后无法和父母交代，男孩便凑上前结结巴巴地开始求情，“阿姨我错了，我以后再也不看这种视频了，你能把手机还我吗？”

赵晓楠很快便证实了这段视频是被传到了一个开放性的论坛上，也经过了论坛维护人员的审核，而且视频本身的性质并没有涉黄，作为警察，赵晓楠对这点尺度标准还是心里有数的：“你确实没违法，我只是对这段视频感兴趣。”

“是吗？”男孩转忧为喜，好像找到了知音，瞬间便开始眉飞色舞了起来，“阿姨，你也喜欢看这个？”

“不喜欢！”赵晓楠兜头给了盆冷水，“这是什么视频？”

“人偶小剧场啊，现在网上很流行的，代入性角色表演。阿姨，你……你听说过这个‘人偶’……吗？”男孩难以掩饰内心的失望。

“我没听说过。”赵晓楠果断地回答，她摸出自己的手机，分别拍下了视频号和论坛名字，然后把7英寸屏幕的大手机交还给了男孩，摘下手套又塞回了挎包，这才郑重其事地对他说道，“听阿姨的话，以后不要再看这种视频了，对你不好！记住了没？”

男孩茫然地点点头，直到下车，他都没有再敢抬头看身旁的赵晓楠一眼，整个人都以一种怪异的姿势坐着，上身前倾，就好像只等车门一开便逃跑一样。

“姑娘，你真的是警察吗？”对面座位上的老太太突然凑了过来，笑眯眯地说道，“我看见你刚才拿手机的时候戴手套了，姑娘，你做得不错，现在手机上很多细菌的，有好的个人卫生习惯真的很重要。对了，你多大了？是安平本市的吗？我经常看见你坐这趟车上班呢。”

赵晓楠微微皱眉，她记得很清楚眼前这俩老太太谈了足足一路关于自家孩子相亲的事，正好自己也快到站了，她便站起身礼貌地点头：“阿姨，麻烦您让下，我要下车了。”

“你……”另一个身材略微矮小瘦弱一点的老太太似乎明白过味儿来了，看看窗外，又看看赵晓楠，神情有点惊讶，“我看过破案剧，小姑娘，你难道是搞技术的？”

“没错，我是负责命案尸检的法医，戴手套是我的习惯。”赵晓楠平静地笑了笑。

接下来发生的一幕就颇为有趣了——老太太先是惊愕，随即便是畏惧，最后迅速站起身，拽着她的姐妹快步躲到车厢前部座位上，头也不回，招呼也不打，不再搭理赵晓楠了。

见惯不怪，赵晓楠轻松地走下公交车。

等车开走后，她已经走进了安平路308号大院，知道电话里说不清，赵晓楠没有直接去自己的办公室，而是上了二楼去了刑侦支队，转了一圈下来没有看见李振峰，便顺手拦住了安东：“你们李队呢？”

“啊，赵法医？你怎么这么早就来了？”安东一时之间没反应过来，见赵晓楠脸色不好，又是这么一大早跑来，知道肯定出事了，便清了清嗓子，“他去地下室了。”

“赶紧去把他找回来，我看到死人了。”赵晓楠从随身挎包里摸出手机。

“大清早的？‘死人’？在哪儿？非正常死亡吗？”安东心中一紧，他本能地伸手抓过椅背上的警服，语速飞快地说道，“通知调度室了吗？”

“和那个不是一回事。”赵晓楠摆了摆手，她说出了自己刚才在公交车上的经历，然后把手机上面记录下来的视频号以及论坛地址都告诉了安东，“你自己打开看看。”

安东一脸狐疑地从自己手机上点开了这段视频，视频背景似乎是在一个厂房里，拍摄时间是在晚上，视频中的人物很简单，只有两个，其中一个是位年轻女孩，具体年龄不详，应该不会超过20岁，身穿一套夸张的淡紫色洋装，脖子上绑了一根同样颜色的二指宽的发带。她姿势怪异地坐在一张靠背椅上，随着镜头的切换，身体不断做出各种各样滑稽的动作。

那女孩像极了一个“人偶”。

而另一个人头上戴着个高大的马头装饰，所以根本看不清楚他的脸，只能从声音辨别出他是成年男性。在这段长达8分32秒的视频中，他一边讲解着，一边帮身后靠背椅上的年轻女孩按照约定指令做出相应的动作。最后便是一段诡异，却又近似癫狂的双人华尔兹。

从整个视频可以很明显地看出，这个承担着主导角色的男人，非常喜欢视频中自己和年轻搭档的表演，简直是乐在其中。为此，这段极富创意的视频在论坛排名中名列前茅，点击率非常高。

安东看完了整个视频，抬头想了一会儿后，问：“赵法医，你的意思是视频中这个女的有问题？”

赵晓楠果断地点点头：“没错，她是死人。”

“死人？”这结果是出乎意料的，所以安东不由得倒吸一口冷气，“怎么死的？我怎么看不出来？现在网上演技好的是完全可以达到这种标准的啊。”

“暂时判断不出死因，但是我百分百确定她已经死了，而且这段视频的拍摄时间是在她刚死亡后没多久，尸僵的状态还没来得及完全产生。”赵晓楠伸手指了指自己的脖子，“我总觉得这里有问题，而且她的眼球有些肉眼可见的外凸，排除本身的器质性病变原因的话，可以考虑是外伤引起的挤压，损伤了眼轮匝肌，眼底损伤无法及时愈合而引发的，不排除有窒息的因素。”

“窒息？”安东问。

“创伤性窒息，钝性暴力作用于胸部上方所致的上半身广泛皮肤、黏膜、末梢毛细血管淤血及出血性损害，是闭合性胸部伤中一种较为少见的综合征，多数不伴随胸壁骨折，但当外力过强的时候，便会出现胸骨和肋骨骨折，胸内和腹部内脏器损伤，脊柱损伤和四肢损伤，也会发生呼吸困难和休克的现象。”赵晓楠说着，伸手朝安东脸上指了指，“而面部和颈部皮肤则会出现针尖大小的紫蓝色瘀斑，以面部的眼眶部位最为明显，小部分人会同时出现眼球不正常外凸的症状。这些，你仔细看，在视频中扮演‘人偶’的那个女孩的脸上都可以逐一看到，而我刚才讲的一些状况都与脑内轻微点状出血和脑水肿有关，如果颅内静脉血管再因此而发生破裂的话，那么她活着的可能性就真的不大了。”

“人偶”本身就是没有生命的物体，而一个真正的“死人”的演技是任何一个活人都没有办法达到的。

明白过来的安东一脸吃惊地看了看赵晓楠，又迅速放大了视频中那年轻女孩的脸部，这么来回看了几遍后，他脸色沉了下来："目前还无法通知论坛处理这段视频，只能及时锁定再说，我得先去找李哥商量下。"

两人一起朝外走去，下楼的时候，安东有些好奇地问道："赵法医，你的眼神怎么这么好，在公交车上随便看一眼，就能立刻分辨出对方是不是已经死了？"

"我起先只是怀疑，也是来回看了几遍后才得出结论的。"赵晓楠把手机塞进挎包，同时从包里摸出根黑色的毛线皮筋把头发迅速盘在了脑后，只留下两缕发丝垂在耳边，接着说道，"不过，死人跟活人之间确实有着很明显的不同，如果你像我们一样见多了，自然也就能很快分辨出来了。"

一听这话，安东就像被蝎子突然蜇了一下，赶紧转头收回了视线，虽然让他感觉有些脸红，但是心中还是迅速闪过一丝莫名的畏惧。

说话间，两人已经穿过了一楼大厅，向地下室的方向走去。

一刻钟前。

李振峰终于准备齐了清单上的全部辅助工具，他看着眼前那几乎被堆成了小山一样的装备，不禁微微皱眉，小声嘀咕了句："这确实太多了点吧！"

强光头灯、高音喇叭、护腕、防滑护膝、补盐、水……

"李哥，这出去野外探险都足够了，你只不过是爬个坑洞而已。”后勤的小韩看了直摇头，“要不干脆我帮你去爬？”

“不成，你替代不了我，有些事儿还真得自己去亲身体会一下才行。”李振峰尴尬地笑了笑。

小韩顺手拿起地上的高音喇叭，一脸的狐疑：“哥，你不会是拿它用来呼救的吧？”

“瞎扯……以防万一，以防万一你懂不懂？”李振峰感到有些心虚。幽闭恐惧症虽然不足以致命，但是要想完全而又迅速地在短时间内康复，那可真是和中彩票差不多的概率。

“好……好吧，李哥，要不要我给你看着门，以防万一？”小韩伸手指了指控制室的铁门，摆出一副欲言又止的架势。

李振峰可没这么容易认尿，他坚决地摇摇头，迅速穿戴好需要的装备后，就一头扎进了黑漆漆的管道坑洞。

心理学上的终极要领之一——务必要勇于面对自己的内心世界。李振峰边往前爬，边暗自嘀咕：什么幽闭恐惧症，不就是焦虑症吗？怕什么！

安平路308号这栋老宅子落成至今已经有102年了，而在这期间总共才修缮过两次，市里文物局出的钱，程度就停留在地面一层以上，具体工作项目无非是补补木质天花板的防水层渗漏和刷刷墙、装两个防盗门之类的，无关痛痒。

也就是说这地下室的管道还是保留着大楼建成初期的模样，在进来之前，李振峰仔细研究过图纸，从坑洞口到发现尸体的位置有将近18米的长度，带着一个大活人爬这么远根本就是不可能的事，随便找个借口丢大街上都比费尽心机扔墙里省事儿多了，而且当年这里毕竟是巡捕房，一天24小时都不会断人。那么，剩下的就只可能是从发现尸体的位置把她放进去了，可是，房屋图纸上并没有标明如今的法医办公室最初的用途是什么。

既然从外部发现不了线索，那就只能从墙的另一面着手，因为那里是留给死人看的，活着的人根本就不会注意。

李振峰决定赌一把，他又用力向前挪了挪，坑道里虽然晒不到太阳，但非常闷热，和大冬天时比起来，这滋味就像在桑拿房里玩捉迷藏。没过多长时间，尽管有头顶灯，他眼前的视线还是都被汗水模糊了。

整个世界变得安静极了，李振峰边听着自己的呼吸声和心跳声边往前爬，头顶的照明灯虽然把坑道照得雪亮，但是依然改变不了他因为环境而诱发的幽闭恐惧症，他的呼吸频率逐渐加快。

拐过一个弯，约莫着已经向前爬了10米的距离，李振峰开始后悔了。腰间的高音喇叭是自己最后的那根救命稻草，不到那一刻，他绝对不会用，因为这么做的代价可就只剩下丢人现眼了。

灰尘，到处都是灰尘，在雪亮的头顶灯柱照射下，灰尘就像是没有脚的精灵，在空中飞舞着，久久无法落下。

还有不到5米的距离，他终于看见了那块几个月前修补过的墙面，而自己的右手方向用防火涂层填补的空洞就是发现尸骸的地方。当时为了不影响整座楼房的结构，发现尸骸后的修补并没有顾及美观，只是在原来的地方打了补丁而已。

李振峰咬牙向前又爬了几米，来到近前，他干脆平躺了下来，尽量做出尸骸被人发现时的姿势，把头向左偏转，尽管脖子因此疼得厉害，但是为了让自己的视线与死者的视线保持一致，李振峰豁出去了。

或者说，他这么做是想让自己能够看到死者最后所看到的画面。

可是，那个位置正好是修补过的墙面，而且自己是男人，墙里面的是个女人，被发现的时候尸骸还存有一定程度的萎缩。李振峰心中一动，他艰难地从左面肩膀的固定带上拔下手机，拨打了赵晓楠的电话。

信号时有时无，这让他愈发感到焦躁不安。

终于，电话接通了，赵晓楠的声音竟然隔着墙壁传了过来："你在哪儿？我和安东正四处找你呢！"

"我就想问你一下死者身高是多少？我是说墙壁里的。"李振峰一边说，一边顺着修补过的墙面继续向上看去。

这时候，安东和赵晓楠也听到了李振峰从墙壁里传出来的说话声，她干脆挂了电话，来到墙外的位置，大声问道："现在你能听清楚我说话吗？"

"可以。"李振峰感到有些窒息，四周的空气实在是太稀薄了，而他的心里又是一阵阵莫名的慌乱。

"你在哪儿？"赵晓楠问。

"尸骸发现的位置。"李振峰只觉得自己浑身上下每个毛孔都在往外渗着汗水，他用手背不断地擦拭着额头上的汗珠，呼吸也有些困难了，"我在看墙里面。我想知道死者的身高和手臂的长度，你给我一个大概的数据。"

安东在一旁也听得清清楚楚，他吃惊地看着赵晓楠："赵法医，李哥他不会真的……"

赵晓楠知道他要问什么，便点点头："没错。"

“天哪！”安东急了，“咱得想办法赶紧把他拽出来啊，这么热的天，会憋死的。”

赵晓楠一边在自己的办公桌文件栏里不断翻找着记录的尸检资料，一边语速飞快地说道：“憋死的可能性不大，你别担心，顶多是脱水。里面的环境构不成窒息而死的外因条件，除非他自身的幽闭恐惧症因为时间过长，过度焦虑，让他加速呼吸的同时过多消耗氧气，那就不太妙了……等等，我找到了，”她回到墙边，大声地说道，“身高在163厘米左右，臂长至指尖不超过75厘米。”

让她感到意外的是墙壁里面突然变得安静极了。

安东感到越来越不安，他神情紧张地看了看赵晓楠，下意识地用力拍打了两下薄薄的墙壁，最后干脆把脸贴在上面大声吼了起来：“喂，喂，李哥，我是安东，快回答我，你没事吧？怎么一点声音都没有？”

墙壁那头依然是死一般的寂静。

这时候，安东像极了热锅上的蚂蚁，就连赵晓楠都有些犹豫了，她知道此刻墙内的温度虽然不高，但是因为空气流动性差，导致窒息的可能性还是极高的：“安东，你赶紧去找把榔头过来。”

“榔头？多大？”

“够把墙砸个洞救人就行。”

安东诺诺连声刚要朝办公室外跑去，就听墙壁里面终于传出了李振峰兴奋的声音：“我找到啦！我终于找到啦！”

两人不由得面面相觑。

“你找到什么了？”赵晓楠问，“大点声！”

“线索。”声音戛然而止，紧接着传来一阵零乱的碰撞声，就好像有坚硬的金属物体正在不断地敲打着管道。

“好了，好了，终于拿到了，该死的家伙……”话音未落，从墙壁里突然传出了高音喇叭声，声音开关被调到了最高档，一阵刺耳的前奏音乐过后便是李振峰因为过于激动而走了音的嚷嚷声，“喂，喂，听得清吗？我找到当年的线索了，你们俩别急，我死不了，马上就出来！我再说一遍，不准砸墙，听到没有，不准砸墙，否则会破坏现场！”

这尖锐的嗓音伴随着手执高音喇叭所特有的噼啪作响的电流声瞬间传遍了整个安平市公安局，昏昏欲睡的下午，每个人都立刻清醒了。

刑侦支队长办公室里，那台菊花牌风扇一边艰难地摇着头，一边发出低沉的嗡嗡声。

马国柱伸手抹了一把额头的汗水，满脸愁容地看着李振峰：“小子，说句不好听的，这个案子早就过了追诉期，即使你找到了凶手，估计对方连骨灰都凉了。你这么玩儿命，就不怕真的出什么意外吗？”

李振峰咧嘴一笑：“头儿，时间再长咱也得找出凶手是不是？咱不提那些玄乎的，这至少是个货真价实的命案，那姑娘死在墙里头，想想也怪冤的，她不应该是这样的结局，作为警察，我有义务还她公道。”

马国柱听了，愣了半晌，这才无奈地点点头：“好吧，那我也不跟你在这上面绕弯子了，你真铁了心的话，我也没办法，毕竟咱这安平路308号的地下室严格意义上来说也确实是个案发现场。但是你得向我保证以后一定要注意安全，不能再出这样的事了，你明白吗？”

李振峰点头如捣蒜：“下不为例，下不为例。”

“那你发现了什么？”马国柱头也不抬地问道。

“我？”

“现在这栋楼里包括保洁在内只要有耳朵的都知道你发现了线索，你还装傻干吗？”马国柱伸手一指桌上的高音喇叭。

李振峰尴尬地清了清嗓子，顺势赶紧抓过手机点了几下页面，这才重新关上，与此同时，马国柱的手机响起了短信提示音，他点开一看，不禁愣了：“这是什么？”

“来这儿之前，我已经请欧阳工程师去找专业的人看了，目前只能确定是一种速记法，也就是清末由西方传入我国的一种专门的速记手法，这是最早版本，只知道是五六个字左右的一句话，具体什么内容，我还要等他回复才能知道。”李振峰说，“但是由此可以肯定两点：第一，受害者接受过专门的速记训练，而这在当时是很少见的，她的文化程度应该不低，位于上流社会，所以，她不可能消失得无影无踪，必定会留下一些踪迹可寻；第二，这几个符号是我在死者手臂所能够到的位置上发现的，可以推定为是她在临死前所写，类似于遗言一样的东西。她所写的字正好位于没有被我们破坏的那块墙泥上，可见当时的墙泥是软的，推断出那时候那个房间应该正好在进行修缮之类的工作，受害者因为身体不好转动，所以才会想到在最后时刻用还能够动的手在墙上写下这句话。”说到这儿，李振峰尴尬地笑了笑，“上次砸墙没破坏这块证据还真是万幸。”

“哦？为什么这么说？”马国柱乐了。

“如果再低20厘米左右的高度，那就永远不可能发现这个证据了。还有一点值得庆幸的是，虽然受害者生前身高才163厘米左右，但是那个墙洞离开地面有足足30厘米，这样就人为地把受害者的尸体向上抬高了，如果与地面齐平的话，那这证据早就没了。”

马国柱点点头。“那行，由你去主办这个案子，我也放心。”他伸手拿上网安送过来的视频放大相片，“这起论坛‘人偶视频’案件，你打算跟吗？还是我交给二队处理？”

“跟，必须跟。”李振峰一听就急了，“头儿，你可不能坏了规矩，你又不是不知道二队那帮大少爷可是专门抓经济案子的，一个个进进出出都收拾得干净体面，你忍心让他们去街上风吹日晒？这案子当然归我们一队管了，还用问吗？”说着，他赶紧一把抓过马国柱面前的案卷，把所有相片利索地摞成一堆装进卷宗袋，拿了就走。

看着李振峰的背影，马国柱沉思了一会儿后，点头轻轻一笑，这才又拿过自己案头的另一个卷宗打开看了起来。

马国柱回想起第一次见到前来报到的李振峰的时候，当时自己心中还是有些犹豫的，毕竟那是警察的孩子，不好管教是尽人皆知的，长得又那么单薄消瘦，眼瞅着挨一拳就会倒下，总觉得应该干不了刑警这一行。此时此刻他才终于回过神来：这年轻人身上有着一种他父亲最缺乏的东西，那就是冷静与智慧。

李振峰似乎天生适合干这一行，因为刑警这个职业对于他来讲，说是“使命”会更为恰当一些。

周五傍晚时分，夕阳西下，虽然白天酷热难耐，但是到了晚上，却能明显感受到阵阵扑面而来的海风。

安平市的夏季白天气温很高，午后接近傍晚时分就经常会有一场短暂的强降雨过程。此刻，暴雨初歇，彩虹在夕阳中出现，安平市区大街小巷的行人也逐渐多了起来。

安平大学城位于安平市的东郊新区，滨海大道直通园区正门口，这里高校云集，也是个小型商业中心。每天这个时候，学生们就会三三两两地走出校园，在略带咸味的海风中逛街散步。

安平大学城总共有东西南北4个停车场，其中3个属于校内职工停车场，规模比较小。而最靠校门的东部停车场则相对比较大，可以停放社会车辆，其中有块非常特殊的区域，傍晚时候经常会有一些名牌车辆停在这里，车主并不离开驾驶座，有的车甚至不熄火，车前引擎盖上都会有一个特别而又醒目的标识——或是一瓶普通的纯净水，或是一瓶高档的某品牌矿泉水。

于是，总会有那么一两个打扮时髦的年轻女孩在见到眼前这一幕后，心领神会地走上前去，拿走水，然后径直拉开副驾驶座位，关上车门。两人经过一两句话的简短交谈之后，要么女孩离开，要么这辆高档名牌车启动，离开停车场，消失在无边的街头夜幕中。

这样的场景，一次又一次地上演，经过的人不会去在意，而知情的人则会心照不宣，最多只是嘴角露出一丝鄙夷。

人为的平静被中止于前天晚上。虽然今天是周末，学校里没有课，但是安平大学艺术学院美术专业三年级的韩婷婷却开始感到惴惴不安了，因为直到此刻，足足两天时间，她的室友陈静一直都没有回来。

陈静去干什么了，她心知肚明。一年前陈静父亲被确诊胃癌后，陈静就开始每周固定出去三次，挣来的钱都给父亲交了住院费。而对于这些事情，韩婷婷不能做出任何评价。只是作为室友，她总是提醒陈静一定要注意安全。不过还好，陈静总是能够在当天午夜12点之前打车回到宿舍。

正因为这么做已经成了一种习惯，所以，当陈静毫无预兆地没有按时回宿舍的时候，韩婷婷慌了。她先是数次给陈静留言，结果陈静一条信息都没回复。然后从午夜开始，她就不断地给陈静打电话，而每次她听到的都是“您所拨打的电话已关机”的提示音，这让韩婷婷的心里感到冰凉。

就这么惴惴不安地过了一天一夜。

周六早上6点，看着对面空荡荡的床铺，韩婷婷犹豫了很久，终于打定了主意。她背上双肩包，戴上耳机，锁好门后匆匆跑下楼，宿管阿姨从小窗里探出头来，好奇地问：“婷婷，这么早就出去？”

韩婷婷摆了摆手，没有顾得上回答。

韩婷婷匆匆来到校门口，招了辆出租车，气喘吁吁地钻进车后座：“师傅，麻烦你，安平市公安局。”出租车应声飞快地驶离了校园大门。

远处，晨光迫不及待地穿过了厚厚的云层。

三小时前。

凌晨3点，安平路308号里居然停电了，供电局的抢修师傅一直干到早上6点，才终于放心地抬起了电闸，风扇的嗡嗡声顿时充斥了整个房间。他一边收拾工具，一边向李振峰再三强调：因为楼道里的线路老化，要想彻底改变这个局面，就必须重新更换整栋楼房的电线，重新排线，那样的话工程量就太大了，最要命的是还得去文物管理局打申请报告。

“为什么？”李振峰不乐意了。因为房间闷热，他只能扒光了上衣，穿着打篮球时的那条蓝色大裤衩，极不体面地蹲在控制室的门口呼呼地扇扇子。

“很简单啊，你们这安平路308号是二级文物，严格意义上来说哪怕动一榔头，那都得打报告获得批准才行，不过小打小闹的也就算了，睁一只眼闭一只眼的事儿，没啥大不了。说到这排线嘛，那整栋楼就得整体扒掉一层墙壁才行，”说到这儿，抢修师傅笑嘻嘻地看着李振峰，“所以啊，小师傅，你说要不要打报告等上个一年半载的？”

李振峰呼呼地猛扇扇子，不吭声了。

送走抢修师傅后，李振峰回到一楼大厅，寻思着趁现在人不多，还没到上班时间，正好回值班室去冲个凉，换身衣服，然后眯一会儿养养精神，毕竟一晚上都没合眼，感觉头昏脑涨的。这时，身后传来了一个年轻女孩的声音，口气显得很犹豫，又有些焦急：“请问，请问你是刑侦队的吗？我要报案。”

李振峰本能地迅速转身，同时看到女孩尴尬地把脸转开了，这才意识到自己还光着上身，便迅速用大蒲扇护住了自己的胸，清了清嗓子说道：“是，我是，你要报案？”

“是的。”韩婷婷点点头，脸上的神情忐忑不安，“我室友，失踪两天了，可能出事了。”

“我先去换件衣服再和你谈，你在门口值班台那边等一下。”说着，李振峰转身向楼梯口快步走去。

办公室里，天花板上的吊扇有气无力地旋转着。

听完韩婷婷的讲述，李振峰拿起了那张韩婷婷与陈静的合影，顺手揉了揉发酸的眼眶，沉吟了一会儿后问道："她做这一行多久了？"

"一年。"韩婷婷有些忐忑不安。和相片中打扮非常时髦的陈静相比，她长得并不算漂亮，反而像极了一个邻家女孩，身上穿得也很朴素，白色T恤衫，淡蓝色牛仔裤，胸口挂着一串设计简单的白金项链，吊坠是一颗泪珠，除此之外再无别的首饰。

韩婷婷想了想，又补充了一句："从去年五一过后开始的。"

"你为什么会记得这么清楚？"

"因为陈静的父亲是五一节前的最后一个周五拿到的确诊化验报告。"韩婷婷小声回答，"那晚陈静哭了很久。"

李振峰紧锁双眉："你知道她干这个，为什么不阻止她？"

"那是她的自由，而且她父亲需要钱。"韩婷婷抬起头。

"你对她的那些客户都了解吗？"

韩婷婷摇摇头："她从不跟我说。陈静是个非常自律的人，所以她前天晚上出去后再没回来，我才会感到担心，更不用说她不接电话，也不回微信了。要知道这在以前是从没有发生过的。"

李振峰一边敲击着键盘记录下所有的线索，一边接着问道："那她最近几天在言谈举止方面有没有什么地方显得很反常？你好好想想，越详细越好。"

韩婷婷依旧摇摇头："一切都很正常，除了周四出去后就断了联系，我起先以为她是……警官你也知道，总是有个万一，但是她周五了也没回来，我就知道出事了，周五我们有考试的，期末理论课考试，陈静必须参加。”

李振峰感到有些棘手，便换了个话题：“她每周三次都是什么时候出去的，有固定时间吗？”

“有，每周一、二和四，周末陈静要去医院照顾她爸。在那三天中她出去的时候是傍晚5点，回来的时间一般在深夜12点前后，宿管阿姨对她很好，从不追根问底，还总是会为她开门。”韩婷婷的目光中隐隐有些失落。

李振峰明白，宿管阿姨这么做一定是以为陈静谈了男朋友。

她接着说道：“但是这一次周四晚上陈静出去后，就再也没有回来过，也联系不上她，我真的很担心。警官，你知道的，这事我不能闹大的，不然以后陈静怎么做人啊。”

“那她谈恋爱了吗？”李振峰试探着问道。

一听这话，韩婷婷本来交叠在大腿上的双手自然地改为分开垂在两侧的椅子扶手上，脸上的笑容略显尴尬：“谈过一个，不过已经分手很久了，不然的话，我想陈静也不会有勇气去干这个事吧。”

李振峰微微皱眉，点点头：“好的，最后一个问题，陈静在你们同学中的口碑怎么样？她除了你以外，还有别的朋友吗？”

“我想，只有我一个人吧，陈静的个性并不外向的。我们班总共22个女生，3个男生，陈静下课就走，几乎不和班里别的同学交流，而我是因为和她住一个宿舍，所以有时候她有什么事还是会和我说的。”韩婷婷看向李振峰的目光中带着一些无奈，“警官，她不会出什么事吧？”

李振峰在电脑里输入了最后几句话，接着按下了保存键保存记录："你放心吧，我这边都记录下来了，会安排人马上去调查，你先回去，路上注意安全。这是我的联系方式，再想到什么了，你随时可以给我打电话。"说着，他便从值班台上的文件栏里找到一张警民联系卡，在上面写下他的手机号码后，递给了韩婷婷。

韩婷婷站起身准备离开办公室，无意中看到右手方向那块白板上贴着的一张放大的视频相片，不禁怔住了，眼神中流露出一丝疑惑："这是……"

"你认识她？"李振峰问。

韩婷婷摇摇头，低着头快步走出了办公室。

安东从食堂里拿了两个热包子，兴冲冲地正好上楼，和韩婷婷在楼梯口擦肩而过，他下意识地停下了脚步，朝着她的背影看了看，结果还是摇摇头，嘀咕了句："不认识。"

走进办公室，见李振峰正双手抱着肩膀，两眼盯着白板出神，便随口说道："李哥，大清早的怎么有那么漂亮的妹子来我们这儿啊？"

"来报案的，长什么样我都没仔细看。"李振峰眯缝着眼打了个哈欠，顺手拿过了他手里的肉包子，一口啃了下去，"昨晚没睡好。"

"什么案子，说来听听？"安东来了兴致。

"失踪案。"李振峰嘴里含糊不清。

"那你老盯着白板上那相片看干什么？又不是同一个案子。"

李振峰手里拿着半个肉包子，脑海里始终都是韩婷婷那疑惑的神情。半晌，他突然转身看着安东，"谁告诉你说这不是同一个案子？”

“谁？”安东一屁股坐在办公桌上，“李哥你看出什么了？确定死者身份了吗？”

李振峰摇摇头，看着白板上的那张视频截图相片，自言自语道：“不对，她应该是没看出来。”

“现在小九应该上班了吧？”他头也不抬地问。

“没错。他跟我一起从食堂过来的，这时候应该在办公室。”

“去，赶紧叫他过来，我需要他帮忙。快去快去！”李振峰不耐烦地把手朝门外一指，目光却自始至终都没离开过那张被韩婷婷盯着看过的相片。

小九是一位痕迹检验工程师，同时又是局里最擅长人脸画像的人，他在仔细看过白板上那两张放大的视频相片后，和旁边那张陈静的生活照进行了对比，很快便给出了结论：“两者是同一个人的可能性还是存在的，但我无法肯定。”

放大的视频相片并不很清晰，又是侧面照，而最右边那张生活照也只露出了半张脸，还故意做着古怪的表情，系统中2寸身份证上的相片又是多年前照的，所以在辨别上难免会有些难度。

“等于没说。”李振峰泄了气。

小九憨憨地笑了：“李哥，我只能说可能性非常大，毕竟我的眼睛不是机器，总会存在一定程度上的偏差。这人是谁？报案失踪的那个？”

李振峰点头，脸上已经没有了先前的那份轻松，他伸手指着白板上陈静的相片说道：“这人叫陈静，安平大学艺术学院美术专业三年级的学生，21岁，安平本地人，失踪前每周会固定从事应召服务三次。她失踪的时间是这周四，也就是两天前的傍晚，按照她室友所说，她每次都是傍晚5点离开学校，然后晚上结束服务后会连夜打车回宿舍，从不在外过夜。但是这一次她却失踪了，并且手机以及所有社交通信工具都联系不上。如果不是这段视频的话，也不知道要过多久才能发现她的下落。”

说着，他又伸手指了指旁边的另一张打印相片，相片中，一个长发及腰的年轻女孩拉开一辆奔驰车门准备上车。“这个位置的探头是湖滨区交通大队的，我刚调了过来，相片中的女孩符合报案人所提供的时间要素，外貌和我们的失踪者陈静差不多，所以，可以证实她确实是在这个时候上的车。车牌号我已经通知交警部门去帮忙落实了。”李振峰说。

“大学应召女？”安东恍然大悟，“我上次听治安大队的兄弟说起过大学里有女孩子干这一行，而且他们的交易方式还很特别，就是在车的引擎盖上放一瓶水，用水的价钱高低来表示出价高低。我本以为这是段子，没想到还是真的！”

李振峰顺手拍了拍安东的肩膀，长叹一声：“有时候，现实比段子更像段子，习惯了就好。走，咱去大学宿舍看看。今天是周六，文化公司论坛那边没人上班，你嘱咐下去找人往死里盯住，明白不？”

安东忙不迭地点头，然后扭脸对李振峰说：“把这个消息给治安大队，也许会挖出一个卖淫团伙。”

李振峰看了安东一眼，用眼神告诉他可行。

一旁的小九突然说道：“李哥，我们现在可以肯定这个受害者已经死了，但是她的尸体还没找到，怎么办？”

“等！”李振峰回答，“一定会出现的。”

小九还是满脸的迷糊：“怎么现在的女孩子都长得差不多？”

李振峰忍不住笑了：“你这家伙，多久没谈恋爱了？看漂亮女孩子都长同一张脸同一个身材，你以为是洋娃娃啊？”

“我不是……”小九涨红了脸，刚想争辩。

李振峰赶紧朝门口挥了挥手：“好啦，忙你的去，别添乱。”

小九长叹一声，这才悻悻然地走了。

第二章　孤独的表演者

人的内心世界住着一个天使和一个魔鬼，
如果随意放出魔鬼，
那么最终被反噬的就必定是自己。

上午9点，警车顺着滨海大道朝东匀速行驶着，炽热的阳光照射在前方的柏油路面上，李振峰放下了遮光板，心情有些沉重。

“安东，那段视频，就是跳舞的那段，你再放出来给我听听。”虽然昨天晚上他已经听了无数遍，但是总觉得哪里有些不对劲，“音量给我调到最大。”

“没问题。”他点开手机页面，刚翻了几下，突然惊讶地说道，“哎哟，李哥，又有新视频了。”

话音未落，李振峰猛地踩下刹车，身后尾随的车辆猝不及防，差点撞了上来。调整车头方向开过去的时候，对方司机忍不住打开车窗朝这边骂了几句，李振峰也没搭理。

“什么时候的事？”他压低嗓门追问道。

“就是8分钟前。”安东一边说着，一边快速地在微信工作群中通知网络安全大队的郑文龙工程师以及留守分队的人，“这时候他们应该也接收到了信号，如果能追踪到上传的IP就好了。”

“可能性不大。”李振峰从后视镜中看到有个年轻的路面交警从警用摩托车上下来，知道不妙，赶紧挂挡把警车重新开走了，顺便伸出左手在车窗外做了个手势表示一切都好。

“李哥，你跟谁打招呼呢？”

很快，后视镜中那个小交警骑上摩托车拐弯走了，李振峰这才咧嘴嘿嘿一笑：“差点被兄弟单位的开罚单。你接着说。”

“拍摄地点还是一样，包括背景音乐，但是，”安东皱眉盯着手机屏幕，“人换了，这不是先前那个受害者，绝对不是，头发有点短，而且瘦了许多。”

“你确定？”

安东瞥了他一眼，不乐意了：“李哥，我的眼力虽然没有小九那么毒，但是也差不到哪儿去，你别小瞧我了。”

“背景音！外放大点声。”李振峰瞅了个空子，加速把车开过了十字路口，前面不到50米的地方就是安平大学的校门口。

警车车厢里顿时响起明显跑了调的音乐。

“快关了，快关了，你这家伙太抠门了，喇叭坏成这样也不换个新手机。”他腾出右手摸了摸自己的脖颈，嘟囔了句，“一身鸡皮疙瘩。”

“这不没钱吗，凑合着用吧。”安东有些委屈，“对了，李哥，你为什么这么在意这首背景音乐？”

李振峰向门卫出示了自己的证件，然后领了块牌子，这才把警车开进了校园。

“不只是我在意，很多心理医生都在意。我读研二的时候，我的导师跟我说起过一个大提琴家和作曲家，叫亚当·赫斯特，很有天赋，是个美国人，他的曲调风格深受中东、印度和欧洲的传统音乐的影响，在世界上很有知名度，可是，他所谱写的众多曲目中唯独只有这一首《死亡的华尔兹》，非常特别。”李振峰说。

“特别？”

“你听说过‘音乐共情’这个名词吗？”突然，话音戛然而止，李振峰放慢车速的同时，伸手按下了车窗，压低嗓门对安东说道，“注意看，9点钟方向，就是我这边的停车场，你注意看那两辆车，那矿泉水瓶，这都是些什么人？”

安东顺着他所指的方向看过去，一辆凯迪拉克，一辆奔驰，车头引擎盖上不约而同地都放着一瓶水，车门开着，两个司机正在互相交谈着什么，时不时地仰天大笑。

“拍下他们的车牌号，发给治安大队的人，说不定会有什么意外的收获。”顺着路牌的指引，李振峰把车开进了前面的岔路口，接着左拐，顺着指引牌来到好几排学生公寓楼中间宽敞的水泥路上，靠边把车停了下来。

下车时，李振峰注意到前面还有两排宿舍楼，便问安东：“难道这也是美术学院的宿舍楼吗？”

安东摇摇头：“进来的时候牌子上都写着呢，这里是好几所大学的集中宿舍区，分男女两片，左边这里是女生片区，十字路口对面是男生片区，这么设置方便管理又节约成本。大学城嘛，肯定就不止安平大学一所大学啦！”

两人按照地址直接来到右手边第二栋楼门口，迎面走来一个穿着棕红色工作服的中年妇女。

“你们是安平公安局的？”在看过证件后，宿管阿姨轻轻叹了口气，“我知道陈静，住二楼204，同一屋的女孩叫韩婷婷，两人都是美术专业的三年级学生。”顿了顿，她压低嗓门小声问道，“警察同志，陈静真的出事了？我已经好几天没见到她了。”

“还不清楚，我们这次来只是了解一下情况。”李振峰看了眼身边的安东，“你先和这位阿姨谈谈，我去下204，现在陈静的室友韩婷婷应该还在里面吧？”

宿管阿姨点点头：“没错，差不多半个小时前刚回来。”

“她有什么异常反应吗？”李振峰随口问道。

“怎么说呢，有点魂不守舍，脸色不太好，就像弄丢了什么东西一样，我跟她打招呼，她整个人都是一惊一乍的。”

“是吗？”李振峰点头，“那我先上去找她，你们聊聊。”

安东心领神会：“放心吧，李哥，交给我了。”

安平大学艺术学院美术专业的这栋学生宿舍楼建成至今还没多长时间，所以整体环境还是不错的，楼道里干净整洁。李振峰来到二楼204门口，门虚掩着，屋内传来一阵画布的摩擦声。

“有人在吗？”李振峰抬手在门上敲了敲。

韩婷婷闻声赶紧走了出来，这一次，她的头发用夹子盘在脑后，露出了天鹅般修长的脖颈，身上穿着帆布围裙，满手的颜料污渍，见李振峰站在门口，她本来严肃的脸上便不自然地露出了一丝礼貌的笑容：“请问你找谁？”

李振峰知道对方肯定是没想到自己会突然来找她，便尴尬地笑了笑，亮明了身份：“很抱歉这么突然上门打扰，刚才在局里的时候还有一些问题没来得及问你，方便进来吗？”

“进来坐吧。”韩婷婷转身让开了一条路。

李振峰也不推辞，说了句“谢谢”后便径直走进了玄关，能感觉到房门在他身后迅速被虚掩上了。

这是一套一室一厅的宿舍，打扫得很干净，穿过玄关后，左手方向便是卧室，门梁上挂着一串粉红色的玻璃风铃，右手方向则是客厅，沙发茶几一应齐全。此刻，客厅中支起了一个画架，颜料盘被随意地摆在地上，白色的油画画布上，虽然还看不明白画的具体是什么，但是从那大片的玫瑰红色背景来看，李振峰的心不由得悬了起来。

他知道画画这个行为对于普通人来说看似非常简单和随意，但有时候在没有固定命题之下的画作往往能流露出绘画者自身所希望展现出的自我想法。作为情感表达的一种特殊工具，绘画者会在不知不觉中将自己内心深层次的动机、情绪、焦虑等一并投射在自己的绘画作品中。

这种绘画心理研究法虽然更多地被用于儿童的心理治疗过程，但韩婷婷是美术专业的学生，生活中的多半时间都在画画，已经习惯了与这种生活模式和平共处，久而久之两者之间的界限便会消失。画笔是她日常起居中最亲近的东西，构思画面变成一种条件反射一样的本能，这样一来，绘画于她而言也就是一种情感方面最直接的宣泄渠道。

李振峰当然明白其中的微妙所在，正因为如此，他不禁对韩婷婷多了层认识，随口问了句："你在画画？"

韩婷婷点点头："马上要期末考试了，还不知道画什么，心里乱乱的。"说着，她顺手放下了画架上的防尘布，盖住了自己的画。

这个不寻常的举动，李振峰看在眼里，随后便说："我是来看看陈静的房间的，你不介意吧？"

"不会。"韩婷婷解下围裙，露出了里面的牛仔裤和T恤衫，"跟我来吧。”

两人一前一后地走进了对面的卧室。

这是一间15平方米左右的房间，两张床并排而放，上面是床铺，下面是属于私人空间的写字台，摆着电脑和各类绘画的书籍。

“这张床铺是我的。”韩婷婷朝右手边指了下。

李振峰点头，随即朝陈静的床铺走去，边走边从兜里摸出了一副手套戴上。

要想了解一个人的真实个性，最好的办法就是直接看她的私人床铺和私人空间，这两个地方基本上是不设防的。

因为是夏天，床上早就换了凉席，藤制的，一条淡绿色碎花毛巾被整齐地叠放在床尾。枕头边端端正正地放着一本《中国绘画史》，书上面还夹着一枚樱花小发卡书签。

李振峰伸手拿过书翻了两下，并没有什么异样，便又原样放了回去。

这是典型的年轻女孩的床，可以看出陈静是个非常自律的人。

床头的帆布简易衣柜没有被塞满，里面是几件最普通的衣服。衣柜旁的红色行李箱也是空的。这就奇怪了，陈静从事特殊职业，应该会有一两套比较名贵的衣服，为什么却看不到？

“陈静平时没有课的时候经常回家吗？”李振峰问。

“不回去，除了周末去医院照顾父亲，她家的房子，听说为筹集他父亲的医药费，早就被租出去了。”

李振峰伸手拉开桌边的椅子坐了下来，看着眼前的写字桌，电脑、书籍、用了一半的润肤霜、护手霜、牛角梳……

他心中突然有一种感觉——这样的桌面虽然看似很正常，都是一些私人用品，却好像是刻意摆在上面的，也就是说缺了点什么。

带着这样的疑问依次打开右手边的三个抽屉，除了最底下那个是空的外，上面两个装满了绘画用具和纸张，完全没有属于自己的私人用品。

李振峰微微皱眉，一个年轻女孩的生活空间里竟然没有一张属于自己的私人相片，而陈静的长相是绝不会让她产生任何自卑心理的。他回头看向韩婷婷的写字桌，上面放着两个相框，一张相片是韩婷婷自己，而另一张则是她和父母的合影。

难道说放在电脑里了？或者说手机里？而现在的年轻女孩能够完全接受电子相片的概率并不高，在自己的私人空间里必定会出现一两张属于自己的纸质相片，除非这里并不是陈静真正的“家”，毕竟没有人会在旅馆里放自己的私人相片。可是，从刚才韩婷婷的话语中却又可以听出陈静完全把这里当成了自己唯一的住所。

这样一来就显得有些矛盾了。

“陈静长得很漂亮。”李振峰不动声色地伸手打开了陈静的电脑。

韩婷婷听了，有些意外，随即便很快点点头：“没错，她是我们班里长得最漂亮的，起先追求她的人挺多的，但是见没回应，也就死心了。”

这是一台联想的旧款式笔记本，虽然页面上提示要输入密码，但是对于李振峰来说一点难度都没有，不过他还是开口问韩婷婷：“那你知道陈静电脑的密码吗？”

“她不设密码。”韩婷婷伸手一指，“里面没什么秘密，都是我们上课需要用的。上次系统崩溃后，她就再也不用密码了。你直接按回车键就行，我的也是这样的。”

这么看来，陈静与韩婷婷之间的关系确实不一般，除了援交，自己的电脑密码这么私密的东西对方都知道，也就真的没有什么可以隐瞒的了。

电脑锁屏被打开后，看着出现在自己面前的电脑屏幕，李振峰感到很是诧异——除了必需的绘画软件外，查遍整个电脑空间，他都没有找到任何属于陈静的私人相册或者社交软件，相反却发现了一款曾经听说过的黑暗游戏《人格的塑造》。

见李振峰脸上露出了疑惑的神情，韩婷婷尴尬地笑了笑：“李警官，我见陈静玩过这个游戏，但是我不喜欢，太恐怖了，她却似乎对此很着迷，有时候还会玩个通宵。”

李振峰非常了解人格的塑造，单纯基于心理学的层面，九型人格是婴儿时期人身上的九种气质，包括活跃程度、规律性、主动性、适应性、感兴趣的范围、反应强度、心境素质、分心程度和持久性。属于性格形态学的一种。

但是事物有美好的一面，必定就会存在复杂的另一面。九型人格对应的是九种成人的人格分类，而每一种人格的后面都有其人格优点和致命的弱点。

《人格的塑造》这个游戏就是帮助玩家确定自己的所属人格，并刻意放大该项人格的阴暗面，引诱玩家去不断地挖掘，然后利用对方的弱点在游戏中将其一击致命，谁最后幸存，谁就能拿到王冠。

都说人的内心世界同时住着一个天使与一个魔鬼，如果随意放出魔鬼，那么最终被反噬的就必定是自己。这可不是什么好事。

“我需要暂时把这电脑拿走。”李振峰合上笔记本，拔下电源插头，“等处理完了再送回来。”

“没问题。”韩婷婷点点头。

韩婷婷送李振峰到门口，忍不住问道：“警官，陈静……她不会真的出事了吧？”

“我们会调查的，你知道他父亲在哪个医院吗？”李振峰问。

“市第三医院疼痛科。”

“谢谢。”李振峰转身离开了。

在他身后，韩婷婷脸上表情复杂，她迟疑了一会儿后便轻轻掩上了门。

开车回公安局的路上，刚出校门，李振峰的手机便响了起来，同时响起的还有安东的手机，来电号码都是一样的，而这样的原因只能是出了命案。

接完电话后，安东沮丧地叹了口气：“李哥，发现尸体了。”

“还不一定是陈静，你别急着下结论。”

李振峰腾出左手把警灯安在了车顶上，打开开关后，刺耳的警笛声瞬间撕破了滨海大道上周末的宁静。

“你说陈静的被害会不会只是一次偶然？”李振峰神情凝重地看着车前方，此时警车的车速已经接近了120迈，而他的内心也感到了莫名的不安。

“你为什么会这么问？”

“我总觉得陈静好像在刻意隐瞒着什么，她的宿舍里虽然看似摆满了很多年轻女孩都会有的私人物品，但是多而不乱，给我的感觉就像是橱窗里的东西，没有她个人的特色。”李振峰回答。

“但是她把自己每周三次的‘特殊活动’都告诉了同宿舍的室友，这么大的事都不隐瞒，那些鸡毛蒜皮的小事又何必去太多在意？”安东摇了摇头。

“不，我看没这么简单。”通过车内后视镜，李振峰把目光投向了车后座上的那台笔记本电脑，“等网安那边彻底查过这台笔记本电脑后再说吧。”

关于陈静的出事，李振峰其实宁可相信她只不过是在不幸的时间和不幸的地点恰好撞在了凶手的陷阱里，一切都是意外。如果真的是如自己所担心的那样的话，那么更加可怕的事情或许还没有真正发生。

说话间，警车已经开进了案发地所在的商场停车场。把车停在远离警戒带的地方后，李振峰和安东走下了车。

“回去后再查查韩婷婷的情况。”

安东一怔：“报案人？”

“是的。”李振峰的脑海里始终都无法抹去那张画布上刺眼的鲜红。

一小时前。

谁说罪恶感的表演只能属于黑夜？

他就刻意挑选了大白天，虽然是周末的早晨，街上的行人也少了许多，但是敢在阳光底下这么做的，应该就只有他一个人了吧。

安平市区的凯斯考购物中心开业时间是早上7点30分，因为物美价廉又经常有大促销，每到周末，这里就会聚集很多前来购物的人，尤其是夏天，气温一高，开车来的人就更多，这栋6层高的自助停车场没多久就会停满车辆。

他把车开进停车场的时候，商场刚刚开门没多久，所以周围的车辆并不多。他在四楼一个不起眼的位置停了下来，这里是监控探头的死角，直到他离开都不会有人知道车里发生了什么。

他给车拉上手刹，顺手打开胸前的运动相机，先是探身把那具沉重的尸体从后排座位上用力拖到了前排，这个举动让他感到吃力不已，真没想到昨天还那么柔软的身躯，轻得犹如一片羽毛，此刻却重得像块石头一样，让他颇费了一番工夫。

终于搞定了，他长长地松了口气，接着便把尸体用保险带固定好，然后把双手放在方向盘上，右脚把刹车踩死。这一切都是在车辆静止的前提下完成的，所以尽管踩着油门，但是车辆整体还是保持着纹丝不动的状态。

车里的每个位置在他今天出发前都已经被认真检查过了，确保没有任何遗漏的东西。最后，他回到驾驶座旁，伸出右手轻轻抚摸过尸体冰冷的脸颊，轻声说道："我妈妈告诉我，要时刻对人保持微笑，你明白吗？"

作为对他的回报，死者脸上凝固了一层诡异的笑容。

他向后退了两步，拉下了小丑头套，只留下两只黑洞洞的眼睛紧张地注视着眼前即将发生的一切。在刚才最后抚摸过死者的脸颊这个动作过后，他紧接着顺势松开了手刹，车速在逐渐加快，而前方不到20米处就是停车场护栏，但是车辆根本不会停下来，因为此刻死者僵硬的右脚正死死地踩着油门。

"快点，快点，快点，快点……"他兴奋地念叨着，眼眶中布满了渴望的血丝，终于，车头重重地撞在了护栏上，栏杆断裂的刹那，车身腾空而起，因为惯性飞出去不到两米的距离后就再也无法逃脱可怕的地心引力。瞬间，整个停车场里警铃大作。这辆车的油箱是加满的，就在车尾部，这也是最初接触和碰撞地面的位置。被点燃的油箱把整个车都吞噬了，燃起了熊熊大火，一辆正准备开进停车场的凯美瑞遇难，司机号叫着踢开车门，头也不回地跑了。

眼前这惊心动魄的一幕让他的喉咙中发出了神经质一般的笑声，自己虽然在四楼，但是腾空而起的阵阵黑烟在四楼就能看到，完全不用刻意探出头去。

“我这辈子都不确定自己是否真的存在，但我现在却非常确定，因为大家都开始注意到我了！”犹如谢幕的演员，他冲着残破的护栏缺口处张开双臂，完美地为这场残忍的表演画上了句号。

胸前的运动相机同时停止摄制。

“我做得怎么样？”“小丑”笑了。

这本来就只是一场戏而已。

顺着防火梯朝下走了两层，他拐进一间男厕所，在隔间里换上了一套前几天顺手偷来的商场保洁员工作服，戴上帽子和口罩，把小丑头套放进一个可以提走的商品外包装袋，再次走出厕所的时候，他顺手拿过了旁边的拖把和水桶，混入了惊慌失措的人流中。

好的演员就应该懂得随时利用自己手头所能拿到的全部工具，而他，就是好的演员。这一点，他确信无疑。

离开商场后，他快步拐进了一条小巷，这里属于城中村，周围住的居民很多，监控探头却只有路口一个。

他对这里的地形非常熟悉，再次来到路口的时候，他已经换上了普通的灰色T恤，不只是走路姿势，就连发型也变了，坐上出租车的那一刻，他才算是正式结束了犹如变色龙一般诡异的表演过程。坐在后排座位上，打开手机，他开始在各个平台上传车坠楼的视频。

好的作品就该让更多的人知道。

车窗外，几辆消防车拉着刺耳的警报声由远至近，与他所乘坐的车辆擦肩而过。

“哪里着火了？”出租车司机好奇地嘀咕了句。

他耸耸肩，连头也不抬：“不知道。”嘴角不自觉露出的笑意却泄露了他内心此刻的秘密。

她会满意的。

周六早晨10点前后。

眼前的场景俨然就是一场灾难过后的凄惨现场，火已经被扑灭，地上满是消防灭火剂留下的泡沫与污水。

凯斯考购物中心的占地面积非常大，有2000多平方米，而右手方向通过空中过道相连接的6层楼停车场前便是一个小广场，有篮球场那么大，刚开业的时候这里排了数百名准备进购物中心消费的顾客，当时的热闹场面就连电视台都来报道了。而此刻，短短一个半月后，警戒线外的马路两边又来了好几辆新闻媒体的采访车，只不过空地上出现的却是三辆被烧得面目全非且交叠在一起的车辆残骸。

其中一辆车的驾驶员死里逃生，而另一辆SUV上的一家三口却没有那么幸运了，这从天而降的灾祸直接砸中了他们的车前引擎盖，先是起火燃烧，随后便发生两次油箱爆炸，男主人是跑出来了，但全身95%大面积烧伤，惨叫着在地上打滚，路过的司机和商场保安见状赶紧拿了灭火器冲上去才算暂时救了他的命，但是他的妻子和年幼的女儿却被活活烧死在车里，不断发出的惨叫声和号哭声让一旁经过的路人听了不禁浑身发抖，脸色刷白。

最早赶来的是消防队和120急救中心的车，120拉走了重伤的男人。火势被彻底扑灭后，消防队员随即爬上车辆残骸，用手动切割机割开了车架，然后小心翼翼地把三具漆黑的尸骸逐一抬了下来，放在铺开的塑料布上，等待法医前来开死亡证明，拿到后及时通知家属，才能将尸骸送往殡仪馆安置。

事情就出在这最后一张的死亡证明上，交警部门根据监控视频中那辆SUV车的车牌号马上就锁定了车主，当地派出所也上门落实了，唯独掉下来的那辆车，却是一辆套牌车。不仅如此，监控显示驾车的司机应该是个男性，却因为他放下了驾驶座上方的遮光板，没有办法看清楚相貌。区分局的法医在查看过最后一具焦黑的尸骸后，果断地摇头："这张死亡证明我不能开，你们马上通知市局刑侦支队，这是一起命案，死者是个女的。"

赵晓楠的住所正好在附近，接到市局情报中心的指派令后，她第一个赶到现场，很快便确认了分局法医的判断。除此之外，死者干净的气管和喉咙表明她是在死后随着车掉下了四楼。

而一个死人是不可能自己开车大老远地来到这里，然后准确无误地从四楼一头扎下来的。

"赵法医，你过来看！"身旁消防中队的副队长指着自己手中的平板，"这段视频是购物中心一楼的监控拍下来的，你看这车起火瞬间的爆炸极限值。

“一般小型汽车油箱容量在35升到45升之间，决定油品易燃性的指标是闪点、燃点和自燃点，普通汽油一类的易燃液体燃点约高于其闪点1℃到5℃，其易爆性油蒸汽与空气混合气达到爆炸极限时，遇到引爆源即能发生爆炸，所产生爆炸的最高和最低浓度就是爆炸极限值，下限不超过1.3，上限不超过6.0，但是你看我们的测定数据，都快到7了，这爆炸强度显示当时的汽车油箱是装满的。”说着，他伸手抹了一下额头上的汗水，“现在的天气温度这么高，一般的车主都知道不能把油箱装得太满，以降低外漏导致车辆自燃的概率，所以，我怀疑是有人故意这么做的。”

“汽车油箱装满然后把一个死人摔死？”赵晓楠不解地看着他，皱眉嘀咕，“这么大费周折到底图什么？骗保吗？”

副队长苦笑着摇摇头：“我们只对火灾起因负责，具体的人的事情就归你们公安管啦！”

这时候，马月从刚到现场的法医勘察车上跳了下来，急匆匆地来到赵晓楠面前：“姐，网安那边刚才电话通知说有人上传了一段视频，现在正在各大门户的短视频投递平台上疯传呢！”

“什么视频？”赵晓楠问。

“就是我们这个案子，”马月神色凝重，“那混蛋都录下来了。”

“这还是其次，你听听这家伙的声音。”马月的手微微有些颤抖，她拿出了手机，在页面上找到那段视频后，把它递给了赵晓楠，小声嘀咕，“这家伙真的是疯了，是不是有表演癖啊？你留意他说的那两句话，一句是对死人说的，一句是最后说的，就跟表演结束时的谢幕致辞一样，你仔细听。”

赵晓楠满肚子疑惑地看了一会儿后，抬头把手机还给了马月："你还是直接说吧，这两段是什么话，为什么你会这么激动？"

"我前天刚看了电影《小丑》，挺喜欢的，而这混蛋所说的两句话，就是里面的台词！"马月显得有些激动，"一字不差的台词，说这两句台词时的场景我记得清清楚楚。"

"这其实并不是案子的关键，"赵晓楠转身走到那具躺在防水塑料布上的尸骸旁，盯着看了一会儿后，转头对马月说，"他说第一句台词的时候，我看到了死者的脸。"说着，她伸手朝地上一指，"就是她，和第一段视频中的舞者非常相似。"

"赵法医，你说死者会不会是陈静？"刚赶到现场的李振峰也在尸骸边蹲了下来，他难以置信地摇了摇头，无法把眼前的景象和那张相片中的年轻女孩联系在一起。

"目前为止我还不知道她是不是你们要找的失踪者，但可以确定的是她在被扔下来之前就已经死了。"赵晓楠目露同情。

这时候，一天中最热的阳光终于出现在了头顶。

安东抬头看了眼天空，又看看高高的停车楼："既然是个死人，这么干有意思吗？"

中午12点整，案情分析会在安平市局的大会议室里召开。

直到这个时候，李振峰才从网络安全大队郑文龙工程师那里知道同样类型的视频在短短一周的时间内已经上传了4个，但是公安局这边至今为止才发现了一具尸体。

"这可不是什么好兆头。"李振峰感到有些沮丧，"我本以为只是巧合，毕竟失踪者之一，安平大学艺术学院美术专业三年级的陈静，平日里还从事失足妇女的工作，而这项特殊工作使得陈静非常容易成为受侵害的目标。她的被害，是可以解释得通的，因为这种灰色职业的风险本来就非常高。但是现在看来，凶手是有目标地下手，我们虽然还无法落实另外三名受害者的具体身份和职业，但是从大致体貌特征判断，无外乎是年轻、漂亮、有气质，长发……”

马国柱摇摇头，打断了李振峰的发言：“你这么说太笼统，那几点标准和我们一年里所遇到的命案女受害者几乎可以匹配上80%，所以这应该不是凶手所定下的猎物标准。”

“法医那边怎么说？”副局问。

“目前只能确定死者是死后被凶手用安全带捆在驾驶座上，然后放空挡把车加速开下楼的，那段视频里都记录了下来，简直是事无巨细。”李振峰皱眉回答。

“能确定死者就是失踪的女大学生陈静吗？”

“目前还不能，只能说高度疑似，因为经过高温和高坠后，即使借助那段视频，死者的尸骸除了能辨别出是女性以及是死后坠楼，别的，暂时还没办法下定论。”赵晓楠回答。

说到视频，这触动了坐在一旁的网络安全工程师郑文龙敏感而又脆弱的神经，他揉了揉发黑的眼圈，忍不住抱怨道：“我觉得这家伙的精神肯定不正常，昨天中午我们就已经通知了各大门户网站，只要有这样的视频上传直接封号处理，同时把视频上传给我们大数据云盘进行证据固定，但是这犯罪嫌疑人简直是乐此不疲，最夸张的时候一分钟之内用专门的程序一次性注册了各大平台的100个账号，我们得到李队的要求后，整整一晚上都在想尽办法对付这个家伙。但是百密一疏，警报的网络返回速度总是有几十秒的延迟，就是这该死的几十秒钟，他的视频就被雪片般复制出去了。我可没瞎说，现在互联网上视频的传播速度可是呈几何倍数增长的，我们队里5个工程师一晚上净忙这事了，弄得人仰马翻，四处灭火。这大清早刚想喘口气，偏偏还又来一条。”

安东憋了半天，终于扑哧一声笑了出来：“大龙，你们5个可是咱安平的翘楚，居然还对付不了这一个野生的菜鸟？”

郑文龙想了想，大手在空中一挥，说道：“我给你打个比方吧，安东，如果有人找我单挑打一架，别说五对一，一对一都不是我的对手，尽管放马过来就是。可如果我们在明处，他在暗处，而且他用的是游击战术外加人海战术在你的地盘上四处放火，那你一旦失去了主动权，再想要抓住他就比较麻烦了，光是四处乱窜的火苗都能让你忙得四脚朝天。你再聪明都没有用，因为我们一开始就是处在被动的劣势，你明白吗？飞机大炮打不了蚊子！”

“好啦，你们就别斗嘴了，大家都不容易。”马国柱赶紧出面和稀泥，“李队，说说你的想法。”

李振峰点头：“我想大家应该听说过一个词，叫‘人格障碍’。患有人格障碍的人与普通人在外表上没啥区别，但是与普通人的正常人格相比却有很大的不同，这种人与社会大环境格格不入，具体表现为认知、行为和情感的僵化。

“人格障碍总共分为三大类型，分别是古怪型、情绪型和焦虑型，我们别的不谈，主要看情绪型中的一种，也就是表演型人格障碍，与它相并列的三种分别是反社会、边缘型和自恋型。说实话，真的都不好玩，我们日常生活中最好别遇到有这几种人格障碍的人。

“我们的这个凶手，我之所以高度怀疑他患有表演型人格障碍可不是空穴来风。表演型人格障碍，从字面上来看就是一种非常情绪化的人格障碍，符合它的诊断标准是以通过过分的感情用事或者夸张言行来吸引他人的注意力为特点，极度富于自我表演性、戏剧性和夸张性地表达情感，而这种情感是肤浅的，并且非常容易变化。这一类人做任何事都是以自我为中心，自我放纵和不为他人着想，也就是说在这种人身上是找不到共情的；他们不断追求刺激和以自己为注意中心的活动，并且不断为此而渴望受到赞赏。

“但是他们自身的情感又非常容易受到伤害，要想与这种人和平共处的话，你就必须得经常注意自己的言行，不要伤害他，尤其是在他为了引起你的注意的时候。而他为了达到自己吸引别人注意力的目的，不惜哗众取宠，甚至危言耸听，或者在外貌和行为方面表现得非常想吸引周围的人的注意力，打扮非常夸张，或者说非常有品位，这一点，从在安平大学城停车场豪车引擎盖上放塑料矿泉水瓶这个举动就可以看出来，这是个爱走极端的家伙。

“最后，我补充一下，这种人其实内心非常脆弱，有时候心理承受力还不如一张纸那么厚，这就导致表演型人格障碍患者暗示性高，很容易受人影响和左右，这个方面从他每一个视频留言必定回复这个习惯上就可以看出来。我相信他是极度渴望自己的回复被阅读的，因为这是他个体存在的价值体现。

“还有让人感到头疼的一点是这种人情感反应强烈，容易改变，有时候一分钟内会来回倒腾好几次，我刚才一直都在看他视频下面的留言回复，字里行间就忒明显了。”

最后，李振峰苦笑道：“还有啊，这种人说话夸大其词，容易掺杂幻想情节，这么做往往会让不明就里的人上套，如果你不了解事情真实的一面，那就很容易被他的话给带跑了。”

“李哥，你怎么这么了解这种人？”小九好奇地问道。

“因为这种人在生活中不少，只不过程度没这么严重罢了。”说着，李振峰脸上的笑容消失了，“我起先还不敢确定他是这种类型的人，直到看了那段用运动相机拍下来的视频和听了刚才大龙所说的这家伙近乎病态的执着，才知道他是非常迫切想表现自己的，似乎他的存在一定是需要别人来帮他确认，就像大剧场里的演员，观众的掌声是他活下去的唯一希望。”

李振峰看向马国柱，神情也变得凝重起来：“我大胆推测一下，他想到让一个死人从四楼坐着汽车摔下去，那种场面如果放在银幕上的话，可是绝对精彩的。而目前其余3个受害者一点线索都没有，唯一可以肯定的是，发现她们尸体的时候，或许又会是一个很大的场面。”

片刻安静过后，安东点开了手中平板上的文件传输接受键，很快，一份下属传来的走访调查报告便出现在了案情分析室的大屏幕上。

安东说：“这是我派人刚从地区走访回来的有关韩婷婷的资料，李哥。”

李振峰点点头。

安东继续说道：“韩婷婷，23岁，安平城郊户口，家里生活条件还算可以，父亲韩万军经营着一个小型养猪场，曾经因为家暴妻子数次进过看守所，母亲魏淑芳娘家条件较差，所以她并未选择离婚，由此便造成了自己女儿从小性格懦弱怕事的性格。韩婷婷13

岁的时候，父母名义上还维持着婚姻关系，实际却已经分居。因为猪瘟的事，养猪场效益一路滑坡，父亲韩万军又喜欢上了赌博，便三天两头追着韩婷婷要钱。最近一次报警记录显示，就在今年3月份，韩万军又闹到了安平大学，盯着女儿要生活费，目击者说当时韩婷婷是拒绝的，谁知她父亲竟然说没钱可以去东停车场卖，反正那里也不是什么秘密。”

“当时谁报的警？”李振峰问。

“也是个女生，不过不是安平大学的，是大学城里另一所师范高专的学生，叫梁美芳，正好认识韩婷婷，平时两人之间有些走动来往，因为当时正好在场，看不过去就报了警。”

“你们找梁美芳核实过这件事吗？”马国柱问。

安东点头：“梁美芳的宿舍就在美专宿舍前面那栋，所以经常串门。梁美芳提到过韩婷婷就是个怕事鬼，相比之下同宿舍的陈静就显得成熟多了，还特别自私。她提到周围人都在传言，说没人愿意和陈静一个宿舍，除了懦弱无能的韩婷婷。”

所以目前来看是没有什么疑点的，除了自己的直觉。李振峰心里不由得犯起了嘀咕。

会议在沉重的气氛中结束，大家心里都明白，下一个尸体可能很快就会出现了。

开完会已经过了饭点，李振峰便带着安东直接去了街对面的小吃巷，两人在熙盛源饮食店里要了半斤小笼包和两碗馄饨，在边角僻静处找了个位置边吃边聊了起来。

此刻店堂里已经过了中午高峰时间，李振峰和安东成了仅有的客人，一旁负责清扫的服务员抽空靠在椅子上打起了盹。

“李哥，你还没跟我说呢，那首《死亡的华尔兹》，你为什么会那么在意？”安东嘴里塞满了刚出炉的小笼包，也不怕烫，只是含糊不清地嘟囔着。

“这纯理论的东西能讲上三天三夜。”李振峰想了想，顺手放下了汤勺，“我给你用通俗一点的语言来解释下。来，安东，我现在所讲的每一个字你都听得懂吗？”

安东愣住了，嘴里也不动了，就这么呆呆地看着他，小声嘀咕：“哥，你当我是傻子吗？”

李振峰赶紧摇头：“不，不，不，我只是想证明你能听得懂我说话。”

安东轻轻叹了口气，筷子朝前一伸，在笼屉里精准无误地又夹起一个包子，神情专注地塞进嘴里，这才满足地点点头：“瞧，我就说嘛，你还是把我当傻子。”

李振峰对安东的性格脾气还是了如指掌的，知道他有时候爱开玩笑，便赶紧招手叫来服务员再加半斤小笼包打包，这才满脸堆笑：“好兄弟，你误会啦！”

安东不吱声，心照不宣的眼神却时不时地瞄一眼服务员正在打包的食品盒子。安东是个标准的肉食爱好者。

“我的意思是，安东，语言交流可并不只局限于看得见的书面文字或者听得到的话，相反可以有很多种方式来传递我们所要表达的意思，比方说人的肢体语言、绘画，还有就是我所要说的——音乐。你想想看，有时候你听一首音乐，是不是能感受到演奏者悲伤或者高兴的情绪？”李振峰笑容可掬。

“确实，高山流水遇知音嘛。”安东点头，凑过来神秘兮兮地笑了笑，“你看，哥，我不傻。”

见此情景，李振峰哭笑不得地长叹一声：“你这是揣着明白装糊涂。”说着，他脸色一正，“好啦，不开玩笑了，咱说正事儿。”

“音乐是一种能够产生心理共鸣效果的声频，一开始就是一种富有情感的人类最初精神活动的产物，也是反映人类现实生活情感的一种艺术。由此而来，在我们心理治疗中就会有一些特殊的音乐疗法，通过人的生理和心理两个方面的途径来治疗自身疾病。一方面，音乐声波的频率和声压会引起生理上的反应，音乐的频率、节奏和有规律的声波震动是一种物理能量，而适度的物理能量会引起人体组织细胞发生和谐共振的现象，从而直接影响人的脑电波、心率和呼吸节奏等。另一方面，某些音乐节奏的特殊性能对某种特殊病症患者的大脑皮层的兴奋性产生暗示和控制的作用，从而改善人的情绪，起到心理治疗的效果。而这一首曲子，因为其特殊的节奏语言，被很多心理治疗师用来对以表演型人格障碍为基础的变态人格患者进行心理辅助治疗。”说到这儿，李振峰脸上露出了感慨的神情，“你要知道，原版《死亡的华尔兹》对表演者的难度要求非常高，是很难被弹出来的，所以最初版本早就已经失传了，而这位大师的版本被一致认为是最接近原版的改编。

“所以在视频中看到这家伙单单选择这首曲子作为自己视频的背景音乐，我就想到了这点，可以推测这家伙有可能已经经过了相应的心理治疗，只是没有被彻底治愈罢了。不信的话，你叫大龙把另外三段视频的背景音乐单独分离出来，我相信还是这一首曲子。”

“这么看来难道是‘执念’？”安东突然开了窍。

李振峰轻轻笑了笑："我不会认为他是真的喜欢这首曲子，这只有可能是一种潜意识的习惯导致。打个比方说如果一个人天天在你耳边说你很漂亮，第一天第二天，你或许会很难接受，但是一段时间过后，你就会真的觉得自己很漂亮，而且哪一天如果他不说了，那你还会觉得不习惯了呢。"

安东问："这种人格障碍很难治吗？"

李振峰点点头。"所有的心理疾病都不是一天两天就能治好的，尤其是刚才开会的时候我所讲到的变态人格分类中那几种情绪型人格障碍。唉，我记得当初读研的时候，导师就不止一次地说过——与违法犯罪联系比较紧密的变态人格分类中的反社会人格障碍、偏执型人格障碍与冲动型人格障碍，他们的思维表现方式非常怪异，情绪和情感完全不正常，动机完全偏离常理，程度上更是复杂无法捉摸。就像凯斯考购物中心刚发生的这起案子，你完全无法用一个常态人格去理解凶手的所作所为。"说到这儿，他的目光中充满了阴郁，"从凶手做出的这几起案件的特征来看，我感觉有点不妙。"

"我明白，这个家伙的脑子里根本就没有'共情'这个概念。"安东冷冷地说道。

"对了，宿管阿姨那边，今天收获怎么样？"李振峰问。

安东突然有些脸红了，扭捏吭哧了半天，才结结巴巴地说道："她把她女儿介绍给我了，还非得让我们认识一下。"

"呵，'美男计'啊？"李振峰顿时来了兴趣，他双手抱着肩膀靠在椅背上，饶有趣味地盯着安东，"说说看。"

"说什么？"安东显得更不自然了。

"宿管阿姨是怎么说的，就是韩婷婷和陈静的事？"

安东轻轻松了口气："她倒没说陈静多少，说的都是一些皮毛，评价当然也是两个字'自私'，只是说韩婷婷，觉得这个姑娘有点不太对劲。"

李振峰心中一紧："不对劲？"

安东抬头看着李振峰："李哥，我知道一个人的穿着习惯一般来说是不会轻易改变的，除非生活中发生了什么重大的变化。"

"没错，你接着说。"

"韩婷婷的家境比陈静来说要好很多，更不用说陈静是单亲家庭。陈静唯一能胜过韩婷婷的，就是自己的长相了。宿管阿姨其实也知道美术专业里有些女孩子一直都在干这个'特殊工作'，也曾经多次向上面反映过这事，但是结果都不是很理想，因为其实严格意义上来讲，东部停车场所有权并不属于安平大学，那是个私人停车场。直通学校旁边一条岔道进去的一个小型休闲度假村，你懂的，李哥，休闲度假村，吃喝玩乐一条龙，类似于高档会所。后方还有别墅区，校方跟他们都提过好几次了，但最终人微言轻都被踢回来了，毕竟没有实际的嫖娼证据，我们当地派出所去了好几次，都没有办法，这件事也就只能凉了。

"所以呢，宿管阿姨就很在意自己楼里的这些女学生平时的举动，她告诉我说怀疑韩婷婷也从事过这个。我当时还不信，她说她起先也不信，因为韩婷婷和陈静相比，就是一个典型的乖巧懂事的邻家女孩。她只是提到说有一次学校举行艺术节，去年夏天的事，她忙着帮学生拿画具去布置展览场地，这来回好几趟没多久就天黑了，阿姨说记得与一个女孩子擦肩而过，那女孩浑身洒满了名牌香水，穿着时髦。阿姨对酒精过敏，所以她印象特别深，就回头看了一眼，刚开始看背影的时候只是觉得有些熟悉，好像是陈静，因为那衣服陈静穿过几次，但是后来走了几步，阿姨这才猛地意识到那有可能是韩婷婷，因为两人虽然身高、体型和发型都差不多，但是韩婷婷背小挎包的姿势和陈静是不一样的，陈静永远都是单肩背，很有女人味儿，韩婷婷却习惯斜挎背或者双肩背，而她那天所走的方向就是东部停车场。”安东一脸的不可思议，“就冲这次的目击，宿管阿姨就对这孩子多了个心眼儿，老是唠叨什么‘世风日下’‘好女孩都被带坏了’之类的。最后还反复强调说现在的女孩子一点礼貌都没有，学校明明说进出宿舍要用出入证，可根本就没人真正遵守，不过还好，都是女孩子，出不了事，要是像那种男女混合宿舍的话就不好办了。她们作为宿管员也乐得轻松，免得费口舌。”

“哟，听上去对你还挺不错的嘛，跟你一下子说了这么多。”李振峰想了想，又问，“对了，你刚才说那衣服陈静穿过几次，对不对？”

安东点点头：“女孩子之间互换衣服穿很正常，又是住在一个宿舍，就跟姐妹一样。再说了，她们这个年龄的女孩背影看上去都差不多，认错了也是有可能的。”

“这话说得不错，”李振峰若有所思地看了他一眼，“但是有些‘姐妹’可并不是真正的‘姐妹’，你可别想得太天真了。”

伸手接过服务员递来的食品打包盒，两人并肩走出了熙盛源饮食店。

灼热的阳光扑面而来，几乎停滞的空气瞬间让人有了窒息的感觉。

午休时间，赵晓楠的身影出现在了市人民医院内科病房的走廊上，她穿着白大褂，戴着口罩，双手插在兜里，俨然一副住院医师的打扮。

住院部每一层楼面上都有一个护士台，而病人的姓名就挂在护士台旁的黑板上，只要站在走廊上就能看得清清楚楚。

人民医院的病人流动量是全市医院中最高的，基本上每个病床的后面都有两到三个病人在等着住进来，所以一天中难得有清净的时候，哪怕是住院病区，也总是有人不断走来走去。

赵晓楠很快在一堆名牌中找到了李大强的名字，知道他从急诊病房被转到了内科312床，就在右手边第三间病房里。内科病房都是大通铺，总共6张病床，为了顾及病人的隐私，每个病床都用粉红色的帆布围栏隔了起来，彼此之间互不干扰。

现在虽然是夏天，但是医院病房里的空调是足够的，所以并不用担心隔离帆布会引起空气不流通。

临走进病房的时候，她突然停下了脚步，似乎犹豫了会儿，揣在兜里的左手顺势抽了出来，手心里一直拿着的是一张5寸相片。那是张合影，相片里总共5个人，每个人的脸上都带着年轻而又自信的笑容。她又把相片翻了过来，看着背后那一句用黑色钢笔写的话，目光瞬间变得复杂了起来——6·17专案组庆功留念。

这是一张18年前的老照片，而无论什么秘密都是不可能永远被隐藏的。

第三章　黑夜里的蜘蛛

自然界的每个生物都在伪装，包括人在内，唯一不同的是，有的伪装是为了生存，而有的伪装，却是为了杀戮。

他的名字并不真的叫蜘蛛。他最喜欢在别人注意不到的角落里出现。

为什么选择叫蜘蛛？那只是他在网络上的一个符号而已，但他打心眼儿里喜欢这个名字，也稀罕这种特殊的生物。

因为蜘蛛的一生都在窥探，伺机捕食。虽然“螳螂捕蝉，黄雀在后”，蜘蛛猎食的同时也在被窥探着，但是蜘蛛却总能巧妙地伪装自己，可以敏捷快速地逃走，所以最终都能转危为安。

他就是这样一只黑夜里的蜘蛛。

林丽家的别墅就在20步开外，漆黑的夜色中，远远地看着这所房子，他感到一种莫名的激动。这是一栋乳白色的三层小别墅，和周围的别墅唯一不同的是屋顶铺着太阳能电池板。

他站在街对面一人高的篱笆丛中凝视着二楼最东头的那扇窗户，那是林丽的卧室。他耳边满是夏虫争鸣的声音，看来今晚还是挺热闹的呢。

房间里依旧是漆黑一片，所以他感到有些无聊，目光便慢慢地从一扇窗户移向另一扇窗户。房间亮着灯，那精致的白色蕾丝窗帘随风摆动着，屋内的一切尽收眼底。这家人也太不小心了，他想，虽然篱笆丛后面便是一片开阔的海滩，但是这也不能用来作为不设防的理由啊。

尤其是家里只有一个年轻漂亮的女人的时候。

有好多次，他都看见了林丽的情人，那个身材发福、打扮得很体面的中年男人，一周固定来林丽家4次，开着他那辆高大的越野牧马人，气势足够弥补他那日渐光秃的头顶。每次他来，作为金丝笼中的小雀儿，林丽都会把自己打扮得性感迷人，然后欢呼着向她的情人扑去，似乎这才是她一天中最重要的工作，就像此刻的自己一样。

其实林丽是一个正在读研的女学生。每天早晨，她都会换上一身朴素的运动装，擦去脸上价格不菲的化妆品，然后开着那辆小迷你，去3公里外的安平大学读书。

他就像一个忠实的鸟类观察者，已经有足足3个月的时间，每天都悄无声息地跟在这只漂亮的金丝雀身后，逐一用视频记录下她的日常生活，享受着那份“跟踪者”才会有的刺激与美好幻想。

和很多上传视频的创作者不一样，他的视频都是简单的日常记录，甚至琐碎到几点吃饭，打了几个喷嚏，开心还是不开心，并没有什么惊心动魄的事情。流水账一般的几分钟的视频在网上点击量并不高，从最初的每次视频十多次点击，到后来只有两次点击，不过还好，这两次是固定的，一次是他自己，另一次，就不知道是谁了，只能确定是个“活人”。

他根本就不在乎自己视频的点击量，因为他知道很快便会有一个让人激动的反转。

就在今夜！他在等那辆高大的牧马人出现。

一个多小时后，林丽卧室的灯亮了。每次牧马人来之前的半小时，林丽的卧室里必定有灯光，因为她要换衣服，精心打扮她自己。

他终于从篱笆丛中走了出来，穿过窄窄的单行车道，小心翼翼地消失在了别墅屋前的藤蔓中。

接着，他熟门熟路地翻过院墙绕到了别墅后方，那里有一扇玻璃后门，通往后院的游泳池。只是短短几秒钟的工夫，他便打开了门锁。

他进到了林丽的金丝笼中，穿过长长的厨房，他钻进了楼下的杂物间里。

做这一切的时候，他胸前的运动相机自始至终都开启着，而他呼吸平稳，步态沉着，完全不像是一个闯入者，或者说，这本就是他自己的家。

说是杂物间，其实被打扫得很干净。他完全可以想象得出林丽从搬进这栋别墅的那一天开始，她就没有踏足过这个小小而又隐蔽的空间。但是他却很熟悉。

他伸手从肩上的背包里拿出一顶洗得发白的黑色棒球帽戴上，这是他每次准备做一件大事情之前都必须要做的事，其实戴上这顶黑色棒球帽并不能够让他的外表变得有多出众，但是他却能就此获得信心倍增的感觉。

他环顾了一下整个杂物间，最后，关掉了手中的小型手电筒和胸前的运动相机，独自坐在黑暗中，倾听着自己沉重的呼吸声。

从前，他是一个冷冰冰的孤独的杀人犯，他本以为他的所作所为会一直默默无闻，他也习惯了如此，因为在他自己的世界里，英雄只有一个，那就是也必须只能是他自己。

勇者都是孤独的。

他双手交叉放在膝盖上，深深地吸了口气。他已经织好了严密的蜘蛛网，而今晚，蛰伏的蜘蛛开始真正地捕猎了。

耳畔传来了“牧马人”沉重的轰鸣声，果然来了！他的嘴角露出了一丝笑意。

又过去了漫长的两个小时。别墅里终于安静了下来。

他伸手打开胸前的运动相机开关，轻声说道：“开始了……”

运动相机有红外线功能，而他鼻梁上所戴的眼镜也有红外线功能，所以，黑夜对他来说，一如对蜘蛛一般毫无意义，相反，却是完美的伪装。

他轻轻推开杂物间的门钻了出去，然后顺着别墅的楼梯迅速来到二楼。这里总共有4个房间，他要去的是东面那间，此刻，还没有走到门口，他便已经听到了屋里传来的阵阵鼾声。

他把杀人称为——做手术。

而要让两个沉睡中的大活人瞬间失去反抗能力非常简单。就像蜘蛛捕猎一般，他不动声色地让床上的男女都乖乖地闭上了嘴，只能睁着惊恐的双眼注视着黑暗中的他在床边来回忙碌着。

为了能够对着林丽的耳朵说话，为了和他的猎物更亲近一些，他不得不躬下身子：“亲爱的，等你死后10分钟，苍蝇就会闻到伴随你的肌体组织的分解而产生的气味，绿头苍蝇会把最微小的卵产在你身体的各个入口处，因为那里的温度最适合它们的孩子生长了。”

林丽已经失血很多，但是她还没有放弃，试图挣扎或者哀求，却只是在喉咙中发出一阵微弱的呜呜声，听久了就像鸽子在打鸣。

“知道吗？我已经跟了你足足3个月了，在这3个月里，我观察着你的一举一动。”说着，他轻轻叹了口气，“现在呢，我要结束这项工作了，因为我已经开始讨厌研究你的一切琐事了。”

林丽的眼神从惊恐转到愤怒，片刻过后便转为深深的绝望。

他一把掀开床上的被子，然后看也不看，一刀径直穿透了林丽情人的咽喉，鲜血瞬间喷涌而出，这个中年男人很快便断了气。

但是林丽却没有这么幸运了，他一边在林丽身上动着刀子，一边观察。

“临死的时候，呼吸会变得更加困难，变成间歇性的，就像你现在感觉到的一样，似乎每一次呼吸都是你最后的机会。那么，死亡会在60秒钟内准时降临。”他低声地说，“接着，你会看到眼前亮起了耀眼的光芒，疼痛会一点点消失，最终你会感觉不到任何疼痛，那时候的你，就真的死了。好了，”说着，他直起腰，认真地看着林丽脸上的表情，嘴里开始低声嘟囔，“……55、54……43……21……0。”

其实还没有到一分钟，林丽便呼出了自己的最后一口气。

结束拍摄。

研究人比研究生物有趣多了，尤其是人死亡的时刻。

看着面前满意的作品，“蜘蛛”的脸上露出了得意的笑容。

回到住处后，“蜘蛛”先是冲了个澡，从里到外换了身干净衣服，然后坐在电脑边，开始剪辑和上传自己的视频作品。面对跳动的电脑屏幕，他发愁了，到底该取个什么样的标题才好呢？这让他纠结了好一会儿，终于，他决定越简单越好。这个时候是凌晨3点，负责审核的是机器人，所以完全不用担心视频会被人为卡掉。

他看了一眼那个粉丝的头像，果真亮着，心中不由得小小得意了一把，是在等自己上传大结局吧。

在等视频上传的间歇，他顺手点开了那个粉丝的个人页面，原来他也是个视频上传者。因为好奇，他又接着点开了对方的视频备份夹，几次跳转后，便来到了一个服务器在境外的外挂视频网站。

这时候，“蜘蛛”终于看到了自己的这个铁粉上传的全部视频内容。先是惊讶，随即是发呆，最后看到结局的时候，“蜘蛛”的脸上露出了恍然大悟的神情，他忍不住哈哈大笑了起来。

从这一刻开始，“蜘蛛”就真的认识了“小丑”，而“小丑”本来的名字也不叫“小丑”，不过没关系，只是一个符号而已。两人用“蜘蛛”与“小丑”互相称呼着对方，他们俩就像是同一面镜子里外的两个分身，相见恨晚却又保持着彼此之间固有的矜持与距离，从不多说一句话，甚至一个多余的字，但是语言的表达有时候却是不需要文字的。

上午7点刚过，安平路308号的楼道木质地板上便响起了阵阵炸雷一般沉重的脚步声，由远至近，大家就这么眼睁睁地看着身材高大的网络安全大队工程师郑文龙突然冲出了自己的办公室，接着像一辆油门被踩到底的重型挖土机，一路气急败坏地冲向了二楼刑侦支队的办公室，最后以一记重重的关门声，彻底结束了这段惊心动魄的画面。

大家之所以感到吃惊是因为郑文龙在安平市公安局里是以性子慢和做事稳重著称的，从不用力关门，而刚才那最后一声猛烈撞击，明摆着就是出大事了。

作为网络安全大队“五剑客”之首的郑工程师一大早竟然慌张成了那个样子，这可不是什么好事。

小九赶紧拿起手机拨打了安东的电话：“你在哪儿躲着呢？你们办公室的楼板都快被人踩穿了。”

“在……”安东说话有些含糊不清。

“龙哥刚才跟台重型挖土机似的直接往你们办公室冲去了，看架势要去拆房子。”小九紧张地说道，“保不住楼板是其次，没准儿房顶都给你掀没了。”

“谁？”安东有些警觉。

“网安大队的郑文龙。”

“我马上就回去。”安东匆匆挂断电话。要知道这时候李振峰可不在办公室，他一大早就去了人民医院，今天是父亲李大强出院的日子。

李振峰不在，安东就得管着事儿。

半小时前。

市人民医院内科病房，退休老警察李大强已经换上了自己平时穿的衣服，此刻在病床旁的那张休息椅上正襟危坐，一脸严肃的表情，妻子陈芳茹收拾好了所有住院用到的东西，利落地打好包，然后一屁股坐在了病床上，刚要开口说话，门被推开了，儿子李振峰站在了门口，压低嗓门叫了声：“妈，爸……”

李大强皱了皱眉："你来干什么？今天不上班了？"

陈芳茹见状赶紧探身用力扯了扯老头子的衣服："人家都睡着呢，你就不能小点声说话。"

李大强听了，张了张嘴，却只是"哦"了一声，声音果真收敛了许多。

李振峰笑嘻嘻地凑了上来，依旧压低嗓门："妈，手续都办好了？"

"嗯，昨天就跟医生说了，我们今天出院，我账已经结清了，就住到今天早上，没办法，你爸可是一分钟都待不下去了，吵着闹着要出院，"陈芳茹说着，狠狠瞪了自己老伴一眼，"就好像人家要害他一样。真是不可理喻。"

"好啦好啦，妈，咱不生气了哈。我开车送你们回去，等下我还要去上班。"李振峰伸手接过母亲手里的帆布旅行袋扛在肩上。这个旅行袋还是父亲在单位时发的，上面"安平县公安局[①]"几个字早就被勤劳的母亲用洗衣刷给刷洗褪了色。

来到楼下，李振峰先是打开轿车后备厢，把父亲的行李和暖壶、脚盆逐一放了进去，再三检查后才关上后备厢回到车里，开车离开了医院。

一路上，父亲李大强一声不吭，似乎心事重重，母亲陈芳茹倒是有一大堆的话要跟儿子说。李振峰有一句没一句地回答着，却又时不时地从车内后视镜看向后座，关注着父亲脸上的神情。

终于，他忍不住问道："爸，你在想什么呢？"

---

① 2000年，安平县公安局正式改为安平市公安局。

“没事。”老头子小声嘀咕了句后便又不吭声了。

李振峰欲言又止，只能无奈地摇摇头，继续耐着性子陪着母亲说话。

把父母送回了家，李振峰匆匆下楼正要开车走，母亲陈芳茹手里提着个塑料袋追了上来：“阿峰啊，别生你爸的气。”

李振峰笑了：“妈，爸都这个年纪了，你放心吧，哪有儿子跟老子计较的。”

陈芳茹点点头，轻声说道：“其实你爸前天还是好好的，和我说说笑笑，还说病好了要和我坐高铁去天门山玩玩，散散心。但是自打昨天下午有人来看过他后，他整个人就变了，总是坐着发愣。”

“什么时候？谁来看过他了？”李振峰心中一动。

“大概下午1点钟的时候，我那时候去上厕所了，回来的时候看见一个女医生正在病床边和你爸说话，女医生自始至终都背对着我，我刚要上前，却被你爸轰了出去。不过很快那个医生就走了，但是从那以后，你爸整个人就不对劲了，脾气坏得要命。”陈芳茹脸上的神情显得有些委屈。

“女医生？”

“是的，穿着白大褂，戴着口罩，就是女医生啊。不过……”陈芳茹皱眉想了想，“她胸口好像少了点东西。”

“工作牌？”李振峰试探着问道。

“没错，我想说的就是那个，不过我当时并没太在意，因为住院那两天，有的医生胸口也没有工作牌，毕竟是在住院部，不用上纲上线要求人你说是不是？”

“你有没有问过我爸他们说什么了？”李振峰感到母亲的话语

中充满了不安，“是不是讨论病情？”

“我当然问了，但你爸说不是。我还特地去护士站核实过，阿峰，你知道的，我和你爸过了大半辈子了，就怕他出事。”陈芳茹没有说下去，李振峰却已经看懂了母亲的眼神。

他点点头，宽慰母亲：“我懂，妈，你就尽管放心吧，我会去查查到底是什么人冒充医生。”

“那就好，注意安全啊。”陈芳茹突然意识到手中抓着的塑料袋，随即把它塞到了儿子手里，“快吃吧，还热乎着呢，不吃早饭对身体不好，我今天早上托医院对面的那家早餐铺做的，特地加了两个蛋呢。”

李振峰鼻子一酸，眼泪差点掉下来。

车子开出去老远还是能从后视镜中看到母亲的身影，李振峰的心里暖暖的，眼眶也变得有些湿润。

一连拐过两个街道口，车子正要开上高架桥的时候，蓝牙耳机里传来了电话铃声，李振峰伸手按下接听键，电话是安东打来的。

挂断电话后，看着车窗玻璃前方十字路口交通指示牌上已经出现了安平路的标识，李振峰此刻的心情变得格外沉重。

案情分析会议室的8扇窗户全都打开着，房间里坐满了人，4台老式的黄铜色吊扇在天花板上发出单调的吱嘎声。因为过于焦虑，马国柱忍不住想抽烟，连烟盒都摸出来了，四周问了一圈都没有人带打火机，便只能悻悻然作罢。

郑文龙在投影仪上分别播放了两段视频后，神情凝重地说道：“虽然说视频上传者正常情况下都有一个注册IP地址，但是这仅仅针对那些守规矩的人，而有些人，就像这两段视频的上传者，他们就是刻意隐藏或者盗用了别人的IP地址，这听上去有些不可思议的行为在网络世界中却是司空见惯的，我们曾经追踪过一个接连设置了8道屏障的IP来源点。所以，经过认真分析，这两段视频的上传者是两个人。”

林局问：“你们通过检查上传的视频可以确定上传者的行动规律？”

“确切来说应该是那台电脑在网络世界中的所处位置，不同于后期由运营商所分配的IP，而是它出厂时自带的类似于身份证一样的编码，我们就是在厂家的协助下通过三点定位确定了这两台上传视频的电脑有两个不同的拥有者，而且上传地点就在我们安平市。”

第一段视频就是凯斯考购物中心的汽车高空坠落案件，但是第二段视频却是陌生的。

“赵法医，你看了第二段视频，能确定这是一起凶杀案吗？”李振峰问。现在的影视特效镜头已经可以达到以假乱真的地步，以前不是没有过这样的例子。

赵晓楠却只是严肃地点点头：“这绝对不是特效，无论是现场血迹，还是死者的残肢，所有的一切都是真实可信的，我们需要尽快找到这两具尸体，天气太热了，尸体非常容易腐化。”

“技侦那边能确定是哪块区域的别墅吗？”马国柱问。

小九回答：“我们安平地处辖区内总共有三个别墅带，两个在海边，一个在市区。市区的属于高层别墅，户型与这个两层的复式结构不相符，而且在提取出背景音后可以判断是在海边，也就是‘樱花小筑’和‘紫微东升’两个别墅区，我们找了开发商，请他们发过来相关户型的样板房资料判断，最后确定是‘樱花小筑’。”

李振峰听了，心中一动：“小九，这个‘樱花小筑’是不是在安平大学城附近？”

小九点点头：“不到5公里，大概是3公里左右。”

“派人去挨家挨户摸排，看能不能锁定杀人现场。”马国柱说。

安东听了，却面露难色。“这么做可能会有点难度，需要一点时间。头儿，因为这个‘樱花小筑’和‘紫微东升’两个别墅区都是同一个开发商，房价非常高，而且这些别墅区非常注重个人隐私，不是谁都可以随便进去的。再说了就连保安也不一定记得每个人的脸，车辆进出别墅区就是靠装在车上的电子门禁卡，更何况还有两个棘手的地方，”安东伸手指了指地图，“这两个别墅区都靠海，尤其是‘樱花小筑’，过了别墅区那道海边篱笆墙就是一片宽阔的海滩，这是别墅区设计上的软肋，而且那地方的物业因为尊重住户隐私，特地卸去了路面上所有的监控，把住户自己家是否安装监控的事当皮球一样踢给了业主自己，这样就很难找到一段完整的案发当晚视频了。”

“住这样的高档别墅有什么用，一点都不安全。”小九嘀咕。

安东乐了：“这还不是最糟糕的，买这别墅的人非富即贵，而别墅买了，要么是用来度假，要么就是包情人的，你说谁会把别墅写情人的名字？谁会那么轻易就告诉你他情人的底细？不是我瞎说，那地方就因此而有了个外号——情人寨！”

李振峰嘀咕：“这种动别人盘子里蛋糕的活儿，干起来绝对不会轻松。”

马国柱听了，不由得紧锁双眉。

郑文龙补充说："在这个上传者前面的几起视频中，都出现了同一个女孩子，就是这个，"话音未落，投影屏幕上出现了一张年轻女孩的相片，身材高挑，长相秀丽，眼神中带着一丝迷离，"我们逐一查看过每个她出现的镜头，可以确定的是视频的拍摄性质都属于偷拍，所使用的工具应该是市场上非常流行的Go Pro一类的运动相机。"

他想了想，又补充了一句："关于这个女受害者的视频，至少持续了3个月，只不过点击率非常惨淡，估计也就躲过了人工抽查。"

"那能确定是我们的受害者吗？"马国柱看着赵晓楠。

"相吻合的可能性比较大，但是我还得看见尸体后才能得出最后的结论。"赵晓楠的每次发言依旧保持着她所特有的固执与严谨。

"人像识别怎么说？"李振峰问。

"那样的光线下真的不太好办，暂时还没有捕捉到适合比对的角度。"小九回答。

"那就只能人海战术了，我和安东再去一趟安平大学，看这人的穿着打扮应该是那里的学生。"李振峰转头看向小九，"你们尽快处理一下最后这段视频的背景，我总感觉在12分13秒的地方听到了汽车的声音，发动机声音很特别，如果能找人辨别出这辆车发动机的具体型号就好了，因为声音最后消失的地方离案发现场并不远，可能也就不到10米。"

"没问题，李哥，我们那儿有一台新家伙正好可以拿来练练手。"小九快速地在自己面前的笔记本上记下了工作任务要点。

李振峰低头扫了一眼自己面前的笔记本："有一点需要大家在心里留意，就是这个刚发现的凶手。与精神病性变态心理相比，变态人格无病理症状，也基本没有心理过程和行为方面的障碍，智力水平更是和我们在座的各位都没啥区别，有些地方甚至还更高。你们注意看第二段视频，就是别墅杀人案这起，犯罪嫌疑人完全能够区分现实与幻想，再加上前面的长期跟踪，更加能够体现出变态人格犯罪者犯罪前具有和我们普通人一样的预谋能力，甚至还能做到更好。而且在记录下来的整个犯罪过程中他的意识都是清醒的，说话前后没有产生过矛盾。总之，从犯罪心理方面分析，我得出了三个要点：第一，犯罪嫌疑人非常自恋，就因为对自身能力的高度自信，所以才会用3个月的时间来预谋一场血腥的屠杀，而且他得逞了，足够引起我们警方的重视，这会愈发刺激到他后面的行动；第二，他还会犯案，因为他自始至终手法娴熟，尤其是扎向男性受害者的那一刀，极度冷酷，缺乏作为一个正常人所必须拥有的同情，所以，这绝对不是他第一次杀人，也不是他最后一次杀人；第三，他是单独行动，符合变态人格的犯罪嫌疑人绝对不会与别人一起共事的特征，也就是说在现实生活中的他必定是一个旁人眼中庸碌无为的人，完全可以被人忽视，而他自身其实也是希望这么做，因为他体现在杀人上面的能力，只能让他一个人去默默崇拜。这种人有着冷静的头脑和理性的思维，但是人际交往方面却相对比较差，所以独居的可能性非常大，也有极强的领地意识。”

“那这么看来这两个人合伙的可能性不会大？”郑文龙提出质疑。

“会比那更糟糕，”李振峰如实回答，“如果他们因为视频发布而认识的话，由于两人的视频类别差不多，而人格特质又相似，所以，他们之间极有可能会发展成为竞争的关系。”

见身边坐着的小九依旧是一脸茫然，安东便用胳膊肘轻轻碰了他一下，压低嗓门说道："李哥的意思我懂，不难理解的，翻译过来其实就是四个字——杀人比赛。"

小九惊呆了："这么做有什么意义？以为自己在玩游戏抢人头？简直是荒唐！"

李振峰看着他："因为你是拥有正常人格心理的人，所以你才会觉得荒唐且不可思议。"

马国柱冲着安东问道："前面那起人偶视频案，你们有进一步的线索了吗？后面打算怎么做？"

安东说："目前为止那具焦尸的身份还在确认中，因为焚烧得太厉害，基本没有什么尸表辨认价值。至于说视频中另外三位死者的尸体下落，我们在继续走访失踪人口，相关体貌特征也已经通知了分局和基层派出所，留意近期的无名女尸状况，看是否和我们的潜在受害者相吻合。"

李振峰补充道："人像识别方面，因为对方是上传的视频，像素只有480，画质不是很高，这在辨别上有一定的难度，不过我们已经找人对潜在受害者进行画像模拟，等结果出来后，希望对她们的身份辨别有所帮助。"

"有一点可以给你们参考下，挺有意思的，只是目前还不知道具体原因。"赵晓楠说，"那具焦尸因为是死后被扔下去的，所以她的嘴是闭上的，虽然火灾破坏了她大部分的身体组织，但是在深喉样本采集中，我们发现了硫酸、硝酸、苯、甲醇、卤化银、对苯二酚的痕迹，这几种化合物组合在一起后就是显影剂！我们这位死者临死前喝过显影剂！"

“显影剂？”李振峰问，“现在还会有谁在用显影剂？不都是数码照相了吗？”

赵晓楠没有正面回答他这个问题，只是在目光中露出了同情：“显影剂是显影液的主要成分，为了完善性能，通常还会加上一些其他成分，比如说促进显影的促进剂、防止显影剂氧化的保护剂、防灰雾生成的灰雾抑制剂和防灰雾剂，等等。我在死者深喉样本中所提取到的化合物种类还包括米吐尔、无水亚硫酸钠、无水碳酸钠和溴化钾，这是底片和相片所通用的显影液必需成分，所以，这就是用来显影相片的显影药水。”

“能确定是灌进去还是自己喝进去的吗？”马国柱问。

“我倾向于是自己喝的，灌进去的话，在牙齿上会有微量痕迹残留，因为显影剂浓度比较高，不排除那场火灾的缘故，但是死者的嘴巴是闭着的，所以鉴于目前情况，我倾向于是自己喝下去的，死者有过轻生念头。”

“那DNA采集了吗？”马国柱问。

赵晓楠点点头。“但是没用，系统中查不到，必须有对比参照物才能确定身份。”她转头看向李振峰，“我就等他们了。”

…………

会议结束，大家收拾好东西后起身朝外走去。

李振峰边走边对小九说道：“我们正常人的人格具有很强的动力性，而这个动力性就能对我们的个体意识、情绪情感以及动机进行导向。变态人格者也正是由此产生的异常动机，他们往往具有某种顽固的病态嗜好，促使他们的行为不能符合社会环境的正常要求，不能与我们常人的正常思维方式相吻合，有的甚至违背社会道德理念，从而引发犯罪行为。打个比方说吧，纵火癖你见识过吧？目的就只是放火，因为灼热的火焰能够给他带来足够的刺激和愉悦感，这和报复与破坏他人财物的习惯性纵火是有本质上的区别的。如果你认为纵火癖的概率比较低的话，那我就给你说说另一种，偷窃癖，这也是变态人格。”

安东抢过了李振峰的话：“偷窃癖，我知道，就是上周我们治安大队抓的那个几乎偷遍了我们安平市所有咖啡厅店铺的女贼，在这之前已经抓到过好几次，却总是因为数额不大，罚款检讨一下就算了，但是他们也不想想，第一，这姑娘为什么老盯着一头羊往死里薅羊毛？第二，这姑娘家境还是不错的，随便逛个咖啡厅点个饮料啥的，没有消费压力。这就与以物质利益获得为目的的习惯性盗窃有本质上的区别了，因为她一次次所贪恋的就是盗窃时的刺激和得手后的成就感，这就是盗窃癖。”安东给李振峰一个眼神，仿佛在说，夸我。

李振峰会意：“安东分析得很对。我们案子中的这两个犯罪嫌疑人同样是变态人格，他们真正在乎的，不是生命必须得到尊重，而是成就感、被崇拜感与刺激感。你说两个都属于‘正极’的人要是在一起的话，他们合作的可能性会高吗？”

“不，他们之间只会互相竞争。”小九似乎开窍了，坚定地说。

“同极相斥，猜对啦，有长进！”安东嘿嘿一笑。

看着大楼外明亮的天空，李振峰却分明听到了远处隐约传来的阵阵雷声，风越来越大，眼瞅着一场暴风雨离安平市区已经不远了。

“走吧，安东，我们这就去安平大学城，找人好好谈谈。”李振峰和安东一前一后快步走下楼。在一楼大厅，李振峰无意中看到赵晓楠开完会后并没有急着回办公室，而是驻足在门外的台阶上，抬头看着院中不到5米远的那棵老银杏树发呆。这让他本想上去打招呼的念头瞬间没了。略微迟疑过后，便带着些许淡淡的遗憾转身快步走向车库。

警车开出大院的时候，赵晓楠的身影已经不在门口了，李振峰感到一丝失落。

“李哥，怎么了？”安东察觉到了李振峰脸上的微妙变化。

“没什么，风沙迷住眼睛了。”他顺手拿起兜里的偏光镜戴上，安东也没再继续问下去。

开车去安平大学城要花整整70分钟的时间，如果堵车的话，那就更没谱了。最近滨海隧道在施工，堵车也就成了常有的事。

警车稳稳地向前行驶着，窗外的景色单调得让人昏昏欲睡。李振峰不由得想起了数月前赵晓楠独自一人站在海堤上的孤单背影，心中不禁涌起一丝伤感，他何尝不想宽慰赵晓楠，但是他又清楚有些秘密不适合主动追问。

他喜欢看电影，因为电影总能让他忘记现实中的残酷与冰冷。

两周前刚走出电影院的时候，他就做了个很重要的决定，他要做“小丑”，那个看似渺小，却能嘲笑整个世界的“小丑”。

他终于找到了自己的真正定位，虽然在这之前，他还一直生活在别人早就安排好的棋盘中。

母亲当初是怎么说自己的，他都差点记不起来了，毕竟过去了那么长的时间。但是有一点他这辈子都不会忘记，那就是母亲“说”他时，那刻薄的语气和冰凉彻骨的眼神。

——你不配活在这个世界上！

——你除了会浪费粮食，你还会干什么？你干吗不去死？

——你就别做梦了，人家只会把你当笑话看，你就是个小丑，没人要的小丑。

——你长大了除了吃牢饭什么都做不了，你就是个废物。

——我这辈子最后悔的一件事就是把你这杂种生出来……

“小丑”的眼泪随着记忆的打开而瞬间涌出眼眶，他默默地蹲了下来，接着便是双手抱着头，肩膀不停地颤抖着，听上去像是在啜泣，声音越来越大，渐渐地，啜泣声变成了笑声，最终，他放下了掩面的双手，虽然脸上依旧满是泪水，但是他却笑得非常开心，前仰后合，就好像正在看一幕精彩的喜剧。

而所有的悲剧最初的源头似乎都是喜剧。

“小丑”是个男人，但这并不妨碍他喜欢人偶娃娃。他有房子，有车子，甚至还有一份体面的工作。这些都是他能够用来在这个社会上继续生存下去的根本，更确切地说是很好的“伪装”。

自然界的每个生物都在伪装，包括人在内，唯一不同的是，有的伪装是为了生存，而有的伪装，却是为了杀戮。

“这不是笑话，这个世界上已经没有什么能够伤害到我，我的人生只是一出喜剧而已，悲剧并不属于我！”拉下小丑面具，对着镜子中的自己，念着熟悉的台词，身穿小丑装的他每一个动作都是那么的完美无缺。

在他面前桌上的笔记本电脑后面，有一双眼睛正在默默地注视着他的一举一动："你是个天生的艺术大师！"

"小丑"并没有回答，他已经完全沉浸在了自己的角色中。

"你只想嘲笑我，当你惹毛一个被社会遗弃、被当成垃圾的社会边缘人会怎么样？"他继续表演着，眼神中充满了嘲讽的笑意，"我告诉你会怎样，你会自食其果！"

他夸张地张开手臂，就仿佛自己的面前此刻坐着数百位衣着光鲜的观众，抑扬顿挫的语调在宽大的废弃厂房中回荡着："我曾以为我的人生是场悲剧，但现在的我意识到，不只是我，每个人的一生，都是一场喜剧，让人捧腹大笑的喜剧！"

他冲着摄像头所在的方向做了个手势。

无形的聚光灯，无声的喝彩，他心满意足，优雅地来了一个标准的转身。在他身后，一位身穿洛丽塔泡泡纱裙的年轻女孩静静地坐在一张高大的宫廷椅上，犹如公主一般高贵而又诡异。公主裙是紫色的，那是他最喜欢的颜色。

虽然戴着小丑面具，但是他走每一步路的姿态都像个高傲的王子。来到公主近前，他单膝下跪，虔诚地亲吻着公主垂落在扶手旁略有余温的手指。

时间刚刚好，《死亡的华尔兹》舞曲响起，他就这么抱着公主，走向舞台的正中央……

他知道，自己必须表现得绝对出色！

废弃的厂房外俨然是另外一个世界，半人高的蒿草、杂乱的建筑废料、脏乱的垃圾，在灼热的阳光下散发出刺鼻的臭味。不远处，那块本该是金色的招牌，如今已经破败不堪，座椅破破烂烂，舞台上也到处都是腐朽的烂木头，根本看不出这里曾经是一家规模不小的电影院。

或许这就是人生吧！

真的堵车了。

开了一个钟头，警车才刚开过环城高架，看着车前方的指示路牌，李振峰突然把车一拐，在第一个岔道处提前下了高架。

“李哥，这条路不是去滨海大道的啊！”安东不解地问道。

“先去趟人民医院，我要去看一段视频。”李振峰心事重重，既担心是父亲知道了自己的糟糕病情，所以才会瞒着母亲并对她发无名火，又始终有一个无法解开的心结——一个陌生的女医生？到底是谁？

警车停在住院楼下的停车位后，两人便匆匆来到了三楼内科病房区，直接找到监控室。睡眼蒙眬的保安一看安东手中的工作证和李振峰严肃的神情，瞬间便清醒了，他立刻调看了昨天上午12点到下午2点之间的监控视频。

因为母亲陈芳茹告诉过他那个女医生出现的大概时间就在下午1点前后，所以他很快就找到了自己想要看的画面。看着视频中那个熟悉而又陌生的身影，就好像一只无形的手正死死地掐着他的喉咙。李振峰认出了赵晓楠。

刹那间，无数个问题蜂拥进入了李振峰的大脑，但他所做的却只是冷静而又迅速地挡住了安东的视线。

“走吧！走吧！”李振峰赶紧拽着安东的胳膊离开了监控室，两个人以极不自然的姿势一路快步走出了大厅，等来到警车前，他这才松开了手，嘟囔了句，“你开车。”说着，随手把钥匙丢给安东后便顾自钻进了副驾驶座。

安东也是聪明人，知道李振峰必有什么难言之隐，所以在后面的路途中也就刻意不去提起这件事，就当什么都没有发生过一样。

警车快要开进安平大学城的时候，趁着安东下车去小卖部买水的工夫，李振峰拨通了母亲的手机。

“阿峰，你怎么会打电话过来？”电话那头的母亲声音中充满了讶异。

“妈，我在出差，正好有空，就打电话问问爸的情况。”李振峰并不太擅长向母亲撒谎，所以说这句话的时候，嗓音有些微微发颤。

“你爸好着呢，”陈芳茹回答，“不用挂念他。”

“他有没有再冲你发无名火？或者发呆？”

“没有，他回来后就一直在书房里待着，连午饭都是叫我做好后送进去的。”

“那你看见他在做什么没有？”

这时候，安东抱着一个大塑料袋，兴冲冲地向警车跑了过来。

电话那头母亲陈芳茹想了想，说道：“没什么异常，就是在看自己的工作笔记。他以前经常这么打发时间的，人退休了嘛，闲得发慌，可以理解的。”

上次钥匙扣杀人案结束后，李振峰打心眼儿里不愿意把那些工作笔记还给父亲李大强。他虽然渴望拥有这些东西，但是却也知道这些工作笔记在父亲心目中的地位，所以父亲像今天这么做可不是什么心血来潮。李振峰有种直觉，老头儿的改变必定和赵晓楠的拜访有关，可是，自己又不能直接去问赵晓楠，那就只有迂回寻找真相了。

“哇，你怎么买这么多东西，中彩票啦？”李振峰冲着安东嚷嚷了起来。

“还不是看那妹子可怜，完不成业绩要被扣奖金！”

李振峰忍不住扑哧一声笑了出来：“快200块了吧？”

安东听了，笑呵呵地说道：“确实，还差2毛钱到200，是有点心疼，但今天是马月生日，她又喜欢吃零食，我……我不好意思问马月，又不会挑，所以就叫那小妹帮我随便拿了点年轻女孩喜欢吃的东西。李哥，这世界上还是好人多。”

“好人多？什么意思？”李振峰隐约有种不祥的预感。

“她老想着给我省钱，”安东笑得更开心了，“偷偷给我打了8折不说，还送了我一大堆的优惠券，最后还给了我两个小人偶，说马月一定会喜欢，因为很多女孩子都喜欢。”他一边说着，一边炫耀般地拿出了那两个某饮料品牌的赠品，一红一绿，虽然颜色鲜艳了点，但是做工还算得上中规中矩，成本价不会超过10块钱，“你知道嘛，李哥，店主小妹告诉我说这些东西平常花钱还买不到的呢。”

李振峰知道安东是个善良而又单纯的大男孩，他也完全确信这傻家伙走进便利店时最初的目的就只是买两瓶水解渴，但是架不住店主的精明推销，卖惨的同时又给安东发了一张“好人卡”，结局就是卖出了一大堆平时一个月都不一定卖得动的库存货，至于说那两个被箱子几乎压变了形的小人偶，也不过是饮料厂商用来做促销哄小孩的玩意儿罢了。想到这儿，李振峰暗暗叹了口气，转而笑眯眯地对安东说道：“钱财是身外之物，做人最重要的就是开心。”

警车沿着滨海大道又继续向前开去，穿过3公里长的山底隧道后，车前方的光线刹那间变得黯淡了许多，天空中的乌云越来越密集了。眼看着一场大雨即将来临。海风把遍地的落叶卷起，又吹得高高的，路边的行人纷纷低头加快了脚步。

有些风雨光靠伞是挡不住的，这越来越猛烈的海风更是如此。因为有了先前来过一次的经历，所以这次安东便直接从北门把车开进了安平大学，然后去了大学办公楼。

在来这儿之前，李振峰已经联系过一位学生处的辅导员，此刻，他站在楼底平台上，朝着警车开来的方向张望着。等车在近前停下后，便迎了上来。

“两位警官，我叫金俊强，是安平大学学生处的工作人员，你们下午的电话是我接的，跟我来吧。”

两人跟着金辅导员穿过长长的走廊，顺着楼梯向二楼走去。

李振峰有些好奇：“老师，现在怎么这么安静？学生都放假了吗？”

金辅导员摇摇头：“早着呢，还有一个半月。不过办公楼这里处于大学城北区，本来就安静。”

说话间，三人来到二楼一间办公室，大家坐下后，金辅导员便伸手从打印机里取出一份刚打印好的人员名单递给李振峰：“这就是3到10天之内各大专业没有按时上课的女学生名单，总共6个，其中本科部3个，研究生部3个，还有一个失联了一年零一个月，我有特别标注，叫方淑婷。”

“失踪了这么久？”安东不解地问，“为什么不报警？”

“有想过报警，征求家人意见时，家人没同意，说收到了她的微信留言，跟别人去外地打工了，开公司，挺忙的，稳定下来自然会联系的，后来就没有了下文。”金俊强腼腆地笑了笑，“这方面你们警方也能理解，因为她已经成年，虽然中途放弃学业有些遗憾，但是我们校方也不好多说什么，更没有负责监管她的义务，这事情就这么过去了。”

“她是什么专业的？”安东问。

“化工四年级，马上毕业了，失联前两天正在一家化工模型厂实习。”金俊强回答，“现在我们这个化工专业已经合并成了单独的化工学院，与时俱进嘛！”

李振峰在里面看到了陈静的名字。

“除了这个方淑婷，你们还联系过其他失联学生的家人吗？”安东问道。

“大多都联系到了。不过有位家长在医院里处于昏迷状态，所以也没有办法告知具体情况，我说的是美术专业三年级的那个叫陈静的女生，院方反映说她父亲得了癌症，我们校领导很重视这个情况，已经指示我们去送过慰问金了。”说到这儿，金辅导员不由得叹了口气，“现在她的父亲根本就没有人照顾，我们只能联系当地社区，希望能献爱心聘请一个护工专门去照看下，也不知道陈静同学到底去哪儿了。我们正打算向你们警方报案呢。”

听到这儿，李振峰和安东对视了一眼，点点头，安东便开口说道：“金老师，陈静同学出了点意外，我们警方正在调查，希望你能替我们暂时保守这个秘密。”

金辅导员的脸色一变，差点从椅子上站了起来：“她，她出什么事了？”

“暂时不方便透露，很抱歉。”安东说。

“难道说前段日子在网上传的那段视频是真的？”

当金辅导员问出这个问题后，在一旁观察的李振峰不由得心中一动，他注意到此刻眼前这位中年男人的坐姿突然变得有些怪异——他的脚后跟是打开的，并且没着地，但是双脚的脚尖却紧紧地并拢在一起。从开始交谈到现在，这么长的时间已经足够让金辅导员完全放下对陌生人的戒备心理，与先前拘谨的举止完全不同的是，这时候他所表现出的坐姿是发自内心的本能流露。

李振峰脑海里迅速思考着，这种看似有些女性化的坐姿其实与性别并无关系，只是与人的性格有关，展现出这种怪异坐姿的人一般来说都不是很好相处，他们喜欢沉浸在自己的世界中，人际交往的圈子也不会太大，能够与这种人相处较好的对象，基本被局限在屈指可数的熟人里面，而这些人都有固定的小圈子，不是很喜欢迎接新的成员。他们做事比较费神，因为这类人不会有太大的主见，事情无论大小总是会犹豫很久，左右摇摆下不了决心。他们的身上也有优点，那就是具有超强的洞察力，而且对身边的人或者事有着比较准确的判断。最后强调一点，那就是非常有耐心。

他的目光又被办公桌上的亚克力奖牌吸引住了，读完奖牌上的字后，他悬着的心这才放下，看来是自己多虑了，眼前这种人被安排在学生处最合适不过。

“你说的是什么视频？”安东反问道。

“就是那一段凯斯考购物中心撞栏杆的视频啊，凶手拍的。”金辅导员双手一摊，“我们都是在网上看到的，系里的几个老师当时都不能确定那是陈静还是另外失踪的那几个，因为视频中那脸都变形了，辨别上有点吃力，我们甚至都无法确定是不是我们学校失联的那几个学生，只是觉得心慌慌的。但是那几段跳舞的视频我们也看了，讨论了半天，最终确定其中一个，叫丁媛媛。”

“那后来呢？”安东一边低头在笔记本上快速记录着谈话要点，一边随口问道，失踪名单中有丁媛媛的名字，“说说丁媛媛的情况。”

金辅导员看了下登记簿：“丁媛媛，苏川人，20岁，艺术学院摄影专业大一新生，平时在校表现良好，师生之间口碑都不错，作品还在市里拿过奖。在她失联后我代表校方和她家人联络过，她父亲很早就死了，家里只有母亲，家境不是很好。丁媛媛缺钱大家都知道，而且摄影专业也是非常烧钱的，电话中丁媛媛母亲回复我说她在外地婚庆公司找到了工作，不回来上学了，我们也就没有报案。”

李振峰和安东不约而同地对视了一眼，都想起了赵晓楠在案情分析会上说的话。

“你们看过那段视频后，联系过丁媛媛的家人吗？”安东问。

金俊强摇头。

“陈静是近期失联的，那你后来找她的室友或者同班同学谈过话吗？”安东问。

金俊强点点头：“她的室友叫韩婷婷，我找她谈过一次，没什么收获，一个中规中矩的女孩子。再说了，美术专业的孩子本来性格就比较内向。”

“好吧，金老师，那麻烦你按照失联时间逐个跟我们说说这张名单上的失踪者。”李振峰礼貌地冲着他点点头。

“好吧，我们倒着来说，这个陈静你们已经知道了，只是我们没想到她会出这么大的事。唉——，下一个，叫丁媛媛，刚才我也说过了。不过，听丁媛媛母亲说她还有个青梅竹马的男朋友，在苏川工业大学读书。”

“他们谈恋爱几年了？”

“好多年了吧，丁媛媛母亲说这男孩对她很好，她女儿不在苏川的时候，那男孩还常去她家看她。”说到这儿，金辅导员肯定地点点头，“不过，警官，我后来联系上了这个男孩，他却说他们分手了，丁媛媛在离开学校以后，就和他分手了。”

听到这儿，李振峰在笔记本上写下了一句话——核实分手方式。

“金老师，那麻烦你把他的联系方式也给我一下。”安东说。

“没问题。”金辅导员接过那张名单，在丁媛媛名字的旁边写了个电话号码和名字，又递给了安东，“另外两个是本科的。叫欧阳雪的这个我们后来找到了她父母，也见到了本人，落实下来说是她不想念书了，和人合伙去南方开店了，她父母答应我会尽快催她补一张退学申请过来。另一个就是方淑婷，失联一年零一个月的。”

“现在还能联系上吗？”安东抬头看着他，问道。

金俊强摇摇头。

“当时既然失踪了，为什么不及时报警？”

金辅导员面露难色，欲言又止。

“你们没有实习老师带队吗？”李振峰隐约感到不安。

“有，但是顾不过来，一个系有200多个学生，分布在4个公司，上班时间又不一样，都是成年人了，一切都该靠自觉了。”金辅导员看上去似乎有些紧张，双手下意识地在自己双腿的裤管上来回摩挲着，脸上的神情也显得有些焦灼不安。

李振峰感到有些诧异，从微表情的角度看，这样的神情应该是兴奋的下意识流露，又怎么会在表达歉意的时候出现呢？这时候他的内心不由得警觉了起来。他看似随意地把手中的笔掉在了离金辅导员座位最近的地方，然后伸手打算捡起，但距离明显太远，金辅导员就顺手把地上的笔捡了起来，然后递给李振峰。

就在这一刹那，李振峰看到了对方手指甲上被牙齿啃过的痕迹，这是典型的内心缺乏安全感和过于焦虑的特征。他不动声色地把笔接了过来，同时给安东使了个眼色，安东便继续问了下去："金老师，那这个叫方淑婷的学生，她到底是什么时候失踪的？"

"一年零一个月前，也就是去年的5月份。"

金辅导员向后靠在椅背上，撑住扶手的双手合十，但是手掌却并不合拢，手指也是打开的状态，十指指尖触碰却并不交叉："具体时间我们不知道了，因为带队老师上报得比较迟。警官，这确实是我们的责任，我们也想过报警，但是我都跟校长汇报了。后来的情况你们也知道了。"

李振峰心里的一块石头算是暂时放下，说话时能做出这种手势的人，话语的可信度是非常高的，他随即点点头："我相信你，金老师，我知道方淑婷的失踪与你无关，也知道你们校方确实没有监督成年人的义务，领导不想多事，你们也没办法。"

金辅导员感激地点点头。"是的，谢谢理解。"他一边说着，一边在拍纸簿上写下了实习老师的名字和手机号码，撕下来后交给安东，"你们可以和他联系，他现在不在我们学校，调去校管委了，单位就在贡湖大道上。"

剩下的三个研究生也和本科学生的背景大同小异，只是就读的院系各不一样，分别是会计专业的罗小贝、西语专业的李连芳和环境专业的陈欣然。安东详细地记录下了失联学生的情况以及家属联系方式。

“罗小贝、李连芳和陈欣然，你和她们的同学、老师都联系过吗？”安东不放心地问道。

“她们都是研究生，平时很少在学校，研究生的课程本身就不是很多，有时候一周都只有一两节课，所以失联一段时间后再出现也有可能，但是谁知道呢，反正这三个学生已经缺勤好几天了，家长也是一问三不知，我们也没有办法，毕竟都是成年人了。”金俊强回答。

最后，李振峰从工作笔记中拿出了那张从跟踪者所发布的视频里截取下来的相片，伸手递给金辅导员：“老师，麻烦你看下，这和刚才所说的6个失联同学中哪个学生比较相近？”

金辅导员皱眉看了老半天，最后放下了手中的相片，眼神有些犹豫不决。

“金老师，别有什么顾虑，尽管说吧。”李振峰笑眯眯地宽慰道，“我们只是来了解下情况，绝对不会给你们校方带来任何负面影响的，我保证，你就放心吧！”

“这张相片中的场景是在成功楼的二号阶梯教室，这堂课的名字叫‘人工智能在社区中的运用’，非常有名，讲课的是我们学校专门请的一名老教授，来听这堂课的人基本上都是大数据专业的学生。”金辅导员看向李振峰的目光中充满了疑惑，“可是，据我所知，这个专业最近并没有上报有学生缺席啊？”

“那你对这个相片中的年轻女孩有印象吗？她是学生还是老

师？”安东不甘心地问道。

这回，金辅导员脸上的愁云散开了，他咧嘴一笑：“那个专业的老师都是男生，没有女生的。大数据专业那么枯燥，在里面就读的女生就已经是凤毛麟角了。不像艺术学院，都是女孩子的天下。”

合上笔记本后，李振峰和安东不约而同地站起身：“金老师，我们该走了。那就麻烦你帮我们落实下他们专业，或者说参加过那堂大课的人，有没有这样一个女孩子最近联系不上了，可以吗？越快给我们回复越好，对了，相片你可以留着。”

“那两位警官，你们就等我消息吧。”金辅导员小心翼翼地将那张特殊的相片压在了办公桌上的亚克力奖牌下面。

李振峰和安东走出了办公室。

大楼外依旧暴雨如注，天空中一片阴霾。

“蜘蛛”做事有始有终，他依旧每天如实地用影像记录着海滨别墅里所发生的每一个细微的变化。

他不需要太多的崇拜者，在认识“小丑”之前，他就是他自己的崇拜者，这对“蜘蛛”来说已经足够了。

案发后的每个寂静的午夜，他都会回到这栋死气沉沉的别墅。二楼东头的那一间卧室里，只要他的秘密一天没有被人发现，他就都会准时出现在林丽的床前，认真观察着死亡逐渐弥漫整栋别墅的过程。

谢天谢地，他的嗅觉早就已经失灵了，所以他对于周围的事物，都要靠视觉和听觉辨别——真正的大自然中的蜘蛛，就是顺着自己吐出的丝去发现和锁定猎物。那是一种经历了漫长的等待过后才配拥有的收获和喜悦。

蜘蛛有个习惯，即使把猎物吃了，它还是会守在原地，直到下一个猎物出现，那时候的蜘蛛才会甘心舍去自己精心编织的眼前这张捕猎的大网，转而从头开始一点一点再次编织。

蜘蛛的一生就是在不断地编织属于自己的大网，而只有在这张大网中，它才是最安全的，也是这个狭小世界的唯一主宰。

可是，炎热的天气再也无法掩饰这间别墅中的黑暗，“蜘蛛”知道，很快这里就将“布满”警察，或许就在天亮后，所以今天应该是他最后一次来了吧，不过明天他还是会在街对面的篱笆后面看着的，看着警察忙忙碌碌的身影，还有那些闻到了血腥味的媒体，他们出现的速度会比嗜血的秃鹫还快。

终于到了离开的时候，他小心翼翼地擦拭周围一切可能留下自己线索的痕迹，一如真正的蜘蛛那般心思缜密，因为这是生存下去的唯一法则，最后关上底楼那扇通往后院的门，至此，他彻底切断了与这张网之间的所有联系，身影很快便消失在了漆黑的夜幕中。

与此同时，安平市区的另一面，赵晓楠突然从梦中惊醒，她大汗淋漓，呼吸急促，但是依旧感觉到了可怕的窒息。她挣扎着从地上爬了起来，跌跌撞撞地冲进卫生间，伸手打开镜子后面照明灯的刹那，雪亮的灯光下，赵晓楠竟然被镜子中的自己惊呆了：头发蓬乱，皮肤发黄，眼底布满血丝，双目无神，那还是自己吗？为何会憔悴成眼前这个样子？

她伸手打开了浴室的水龙头，把水调到最冷，然后衣服也不脱，就这么跨进浴缸，缓缓地坐了下去，直到逐渐漫起的水流把她全身包裹住，她才顺着冰冷的瓷砖壁滑进水里。

世界瞬间安静了下来，她听到了自己的心跳声。

父亲曾经不止一次地告诉过她这个世界上最动听的声音就是心脏的跳动，因为那意味着“活”，而不是“死”。所以，人要好好珍惜活着的机会，尊重每一个活着的生命。父亲死后没多久，按照他写在器官捐献卡上的意愿，他的那颗健康的心脏很快被移植到了另外一个渴望活下去的人的身上。这是父亲最后的心愿，他把活着的机会给了别人，也履行了他尊重生命的诺言，但是他自己却选择了自杀来结束生命。

他根本就是不想活了。

赵晓楠不知道父亲为什么要这么做，她更没有机会去弄清楚父亲的真正意图，因为父亲的遗体在捐献了心脏过后没多久，按照他的意愿就直接被送去火化了，没有告别仪式，没有葬礼。赵晓楠领了骨灰后，亲手把父亲的骨灰一把一把地抛撒进了大海。

父亲走得很决绝，什么都考虑到了，唯独没有给他最疼爱的女儿留下只言片语。

赵晓楠心中的“房子”其实从那一刻起，就已经彻底崩塌了，现在的她能做的，就是在废墟上一点一点地找到父亲曾经存在过的记忆，还有就是，弄清楚他为什么会做出这样自私的选择。

对于父亲，赵晓楠的心中说不清是恨还是爱。

隐隐约约传来了电话的声响。

水花四溅，赵晓楠应声从浴缸中坐了起来，她浑身湿漉漉地走出了浴室，手机就在地板的睡垫上，她顺手扯下一块浴巾，一边擦拭着自己的头发和脸上的水珠，一边按下了免提接听键：“我是赵晓楠。”

这时候的她整个人已经彻底冷静下来了。

窗外，薄薄的晨雾中，天边的黑暗正在逐渐褪去。

一小时前。

每年的6月17日是安平市固定的卫生宣传日。在这一天，安平市的展览中心内将会进行为期一周的大规模的卫生教育与人类健康的展览，其中不乏人工仿制的骨架展出，所用的材质都是石膏一类的，价格也是高得离谱。

而在这之前一晚，参展的几家单位会被允许进驻场地进行展品安装和展区文宣广告牌的布置，这一忙就是整个通宵。

或许是因为前期工作太累了吧，光是设计创意就已经来来回回忙了大半个月，所以，早晨安装的时候出了点小岔子——那个在橱窗中安放人体骨架的年轻男孩，为了让手中的高仿骨架摆出一副朝着前方奔跑的姿势，足足在密封的玻璃橱柜里待了一个多钟头，结果体力虚脱倒地，而高仿骨架也散落在了地板上。同事赶紧叫了救护车把他送去医院。

接手现场主体安装工作的是个年轻的女孩子，叫阿珠，刚从学校毕业没多久，她是个心思缜密的人，也非常珍惜这一次能够独立表现自己的机会，所以每一个动作都非常缓慢小心，总是生怕出什么岔子。

“阿珠啊，小心点放，这具高仿骨架10多万块钱呢，你一年工资都不够赔的。”现场主管阴阳怪气地在身后提醒她，这让阿珠心中更紧张了。

所以，当伸手拿过颅骨的时候，她便多看了一眼。突然心中一阵狐疑，她的手停在空中不动了，整个人就像泥雕木塑一般呆立在当场。

“喂，喂，你干吗呢？傻待着中邪了？”现场主管没好气地提醒她，“赶紧的啊，一会儿要整体验收的，别误了时间。”

阿珠依旧站着一动不动，对主管的催促充耳不闻，脸上的神情却好像看见了不该看见的东西一样，满是疑惑和惊愕。

“阿珠——”主管双手叉着腰，话音未落。

年轻女孩猛地回过头，因为手势太过僵硬，胳膊肘又把立起的骨架撞得七零八落，但是她却全然不顾这副烂摊子，反而大声质问道：“主管，你不是说这是高仿的骨架吗？”

主管脸色铁青，强压怒火：“没错，你又不是第一天来这儿上班，还这么毛手毛脚，要是摔出一条缝隙，你负责！”

阿珠看着主管，半晌，摇摇头，果断地说道：“这不是高仿的，这就是经过特殊加工的人体骨架。”

阿珠个子还不到一米六，虽然是个长得小巧玲珑的女孩，但是刚才说出的这句话却犹如平地一声炸雷，大半个场地上的工作人员都听到了。

这样的市级科普展览虽然规模很大，会陈列出很多的人体骨架和组织标本以供民众了解相关的医学知识，每一个展出样品也都价格不菲，但是却有一个无法触碰的禁忌——那就是无论什么样本组织都不能使用真实的人体骨架或者器官作为制作来源基础，这么做是违法的。

现场主管的脸彻底变成了酱猪肝色，自己身后越聚越多的人他不是感觉不到，现在每个人手中都有一部手机，只需要分分钟的工夫，自己就会成为短视频中的主人公，要想不丢饭碗的话，那就只能硬着头皮去证实这只不过是一个小闹剧而已。

然后果断开除这个笨手笨脚的女工作人员。

现场的每个人心中都有疑问，但是偌大的场地里却鸦雀无声，众人的目光焦点都落在了阿珠手中的那个人类头骨上面，静静地等待着事情的下一步发展。

片刻过后，面如死灰的现场主管哆嗦着掏出手机，拨打了110报警电话，一句话来回说了好几遍才说清楚自己发现了什么。

此时，“蜘蛛”悠闲地坐在自己的房间里，把空调开到了最大，手中的冰啤酒让他心情好了许多，而眼前的手机屏幕上，“小丑”正在直播他的又一次盛大表演。

“蜘蛛”很少笑出声，但是这一次他不只是笑出了声，而且是疯狂地大笑，因为视频中的那个现场主管实在是太逗了，哆嗦起来的样子就像是在抽筋。

看着逐渐飙升的直播平台观看人气，“蜘蛛”仰头喝光了手中的冰啤酒，他的心中突然有了一种无法抑制的冲动。

安平路308号三楼，网络安全大队办公室内，几台不停工作的电脑中突然传出了刺耳的警报声，郑文龙的神经顿时紧绷了起来，他右脚一蹬地，把椅子滑向房间另一面的监控台，看了一会儿上面的数据，疑惑不解地皱起了眉头。尽管如此，他还是一点都不耽误，立刻拨通了李振峰的电话：“李队，那家伙又上线了，不过这一次，是直播！”

“直播？在哪儿？”李振峰刚晨跑回来，所以有些气喘。

“就在市里的展览中心3号馆。”郑文龙回答。

“那里今天有什么活动吗？”李振峰的声音顿时冷静了下来。

“我查查……有，早上8点有一个展览，卫健委那边主办的，科普类。”

“我马上过去，你追踪直播链接，然后随时发到我手机上。”李振峰冷静地挂断了电话，快步跑向了不远处的更衣室。

第四章　游戏刚刚开始

大自然中的蜘蛛终于感受到了蜘蛛丝所传递过来的猎物的信息，虽然只是轻轻的一阵触动，但是对蜘蛛来讲，那就是下一顿美味的大餐。

市展览中心门外的小广场上警车越聚越多，随着警戒带的拉起，很多在场的工作人员都被单独隔离到一边，与随后赶来的围观者分开，由当地派出所的警员登记身份和记录口供。

赵晓楠比李振峰先赶到现场，所以，当后者走进发现尸骨的工作场地的时候，赵晓楠已经在木质地板上单膝跪了有一段时间了。

李振峰见到赵晓楠，赶紧原地好好地调节了一次呼吸的节奏，这才平静地来到她身边蹲下。

“情况怎么样？”李振峰问道，“是不是真的人骨？”

赵晓楠点点头。“是的，女性，没有生育过，年龄在20到25岁之间。”她把颅骨贴近身子闻了闻，“经过了专门的防腐处理。”

这时候小九走了过来，低声凑到李振峰耳边。“李哥，目前来看这附近已经没什么价值了，能破坏的都被破坏了，最起码一两百号人。我刚才问过这里的值班保安，说在这之前不到半个小时的样子，专门负责这块区域的工作人员因为疲劳过度晕倒被120送去了医院，而这丫头，”他用手指了指站在不远处，一脸委屈的阿珠，“是被临时抽调过来顶替的，结果，出了这档子怪事。”

李振峰瞥了她一眼，还是一身学生的打扮，便重重地叹了口气：“她知道个啥哟！还是小女孩子一个，问了也没啥收获的。”

“这还不是最倒霉的，”小九的脸上露出了悲哀的神情，“他们公司所有的高仿人体骨架都是用专门的大集装箱车运输的，我刚才去看过了，停在室外谁都可以进去不说，里面更是跟被龙卷风刮过一样乱七八糟，唉——”

“大型展览都是这样，兄弟，你也怨不得谁。”安东凑了过来，“你们家欧阳老大呢，去哪儿了？”

小九把自己身上印有“安平痕检”字样的工作背心拉上拉链，弯腰拎起工具箱，长叹一声。“老爷子都快退休的人了，身体也不行了，血压和腰椎，三天两头都得上医院打封闭针，我们将来也都会得上这个职业病，谁都跑不了。”说着，他摆摆手，“我要去押车回单位了，咱们回头局里见。”随后快步走出了展览大厅3号馆。

没多久，展览馆一墙之隔的地方便传来了集装箱货车启动的声音。

这时候，赵晓楠神情严肃地说道：“李队，我建议你和这个发现尸骨的人好好谈谈。”

李振峰转头看向她：“哦？为什么？”

“因为她发现了别人没有发现的东西，而且，”赵晓楠把手中的头骨递到李振峰和安东的面前，“她还说对一点，那就是这个人，是被害的。”

刹那间，来之前郑文龙的那个电话顿时在李振峰的脑海中再次浮现了出来，他并没有马上按照赵晓楠的提议去做，而是对安东小声耳语道：“你马上找人把周围所有人，包括围观的人在内，能拍下多少人脸相片就拍下多少，越快越好。还有就是一定要私下进行，不能被人注意到你的行动。”

安东用力点点头，转身匆匆离去。

在这之前，李振峰的心中还是有些犹豫的，尽管在从下车到走进事发的3号展馆这短短不到100米的距离中，他非常小心地留意沿途所经过的每个人的脸，但他还是觉得这与前两天所发生的凯斯考坠车杀人案中那位凶手高调的做事风格有些不同——他不应该处于观众席，而是应该站在舞台中央聚光灯下。而且现场的人实在太多，远远超过了自己的预期，最重要的是，现场所发生的每一幕估计都已经被传到了网上，如果自己再大张旗鼓的话，那另一个凶手可能就会受到刺激，这样对于案件的最终顺利破获可不是什么好事。

“你在想什么？”赵晓楠不解地问他。

“没事，”李振峰摇摇头，“为什么你认为她是被害的？”

赵晓楠的目光直视着他：“死因很有可能是机械性窒息。因为这尸骨已经做过了防腐处理，所以线索不会很多，我到时候或许只能给你她的大致长相以确定尸体来源。”

李振峰突然想到了什么：“那这副骨架有没有可能来自医学院或者某处研究所？这在以前不是没有过先例。”

赵晓楠盯着他看了一会儿后，微微摇了摇头，皱眉说道：“我们国家在这方面是明令禁止的，所有的人体骨架和器官组织都只能被用于非营利性的科学研究或者医疗捐献，而且一旦进入捐献系统，所有的骨架标本上都会有一个固定的号码。这副骨架上是干干净净的，而且对它的防腐处理方式也不专业，并非医学专业背景的人做的。”

“但是这人很懂化学知识，对吗？”李振峰随口问。

“可以这么说。”

赵晓楠的回答让李振峰的心顿时被揪住了。

“你是如何判断出她是死于机械性窒息的？”

赵晓楠伸手一指：“玫瑰齿，目前只能看出这些。”

她又看了看那个年轻女孩，目光变得有些柔和：“尽管脸部骨骼有些不完美，但她不是普通人，干这个太屈才了。”

“不完美？”

“先天性下颌骨畸形，一个小手术就能做好。”赵晓楠回答。

展览馆外，人群中的“小丑”喃喃自语：“小丑逗你笑了，那谁会逗小丑笑呢？”

看着在展览馆进进出出的警察，他转身离开的刹那，不动声色的脸上突然咧嘴一笑，露出了洁白的牙齿。

下一个该轮到谁了？

他的目光落在了一张熟悉的脸上。

“我就知道你会来的。”他笑着迎了上去，分不清自己眼前的到底是幻觉还是现实。

早上7点还差5分钟的时候，李振峰的母亲陈芳茹从菜市场回到了家，她用钥匙打开门走进家里，转身之际顺手关上了外面的防盗门，接着再关上家门。毕竟上了点年纪，陈芳茹越来越感到自己有些力不从心，记忆力也在逐渐衰退，所以每次做一件事她都必须小心谨慎以确保自己真的做完了。

家里静悄悄的。

她在厨房放下菜篮后来到客厅，陈芳茹突然一愣，因为此刻本应该在小区里进行义务巡逻的老伴李大强却什么地方都没去，人端端正正地坐在沙发上，目光出神，从他面前茶几上那杯仍然冒着热气的水来判断，他根本就没出过门。

“老头子，你在干什么呢？”陈芳茹有些不安地在他对面藤椅上坐了下来，“这一大早的就发呆，吃早饭了吗？”

李大强没有说话。

“老头子，你到底出什么问题了？”陈芳茹凑了上去，关切地问道，“哪里不舒服，要不要我带你去找秦医生？”

秦医生是市人民医院心脑血管疾病方面的专家，李大强的主治医生。

也不知过了多久，李大强摇摇头，他的目光落在了妻子的身上，平静地说道：“我很好，阿茹，只是有些问题想不明白。”

陈芳茹想起医生临出院时跟她的谈话，再三提醒过尽量不要激怒他，要让他保持心境平和，她随即点点头，耐心地说道：“老头子，那跟我说说好吗？或许你一个人想不明白的事情，我们俩加起来就没问题了呢。”

李大强不解地看了妻子一眼。

陈芳茹耸耸肩，像儿子阿峰那样做出轻松的样子，双手一摊：“反正我们俩都退休了，有的是时间。”

“好吧。”李大强站起身，走回自己的书房，没多久房间里便时不时地传来书本掉落的声音。陈芳茹克制住想要进去收拾残局的冲动，依旧满脸带笑地坐在藤椅上，等着李大强出来。

很快，李大强便拿着一个笔记本走了出来，那是他视若生命的工作笔记，棕色的封面，最顶上是一枚公安的徽章，下面是“工作笔记”四个字，右下角的位置上有蓝色钢笔书写的年份：2002年。自打上次存放工作笔记的书柜被儿子阿峰给“成功洗劫”后，李大强是虎着脸去安平路308号给要回来的，然后以最快的速度给自己书柜上的玻璃门加了一道结结实实的大铁锁。

李振峰跳着脚说他自私，说人家都给家里的银行存折加把锁，就他，偏偏给自己的书柜上锁，生怕再次被偷的还是那些他一笔一画写下来的工作笔记。

老头子依旧没有辩驳，临走时，只是对着儿子嘟囔了一句：“你自己也写呗，手反正长在你自己的胳膊上，没人拦着你。”

李振峰鼻子都快气歪了，但毕竟是自己的父亲，更何况是他有错在先，便不再提这件事，一连好几天借口工作忙，没有回家。

如今，李大强主动拿着笔记本来到陈芳茹身边坐下：“阿茹，你还记得2002年的时候，也和现在差不多的季节，安平市局出了一件大事吗？”

“我当然记得了，”陈芳茹笑了，“你那年破天荒朝家里拿回了2000块钱的奖金，还有一张大红喜报呢，说是你带的那个组破了一件大案子。”

“大案子？”李大强脸上看不到一丝笑容，“你知道吗？那件案子现在又有新的证据出现了。”

这就意味着当年那个凶手并不一定就是案子的真凶，陈芳茹脸上的笑容凝固了。

“证据可靠吗？”

李大强点点头。

“那需要我跟阿峰说吗？”陈芳茹惴惴不安地问道。

“不用，我知道怎么做。”李大强果断地回绝了。

“那你下一步打算怎么办？”

“我明天晚上要去见个人，就在安平城北的小木桥，是犯罪嫌疑人的妹妹，她还活在世上。”李大强说，“我已经跟她电话约好了，现在她在外地女儿家，明天下午才到安平。”

陈芳茹急了：“老头子，难道你忘了儿子对你的叮嘱了？你现在已经不是警察了，我不能让你一个人去！”

“那你就和我一起去。”李大强的声音软了下来，“阿茹，我不去一次我不死心。”

“为什么？”陈芳茹皱眉看着他，“你的执念太深了。”

李大强轻轻叹了口气，打开那本工作笔记，从里面拿出了张老照片，指着左边第二个人说：“这是我，我身边的这个人是6·17专案组的法医，叫赵军和，告诉我这个消息的人，就是赵军和的孩子，叫赵晓楠，所以她对我所说的每一个字我都相信，因为她也是法医，现在和我们阿峰在同一个单位工作。”

陈芳茹一怔：“老头子，她怎么会突然找到你？”

“我不知道，”李大强摇摇头，“或许我是唯一还在安平的人吧，那个专案组一共5个人，赵军和出了意外，听说是车祸；陈局退休后去了外地女儿家，不会再回来了；黄明海得了肺癌，人前年刚走，我们还专门去送过他一程，你还记得吗？而这个个子最矮的叫朱广河，案子结束后没多久就被调去了北方刑侦局工作，但是不幸的是，两年后因为操劳过度诱发心源性心脏病猝死，值班的时候倒在办公桌上就再也没有回安平了。”

“赵军和法医的孩子就是那个找你的女医生？”

“就是她。”李大强感慨地点点头，“真没想到，老赵的孩子都已经长这么大了。”

安平路308号二楼刑侦支队大办公室里，李振峰看着他面前写满各种摘记的两块白板陷入了沉思：

表演型人格障碍与自恋型人格障碍，这两种变态人格障碍分类是犯罪人格中最容易被混淆的，准确定位才是破案的关键所在。

李振峰现在最大的困惑就是，他所面对的凶手到底属于其中的哪一种，因为后者比前者更让人感到担忧，伤害面也更广。

通常来讲，和表演型人格障碍相比，自恋型人格障碍有几类判断特征，它们分别是：

第一，过度夸大自我的重要性、成就和才能，想让别人觉得自己很厉害，对权力、美貌以及不切实际的理想抱有非分之想，确信自己是这个世界上独一无二的人并且只能与同等类型的人交往。

第二，过分渴求别人的赞赏，有特权者的欲望；无缘无故地期待别人的特殊照顾，觉得别人就该这么对待自己，这是自己应得的；人际交往中只注重利用别人来达成自己的目的。

第三，缺乏同理心，不愿与他人共情，不愿考虑他人的需求，完全基于可以获得什么而与人交往，而不是自己能给予对方多少。

而这几点，在表演型人格障碍患者身上同样能看到。真要说区别的话，那就是表演型人格障碍患者是在舞台上，而自恋型人格患者却是坐在观众席上，他们获得欢乐的方式不同。

也就是说，如果在网上被称为“蜘蛛”的第二个凶手真的被最终确认为是自恋型人格障碍的话，那么他在平常生活中就会表现出极为擅长维护面子，很会在受害者面前创造好的第一印象，知道如何让受害者上钩。这类患者的行为极度隐秘，虽然同样有渴望得到的东西，同样有脆弱的自我，但是他们更善于隐藏自己。

而让李振峰更感到担心的是，虽然有证据表明自恋型人格障碍的一部分是由基因决定的，但更可能是外部环境因素所导致。

自恋的核心点是自我脆弱，这些人大多在小时候受到过家人的虐待。虐待的形式有很多，当孩子被过分专制的父母忽略，无论是言语上的还是行动上的，时间久了，心理都会陷入扭曲中。

这些孩子长大后就会发现，自我价值的肯定完全来自外界，也就是说他必须做得比周围人更好才能得到别人的赞赏。因此，他们必须显得比普通人更为重要，他们活着就是为了获得别人的关注，而这样的关注会让他们产生虚假的认同感，觉得自己明摆着就是无所不能，或者暗自坚信自己优于他人。这可不是什么好的倾向。

安东站在白板旁看了一会儿后，头也不回地问道：“李哥，自恋型人格障碍的人有哪些行为表现？”

李振峰长长地伸了个懒腰，活动了下有些僵硬的脖颈：“第一，这种人从不道歉，总是怪罪别人，甚至是自己最亲的人，因为他们的自我脆弱特征是承受不了自己是错的这个事实，在他们看来，道歉就是自己软弱的表现。第二，他们总是不断贬低别人以抬高自己，对他们来说，这是安慰自己的一种最直接的方式，确认自己优于其他人，是最有价值的。在自恋狂看来，周围那些糟糕的人怎么敢批评他们。第三，煤气灯式心理操纵，让周围的人不断怀疑自身。自恋狂会通过说谎，或者曝光受害者曾经的不良行为，否认受害者曾经说过的话，给受害者造成各种各样的错觉等，轮番攻击，让他们最终怀疑自己的想法。他会告诉你，你的朋友在贬低你，说你坏话，当周围人都否定你的时候，只有他才能包容你，容忍你，然后你就会产生感激之情，同时把自己彻底贬低随他操控。”

安东不由自主地叹了口气：“这种人实在太可怕了。”

“是啊，”李振峰若有所思地点点头，“真得小心。”

正在这时，马国柱的大嗓门又一次在走廊里炸雷一般地响起：“安东，安东，快来我办公室，速度！”

安东赶紧离开了大办公室。

午后1点，正是一天中气温最高的时候，底楼法医办公室的门口却凉风阵阵，这让坐在绿色长椅上的李振峰感到有些昏昏欲睡，向后一仰差点就真的去见了周公。

正神情恍惚之间，有个人影在自己眼前一晃，她双手插在工作服外套口袋里，似乎欲言又止。

终于，人影开口了：“喂，喂，你在这儿干吗呢？”

“别吵，我睡会儿。”李振峰已经无法控制住自己瞌睡的欲望了，心里最后一根紧绷着的弦放松的刹那，整个人便彻底松弛了下来，瘫倒在了长椅上。

“喂，李队，你不能在这儿睡，会着凉的！”赵晓楠发愁了，左右看了看，见走廊里没人，便伸手推了推李振峰沉重的身体，“快醒醒，你不能在这儿睡觉，明白吗？你怎么就听不懂我说话呢。”

马月闻声从办公室里探出头来，笑嘻嘻地说道：“姐，他睡得就跟头死猪一样沉，你叫不醒他的。”

“那怎么办？”赵晓楠想了想，“来，帮我把他架进去。”

马月应声赶紧从房间里出来，搭住了李振峰的胳膊：“姐，把他丢哪儿？”

“解剖台上。我只要关了后面的门就行，那房间没风，也凉快，就是离地面高了点，他爱睡多久就睡多久。”赵晓楠说得没错，因为在法医处工作过的人都知道，真要休息的话，也确实只有在解剖台上是最舒服也是温度最适宜的，尤其是大夏天。

马月乐了：“哦嚯，那他的睡相老实点就好。”

两人回到办公室后不到一个钟头的时间，隔壁就传来了清脆的手机铃声，紧接着便是一阵惨叫声：“哎哟——这哪里啊——救命啊——”

这凄惨的呼救声隔着一堵墙都震耳欲聋，赵晓楠突然意识到了什么，心知不妙，便看了眼马月：“走吧！”马月无奈地站起身，两人并肩朝外走去：

“马月，走的时候是不是给他把灯关了？”

“应该是吧……顺手，我顺手了。”马月嘿嘿偷笑，“抱歉啊。”

“别跟我说抱歉，但愿李队别出什么事。”赵晓楠重重地叹了口气。

伸手推开解剖室的门，雪亮的照明灯光瞬间亮起。只见李振峰狼狈不堪地坐在地板上，背靠解剖床的底座，神情惊恐，手里紧紧地抓着刚摸到的手机。看情形电话应该是接听完了，但是脑子却还没完全清醒，被摔蒙了，所以眼神有些呆滞。

知道出事了，赵晓楠只能弯下腰，拿出口袋里的笔电打开，逐一查看了下他的双眼瞳孔，这才点点头，伸手把他拉了起来：“你没事，也没摔伤，脑子也没受伤。”

“我怎么在这儿？”李振峰环顾四周结结巴巴地问道，“我怎么睡在解剖台上？到底发生了什么？”

“李队，你在外面长椅上睡着了，我们怕你着凉，就把你抬这儿来了。”马月说，“你可别嫌弃这床，这是我们这儿的VIP级别才能享受的待遇呢！”

李振峰皱眉想了想，问：“你们外面的长椅上怎么老感觉有风吹过，脖子后面凉飕飕的。”

赵晓楠说：“其实一直都这样好多年了，而且一年四季都这样，我也找过原因，但是没找到。要不是为了这后面冷冻库里的尸体，我们这里是完全不用开空调降温的。”

“邪门！”李振峰嘀咕，“我记得小时候也来过这儿，觉得冷，那伯伯跟我说大概是地下室的缘故，房子结构的差异，所以风全往这儿跑了。”

“你说的是‘风洞效应’？”赵晓楠不解地问道，“难道说这墙壁后面有什么特殊的结构？”

李振峰摇摇头：“不太可能吧。”

“你这几天有好好睡过觉吗？”赵晓楠问，“你刚才之所以会在外面长椅上呈现出浅度昏迷，就是因为你严重缺乏睡眠。”

李振峰尴尬地承认：“我确实没休息好。”

“那，我的建议就是你赶紧回去睡觉，缺乏睡眠很容易出事的。”

李振峰听了，只能摇头苦笑：“我尽量吧。对了，我正好找你有事，那个尸骨的人脸复原做出来了吗？”

“跟我来吧，已经好了。”赵晓楠回答。

回到办公室后，赵晓楠伸手从办公桌文件夹里抽出一张早就打印好的人像递给李振峰：“就是这个，我已经和小九他们联系过了，你等下去那边，他会给你匹配的户籍资料。”

“好的，谢谢你。”李振峰小心翼翼地把人像对折好，掏出工作笔记夹了进去，抬头见赵晓楠依旧看着自己，倒是有些不好意思了起来，“你也注意休息，一个人，身体最要紧。”

赵晓楠没再多说什么，只是点点头，看着李振峰快步离开了办公室。直到他的脚步声消失在走廊尽头，她这才长长地出了口气，拉开椅子坐了下去。

马月推门走了进来：“姐，李队走了？他没事吧？”

赵晓楠看了她一眼：“他有幽闭恐惧症，容易焦虑过度，以后别和他开这种玩笑，会闯祸的。”

马月呆了呆：“是吗？真看不出来，怎么会得上的？”

“应该有好多年了，”赵晓楠若有所思地说道，“不过因为他本身是学心理学的，情商很高，就能比较好地控制住自己情绪上的应激反应。”

说到这儿，赵晓楠的目光中闪过了一丝黯淡。

午后1点。

安平城的另一边，“蜘蛛”的预感终于变成了现实。

其实从今天一早开始，他就已经有些魂不守舍，这种感觉让他很不舒服。

吃完午饭后，他回到办公室自己的工位上，无意中看到手机页面上一连被推送了好几条有关热门视频的消息。他点开页面，发现这是别墅区保安上传到某自媒体平台的一段发现尸体的现场视频。

视频里，保安一边疯狂地骂娘，一边把自己中午吃的东西给吐得干干净净。因为视频审核尺度的缘故，那些血腥的场面没有被平台放出来，但光是拿着手机在别墅外围转一圈，那场面和氛围就已经足够让刷到这条视频的网民感到震撼了。

“蜘蛛”知道自己一定不能错过这么好的机会。

他立刻停止手头的一切工作，关掉电脑，站起身冲出办公室，和行政打过招呼后，下楼钻进自己的车里，兴冲冲地径直向海边别墅而去。

他的秘密终于被人发现了，“蜘蛛”感到既兴奋又惊恐，自己本来已经习惯了这么多天的默默等待，突然之间等待终止了，“蜘蛛”却有些手足无措起来。

他激动得就像个孩子。

突然，车差点撞上前面等红灯的那辆黑色宝马，他本能地踩下了刹车，同时冒出了一身冷汗。自己竟然会开车走神。

两种极端的情绪在“蜘蛛”身上纠缠着，让他几近崩溃。

沉吟片刻后，“蜘蛛”哆嗦着伸手从仪表盘里摸出个塑料药瓶，里面的药片已经不多了。这时候，汗水遍布了他全身上下的每个毛孔，这让他感觉难受极了，尽管车里的空调温度正合适，但是“蜘蛛”的身体还是在止不住地发抖。他的十指变得有些僵硬，这使得他根本就打不开那滑溜溜的塑料药瓶。

为了让自己的头脑保持清醒状态，他不得不一次又一次地努力用牙齿咬住自己的舌尖，让暂时的痛苦刺激自己几近崩溃的神经。

终于，药瓶被他拧开了，欣喜之余，他的呼吸频率也随之变得急促起来。他把药瓶倾斜过来，就在这时，身后的车辆突然按响了喇叭，那刺耳的鸣笛声把“蜘蛛”吓了一跳，手中的药瓶瞬间滚落在地，仅有的3粒胶囊也无声地掉落到脚踏板的缝隙中去了。

夹杂着愤怒、绝望的情绪迅速把“蜘蛛”吞噬，他脸色铁青，不得不拼命克制着内心的愤怒。现在是大庭广众之下，大白天，蜘蛛不能捕猎，这是规矩。于是，他愤愤然地从后视镜中记住了后面那辆白色凯美瑞的车牌号：苏T13248。他知道自己绝对不会放过它的，因为蜘蛛记仇。

白色凯美瑞的车主是个打扮时髦的年轻女孩，车辆开过“蜘蛛”车旁的时候，他注意到对方有着一头如丝般顺滑的长发，“蜘蛛”的心中顿时有了主意：不去海滨别墅了，去了也只不过见证一下人家替自己收拾残局的场景，很无趣。打定主意后，他一脚油门远远地跟上了那辆惹祸的凯美瑞，嘴角露出了邪魅的笑容。

大自然中的蜘蛛终于感受到了蜘蛛丝所传递过来的猎物的信息，虽然只是轻轻的一阵触动，但是对蜘蛛来讲，那就是下一顿美味的大餐。

他又怎么可能放弃？

半小时前，安平路308号大院内。

李振峰站在痕迹鉴定办公室门口，看着小九递给自己的户籍档案资料，虽然只有薄薄的两页A4打印纸，却详细地记录了一位年轻女大学生短短的一生。

“果真是方淑婷啊。”李振峰沮丧地叹了口气，转而扯着嗓子叫了一声，“安东！”

安东应声从隔壁办公室探出头来：“哥，找我？”

李振峰把手里的两张打印资料递给他：“这是方淑婷的档案资料。”

安东倒吸一口冷气：“那副骨架？难道真的是她？”

“没错，法医和痕检那边出的结果都是相同的，是她无疑了。你马上派两个人，去通知一下方淑婷的家人，有血缘关系的，最后进行DNA采样，再次确认死者身份。”李振峰语速飞快地吩咐道，“还有，我现在去开一张拘传，咱们俩立刻去趟校管中心，贡湖大道上的那个，去把她那带队老师传来。咱们要好好跟他谈谈了。那老师姓啥来着？”

“姓徐，叫徐彦武，现在负责后勤。昨天回来后我找人侧面打听了一下，这人口碑貌似还可以。”安东一边说一边快速敲击了几下手机界面，没多久，李振峰的手机上便收到了安东传过来的徐彦武的资料，“李哥，你不用去了吧？不就拘传个人吗？我和齐刚海去就行了。”齐刚海是安东手下的组员，一个敦厚的北方汉子。

李振峰摇摇头：“不，我要看他的第一反应。”

安东是个聪明人，他明白李振峰心里想的是什么：“行，那我们在车库汇合。”

没走几步，身后传来了郑文龙的声音：“李队，等等，我有事找你。”

李振峰应声停下脚步。

郑文龙说："李队，你那台电脑，就是你昨天拿来的，这电脑里的东西有点不对劲。"

"你说的是陈静的那台？"

"除了那台还有哪台？"郑文龙把自己手机中的几张相片给李振峰看，"我都不好意思在群里传给你，这姑娘怎么会干出这种事？"

手机里是几张年轻女性露骨的相片，尺度非常大。

李振峰本能地脸红了，他忙不迭地把手机屏幕关了，刚打算还给郑文龙，转念又想起什么，赶紧重新打开，怔怔地看着相片中那年轻女性的脸部侧面发呆。

郑文龙一把夺过手机："哥，犯错误了哈。"

"没有，我没有这个意思。"李振峰伸手一指，"大龙，这相片中的女人，我好像认识。"

"认识？"

"这个女的，我昨天还跟她说过话呢，她不是陈静，更不是这台电脑的主人，她叫韩婷婷，是陈静的室友！她来局里报案的时候头发是披散下来的，和这几张照片的角度就很相似。"李振峰急切地追问道，"大龙，不开玩笑，你是在哪里找到这些相片的？"

"《人格的塑造》游戏的聊天室记录里，是使用这台电脑的人自己上传上去的。"郑文龙微微皱眉，"我查到的是图片发送备份，玩这个游戏的人用这种图片来结交一些不三不四的家伙。"

"那现在这个图片被传了多少，你大概能有个总的数目吗？"李振峰问。

"太多了，至少过去一年时间里，就在不断上传。"郑文龙不解地看着李振峰，"李队，到底是什么样的心态，才会把别人的隐私相片私底下传给那些网友？”

“网站服务器不管这种相片吗？”

郑文龙摇摇头：“相片是用文件形式发送的，需要自己通过下载工具下载到电脑里才能看到。我大概统计了下，光是上个月就被提取并成功下载了不下1000次。”

李振峰脑海里又一次出现了那张画布上大片的玫瑰红色，那是血的颜色。

郑文龙走后，他拨打了韩婷婷在报案时留下的手机号码，不出所料，号码已经停机。

韩婷婷消失了。

李振峰吩咐下属尽一切可能寻找韩婷婷最后出现的监控视频镜头，找出她的下落。

“李队，哪天为标准？”小范问道。

“前天下午，我还在宿舍见过她的。”李振峰的心里总是忘不了那幅没完工的画。

第五章　心迷宫

每每听到女人高嗓门说话，
他就会瞬间感到烦躁不安，
就好像有一万只蚂蚁在啃噬他的骨头一样。

李振峰非常喜欢看一个人的眼睛，在微表情中，凡是眼睛可以做出的行为，都被赋予了一种特殊的含义。

眼神的变化需要眉毛和眼球的配合，当然也少不了眨眼的动作，虽然说眨眼是最寻常的眼部动作，但恰恰就是这个不起眼的小动作，却是人体主观意识所不能够完全控制的。而如果是有意识地眨眼，那么任何一个成年人都能够轻易分辨出来，只要有足够的时间与耐心就可以。

在正常放松的情况下，眼睛每分钟眨动的次数是6到8次，而眨眼动作的闭合时间非常短暂，通常只有0.1秒。

如果在紧张的情况下，那么眨眼的次数就会多很多，因为巨大的心理压力会引起自身情绪的连锁反应，这么一来，心理素质无论多么强的人都无法刻意控制住自己眨眼的频率。

就比如说眼前这位坐在李振峰对面椅子上的中年男人，虽然表现如常，面对一些常规问话都能做到对答自如，没有什么破绽，但是每当听到方淑婷的名字时，徐彦武的眼睛都会特别明显地眨一下。而面对其他问题，他则表现得非常平静。

李振峰决定主动出击："徐老师，据我们了解，调到校管部门的申请是你自己主动提出的，对吗？"

这是个不可否认的事实，徐彦武点头承认："是的，就在那次的实习学生失踪事件过后，我受到了校方严厉的批评。后来，副校长找我了，说给我一次机会，让我申请去别的部门上班，我就走了。"

"工资少很多啊。"

"是的，每个月少了850块钱，那是基层老师的在岗补贴，校管中心是没有的。"

李振峰注意到徐彦武做出了放松的姿势，他的两个肩膀开始向后倾斜，很快，便主动靠在了椅背上。这不是主观意识做出的动作。

"徐老师，你是什么时候得知方淑婷失踪的？你还记得吗？"李振峰知道，正常情况下一年之前发生的事情是不可能细化到哪一个时间节点上的，除非情绪上受到了很大的刺激，才会产生特别的连带记忆。

略微停顿过后，徐彦武摇摇头，苦笑着说道："都过去这么久了，我已经记不太清了，只知道当时是她所在的安平模型一厂车间主任给我打的电话，说方淑婷同学已经两天没去上班了，问到底出了什么事。"

"那你是什么时候赶过去的？"

"记不清了。都一年多了，警官。"徐彦武突然抬起头，"警官，你们还没跟我说呢，是不是找到方淑婷同学了？她现在在哪儿？学校知道吗？"

李振峰认真地看着他，许久，点点头："她死了。"

他看到了徐彦武双眼瞳孔收缩，一丝疑惑不解的表情在脸上转瞬即逝："这，这不可能，她到底出什么事了？是不是得了急病？她家里人知道吗？"

李振峰并没有回答这些问题，他从笔记本里抽出四张相片，然后垒成一摞递给徐彦武："徐老师，麻烦你仔细看看，这里面有没有方淑婷？"

那是"小丑"上传的四段视频中四位女受害者的脸部截图，在这之前，李振峰已经拿着方淑婷学生证上的相片和这四张相片请小九用仪器做了鉴定，得出的结论却是模棱两可的——因为像素和角度的问题，根本无法确定这四张照片中是否有一张属于方淑婷。

果然，徐彦武做出的回答也是摇摇头。

可李振峰注意到他做了一个很有意思的动作，那就是徐彦武根本就没有仔细辨认那四张相片，而是用最短的时间就否定了所有的结果。

这就意味着徐彦武知道方淑婷已经死了的可能性非常大。

人类转动眼球的方向和停留的位置是一种无声的表达，本人一般是注意不到的。当一个人在回忆自己曾经看到过的一幅画面时，目光会投向正上方；回忆听过的音乐或者熟悉的声音时，眼球会往侧面转动，整个人呈现出一种仔细聆听的姿态；如果回忆对象不是一个具体的事物，只是一种情感，那眼球的轨迹便是投向右下方；而在思考问题时，眼球便到了相对的左下方。

这就是李振峰那么喜欢看人眼睛的原因所在，因为在人的眼睛里，没有能够藏得住的秘密。可是当徐彦武再次看向李振峰并用摇头来做出回答时，他的目光是看着右上方的，那就是在告诉李振峰——对不起，我要开始撒谎了！

这个世界上很多人都觉得自己很会伪装，可以把自己的真实想法埋藏在心里不被人发现，其实这并不是他们伪装得多好，只不过是没有被人发现罢了。

在方淑婷被害案件上，徐彦武就撒谎了。

结束询问后，组员小陈打印完笔录，李振峰让徐彦武在笔录上签字按了手印，随后就让警员把他带出门。

站在走廊上，看着徐彦武招手上了一辆出租车，小陈问："李队，你怎么就让他走了？他肯定有问题，我都看出来了。"

李振峰笑而不语，转而点点头："他是有问题，你没看错，而且问题大着呢。"

"那你为什么不直接拘留他，让他吐更多东西出来？"

"目前时候未到，但是他所隐瞒的东西，其实都已经告诉我了，我现在要做的，就是找到实际证据。口说无凭，你说对不对？还有啊，你马上安排人，深挖徐彦武的情况，有线索随时向我汇报。"李振峰说。

"没问题，这就去办。"小陈兴冲冲地走了。

李振峰掏出手机，拨通了安东的电话："你们在樱花小筑别墅区的现场怎么样了？情况严重吗？"

就在大约一个小时前，市局情报中心便传来了警情，说樱花小筑别墅区发现了两位死者，从现场初步判断为他杀，而且死了已经有几天了，现场的状况比较惨。

得知这个消息后，安东便沉着脸带人走了。

此刻，电话那头的安东重重地叹了口气："糟透了！这是疯子才会干出来的事！"

"怎么了？"李振峰一惊。

"就像个屠宰场，臭死了！"话还没说完，耳机里便传来了安东剧烈呕吐的声音。

李振峰不由得皱眉，看来情况确实很糟。

一个多小时前。

樱花小筑别墅区物业中心的保安夏文伟这个月上的都是中班，虽然没有多少加班费，但是至少图个清静，活儿也不多。

可是很快连这个小小的愿望都变成了白日梦。

一切都怪那只该死的小约克夏，个子长得最小，但是吼叫出来的声音又大又刺耳，更要命的是在主人的宠溺下，这只狗不仅散养还特别爱叫唤，所以三天两头有别墅的住户打电话来投诉。

而此刻，室外阳光直射地面，温度已经达到35℃以上，中午的时候更是让人昏昏欲睡，它却又开始叫了，一阵接着一阵，还根本就没有要停下来的意思。夏文伟在值班室床上翻来覆去了好一阵子，终于受不了了，他翻身下床穿好衣服拉开门，顺手操起门边的抓狗网，快步向狗叫唤的地方走去。

抓狗网是一种极为特殊的捕捉工具，专门用来对付流浪狗的，长约两米，顶上有个结实的网兜，这种网兜别说锋利的狗牙了，哪怕刀子都割不断。今天是特殊情况，虽然夏文伟知道这是别墅区业主的狗，却也只能破一回例了。

循着声音而去，他也怀疑过自己所走的方向是否正确，因为这只小约克夏的主人家明明是在左手边第一排的别墅区，而现在狗叫的地方却是第三排，也就是最靠近海滩的那一排，那里是独立别墅区，不像前面的联排，环境更好，价格当然也就更贵了。

一想到这儿，小保安夏文伟就忍不住心头一紧，记得保安经理曾经提到过一句：凡是住在靠海独栋的，都是非富即贵的人，别问，问就叫你立马丢饭碗，那可是分分钟就能做到的事。

夏文伟对那只狗的叫声简直是深恶痛绝，紧赶慢赶，他终于在绕过那排冬青树后，在大太阳底下离自己不到10米远的地方看见了这个小狗崽子可恶的身影。可是随之而来的却是更大的惊恐，因为它一边烦躁不安地原地打转，一边愤怒地冲着一户别墅大门拼命叫唤着，那情形就好像随时准备上去撕咬一般。

“哎哟，我的小姑奶奶，再叫唤的话老子就得丢饭碗了。”夏文伟暗自抱怨，身体小心翼翼地向小狗靠过去。只要再坚持缩短8米的距离，就能出其不意地把这爱叫唤的小约克夏给抓住了，那自己还能有时间偷一个钟头的懒。

理想与现实之间总是有着一段可怕的距离，夏文伟没有意识到，他失手了。小约克夏受惊后，干脆一头冲进了眼前那栋米黄色的小别墅，一路上叫得更欢了。于是，刺耳的狗叫声在三层小楼里不断地回响着，让人听了头皮发麻。

夏文伟在此起彼伏的狗叫声中感到了深深的绝望，尤其是看到院落中停放着的那辆高大的棕色牧马人，光是那串都是8的车牌号就已经让他感到眼晕了，更别提在别墅里四处撒欢的小狗。

他现在得罪的可不是一家住户，饭碗能不能保住都成问题了。

夏文伟扛着抓狗网转身刚想溜，突然停下了脚步，总感觉哪里有些不太对劲。狗叫声还是其次，这么贵的车子都在，从自己所站的位置看过去可以确认别墅车库里还停着一辆奶白色的丰田，显然别墅主人是在家的，那为何这狗跑进去了，却一点反应都没有？

独栋别墅并不大，高三层，顶楼是阁楼设计，一般被用作书房，二楼是卧室，一楼是客厅、起居室以及厨房，这些房间布局设计对于保安夏文伟来说都是十分清楚的。

他绕着别墅转了一圈，终于发觉了异样——别墅里太安静了！

是的，那几台室外空调挂机此刻并没有运作，安静得就像一个摆设，而整栋别墅的窗户却关得死死的，几乎密不透风。

不仅如此，空气中似乎还有一股臭味在不断地飘来。

夏文伟不禁哆嗦了一下，他的目光随之落在了那虚掩着的门把手上，是的，别墅的正门自始至终都虚掩着，这也是那只小约克夏能够冲进去捣乱的原因。

可是，那该死的狗为什么就不叫了呢？

夏文伟就这么站在别墅前的台阶上，上也不是下也不是。终于，他听到了一阵呼哧呼哧的声音，很轻微，声音逐渐接近了门边。

小保安夏文伟就这么站在室外35℃的高温下，满头大汗却浑身毛骨悚然，脸色刷白，心悬到了嗓子眼儿。

终于，细碎的脚步声在门边停止了，一阵摩挲声后，先是露出了一只小狗头，接着就是狗的全身，出现在夏文伟面前的正是那只闯了祸的小约克夏。

这时候，夏文伟却一点都高兴不起来，反而是双腿一软瘫坐在地。他终于看清楚了，这只离自己越来越近的小约克夏满是血的嘴里咬着的是一只发黑的人耳朵!

“别过来，别过来……”回过神来的夏文伟号叫着把手里的抓狗网朝小约克夏用力丢了过去，然后转身连滚带爬地跑了。

10多分钟后，保安经理赶到事发别墅的楼下，他硬着头皮上楼查看究竟，很快便脸色铁青地冲下了楼，向路边的垃圾桶跑去，边结结巴巴地对夏文伟嚷嚷：“赶紧报警！赶……赶紧报警！死人了……”话还没说完，胃里便是一阵翻江倒海，他赶紧抱着垃圾桶，就像抱着一根救命稻草，低头吐了个昏天黑地。

“小丑”喜欢吃面，他从出租车上下来后径直走向了小区外面的那家鸭肉面馆，要了二两鸭肉面，外加一碟姜丝、一个卤蛋，趁着等待的工夫打开手机刷起了视频。

自从知道了“蜘蛛”的存在，“小丑”每天必做的一件事情便是随时查看所有平台上自己上传的视频点击播放量和排名，包括本地热搜榜。既然已经知道自己和“蜘蛛”根本就不可能成为朋友，那么成为对手也还是要配得上才行，就像一个华丽的舞台，聚光灯下的主角永远都只能有一个。总之一句话，“蜘蛛”和“小丑”不能并存。

在推送一栏中，他立刻注意到了自己最不愿意看到的标题——海滨别墅命案现场直击！他是认得这栋视频中的海边别墅的，整整3个月的时间，“蜘蛛”已经在他的脑子里无声地编织了一张可怕的大网，而这张网的形状，便是这栋以后再也不会有人敢去居住的“凶宅”。

而他最后上传的那个视频则早就被彻底挤出了排行榜。

看着那视频下如雪片般不断叠加的评论，“小丑”的内心就像被一只无形的大手给狠狠地拧成了一团，然后用力踩在了脚下，他感到沮丧极了，强烈的自尊心瞬间碎了一地。

虽然说拍视频的人并不是“蜘蛛”本人，但那无疑是他的杰作，至于说是由谁来呈现那都无所谓，花了整整3个月的时间，“蜘蛛”用超常的忍耐力导演了一出足够让整个安平城都感到颤抖的大戏。今天，只是成功谢幕而已。

明摆着属于“小丑”的主角光环被“蜘蛛”悄无声息地夺走了。

而这，对于“小丑”来说却是无法容忍的挑衅，他阴沉着脸伸手接过了服务员递给自己的面条，然后闷声不响地吃了起来。

这时，店里的老板娘伸手打开了墙上的电视机，“现场直击”四个醒目的大字立刻出现在了屏幕的左上方，镜头前的女主持人一改往日的淡定从容，变得神情严肃，语速飞快，尤其是说到激动之处，更是音量瞬间提高了好几个档次。

“小丑”最受不了的就是女人的尖叫声，所以每次他下手都是直接掐住对方的喉咙，一劳永逸。他说不清楚这么做到底是为什么，但是每每听到女人高嗓门说话，他就会瞬间感到烦躁不安，就好像有一万只蚂蚁在啃噬他的骨头一样。

尽管店里开着空调，但是豆大的汗珠还是在不断地滚落。他的目光落在了自己的左手上，看着它在不由自主地微微颤抖，“小丑”心里知道不妙，他不得不克制住自己去砸电视机的冲动，他必须马上离开这里。

他胡乱把碗里最后的一点面条倒进了嘴里，在桌上丢了20块钱，然后站起身就往外走去。他此刻的脑海中只有一个念头：赶紧走！

在回去的路上，“小丑”在烟酒店里买了两瓶矿泉水和一包烟，这时候的他已经有了新的构思。

他没有上楼，在周围绕了好几圈后，确保身后没有人跟着了，这才来到自己住处对面楼底下的车库里，从兜里摸出钥匙打开锁，然后把卷帘门往上推去，哗啦啦一声响动过后，眼前便出现了一辆灰色的微型面包车。

这里是单独设立的私人车库，经过改装，有专门的锁控制着两道门，没有人会来，所以也就没有人会听到面包车后部传来的沉闷的敲打声。

“敲什么敲！”“小丑”嘟囔了句，他弯腰从地上的工具箱里摸出一把大号扳手，然后勾住卷帘门上的挂钩，这么一扯，卷帘门便再次关上了。

他并没放下扳手，而是晃晃悠悠地绕到面包车的后方，那里是经过改装的一个隔层，他用扳手拧开隔层上的5个固定螺帽，然后放下隔层，看着出现在自己面前因为窒息而脸色发白的韩婷婷。“小丑”咧嘴一笑，晃了晃扳手，冷冷地说道：“你再吵，我就砸死你。”

韩婷婷的脸上露出了惊恐的神情，她哆嗦着摇头，又拼命点头。

“小丑”从裤兜里分别摸出两瓶水，丢给她，然后便又一次把挡板盖上了。里面隐约传来了韩婷婷绝望的啜泣声。

他才不管这么多，现在就等天黑了。

“小丑”的世界就是“小丑”的舞台，主角只能是自己，不能是别人。

大自然中的蜘蛛面对自己的猎物时，会先向猎物喷射足够多的毒液当作麻醉剂，使猎物丧失活动能力，猎物可以活四五天，但是却只能一动不动地让蜘蛛在想吃的时候随时咬上一口，也就是说，或许直到自己被彻底吞下的那一刻，猎物都是清醒着的，而反抗对它来说简直就是一种可望而不可即的奢侈。

那辆白色的凯美瑞就在他不远处的地方停着，苏T12345。这是一家休闲会所，“蜘蛛”不知道自己还要等上多久，不过他一点都不着急，只是仔细调整了手中的摄录机镜头，这一次他没有使用运动相机，因为还没有到近身观察的时候。

这种跟踪捕捉猎物的技能，“蜘蛛”已经练得炉火纯青。

这时候的时间是午后3点，车窗外的地面已经被猛烈的阳光晒得发白。他点开手机屏幕，一眼就看到了有人正在现场直播樱花小筑别墅发现尸体的事，围观的人聚满了整条街道，完全不顾这时候日头正猛，而在人群中央的事发地点，脸色铁青的警察不断进进出出。

“蜘蛛”笑了，他是在案发的第二天晚上再次回到案发现场时，突然兴起随手关掉了空调，房间里当时还感觉不到什么，结果第三天再去时，那间二楼东头卧室里的场面就惨不忍睹了。

还好他没有嗅觉！

“蜘蛛”的笑声从最初的无声无息到后来止不住的癫狂颤抖，他笑得太开心了，那些警察一定会接受不了的，因为他们和“蜘蛛”不一样，他们能够闻到任何味道，而那种死人腐烂的味道，这辈子可不是随随便便就能忘记的。

就像“蜘蛛”，即便已经失去了嗅觉，他还是不会忘记那藏在自己记忆深处的这种恶心的丑陋的味道。

因为这种死亡的味道已经深深地渗透进他身体的每一寸肌肤之内，这辈子无论他怎么冲洗，都洗不干净了。

傍晚时分，夕阳西下，酷暑的感觉被骤然而起的海风吹散了许多。

安平路308号大院内二楼案情分析会议室门口，李振峰趴在走廊栏杆上，一阵风吹过，他看着窗外那棵枝叶茂盛的银杏树陷入了沉思。

刚才在楼上网络安全大队办公室里，李振峰花了将近一个半小时的时间看完了那个网名叫“蜘蛛”的家伙上传的所有相关视频，这些视频所拍摄的地点被证实就是发生命案的樱花小筑28号海滨别墅，只不过现在在网上已经基本找不到上传的这几段视频了，因为网安大队的工程师们想尽办法通过技术手段以最快的速度对它们进行了屏蔽处理。但是要想让这些视频就此彻底消失，那是根本不可能办到的事，视频已经被转发了上万次，其中的大部分流到了境外的社交网站上。

所以，如果“蜘蛛”真的想出名的话，那么他已经如愿以偿了。

李振峰仔细观察过，这几段看似平常的视频里记录的只是一些很琐碎的东西，甚至都没有什么特别的主题，所以在某些平台上最初的点击率其实并不高，但这种状况在今天中午出现了变化。从中午案发后，随着樱花小筑别墅区保安上传的那段视频意外走红，通过网络模糊搜索，前面这几段视频的点击率也随之呈现出逐步上升的趋势。

李振峰觉得，这几段视频其实该被改名叫《一个杀手的日记》才对，而不是简单的《无题》。

视频的上传频率并不是每天定时，而是3天1次，从第一段视频到最后一段为止，李振峰粗略估算了一下，其间总共持续了3个月。也就是说，凶手的所作所为具有一定的强迫性，因为他不只是如实地记录下了他锁定目标、尾随跟踪、杀戮的整个过程，更不可思议的是案发后他竟然不止一次地重回现场，直到最后在警察来之前的那晚离开。他的行为完全违背了一个犯罪嫌疑人的常规行动轨迹。

似乎，从头到尾他都没有意识到他是在杀人，他只是在“记录”杀人过程罢了，具有典型的强迫性特征。

强迫性人格障碍属于焦虑型变态人格分类，与情绪型的自恋人格相比完全是两码事，这是一种以严格要求完美为主要特征的人格障碍，特点是持续而广泛的恐惧和焦虑。患者往往过分专注于事情的条理与细节，因此难以顾全大局，而在某些地方却又表现得苛求完美，无论对他人还是对自己都有很强的控制与苛责行为，由此可以推断出患者的工作生活与人际关系会因此受到很大影响。正因为患者将他的理智无限扩大化了，从而不得不牺牲自己的灵活性和开放性，所以这样的人在工作中必定是个不受欢迎的人，也没有朋友。大多数患者的幼年时期成长环境过于压抑，父母的教育异常严格。

想到这儿，李振峰不由得暗暗倒吸一口凉气，因为照这样测绘下去的话，如果这个犯罪嫌疑人真的是自恋型人格障碍叠加强迫型人格障碍，那么患者就会有精神分裂的可能。因为这两种变态人格分类都是有完美主义倾向，同样会苛求他人，并认为其他人无法像他们自己一样把事情做得很完美，但是强迫性人格障碍患者自始至终都持有自我批评的态度，而自恋型人格障碍的人却持有过分肯定与自我欣赏的态度，缺乏亲密能力，平时总是带有一种情绪不适应感和工作狂倾向。

也就是说，他还会继续下手，并且他的精神状况会变得愈发糟糕。人格障碍是一种稳定行为。情感模式障碍一旦形成后非常不容易矫正到最初的正常人格，可如果听之任之，患者只会随着时间和周围环境的改变，使自己的变态人格变得更加复杂和危险。

李振峰掏出手机，按下了一个熟悉的号码，很快，公安大学的黄锦城便接起了电话，他是李振峰的研究生导师。

“打扰您了，教授，我是阿峰，有个问题想向您简单咨询下，可以吗？”

电话那头传来了黄教授惯有的爽朗笑声：“阿峰啊，尽管问吧，我一定知无不言。”

“谢谢您，教授。我手头现在有个犯罪嫌疑人，他的作案模式带有自恋型人格障碍的特征，可是，他的强迫症又非常严重，我想知道这种人是否会有就医史？”李振峰问道。

“可能性非常大，因为同时拥有这两种人格障碍特征的人，内心会常常纠结于一个点上，而这个点是他转变情绪的触发点，有时候是一句话，有时候是一个人，有时候就只是一个旁人看上去极为普通的场景而已。这种人自身也是非常痛苦的，尤其是强迫性人格障碍患者，完全是处在自虐的状态下，而这种特殊人格障碍的形成，可以追溯到患者的幼年，所以持续时间一般都比较长。我做过一次调查，在拥有了独立生活能力后，72%的强迫性人格障碍人群明确表示自己曾经进行过或正在进行心理求医，虽然最多只能在心理疗法的同时进行药物控制，这么做并不能够彻底治愈，但是他们至少在努力。20%的人群自我感觉良好，甚至觉得自己没病，只不过是脾气有些不好罢了，所以不需要接受心理医生的治疗。而剩下的8%的人群则选择拒绝回答。”

“拒绝回答？”李振峰感到有些不解。

“是的。”黄教授忍不住苦笑，转而发出了一声重重的叹息，“他们之所以选择‘回避’这个问题，我想，那只不过是因为他们的内心已经妥协了，相信自己会和这种强迫性人格障碍和平共处下去，但是我们也知道这是不可能的。因为这种人格障碍单独存在的可能性非常低，要不了多久，另一种变格特征就会无形中对它进行根本上的结合，这么结合的后果所造成的不确定因素会更复杂，那治愈率就更低了。”

李振峰知道任何一种变态人格要想完全被控制住，并逐渐恢复成正常人格是一项难度非常大的工作，成功的可能性几乎为零，如果患者不配合甚至拒绝心理医生介入的话，那么恢复正常人格的可能性就更微乎其微了，除非奇迹发生。

“教授，那什么样的药物对这种人格障碍的治疗有效？”李振峰问，“至少能让他在一天中大部分的时间里保持正常的状态？”

“没什么特效药，因为它属于焦虑症的一种，所以治疗师一般都是采用放松疗法，时间会非常漫长。如果实在是有一些意外的症状，比方说过于焦虑引起的合并自恋型人格特征，那就要考虑给予一定的抗抑郁药物，来平和焦虑。”黄教授顿了顿，接着说道，“阿峰啊，我突然想到了一个案例，你要小心。”

“什么案例，教授？”

“具体我就不说了，不耽误你的时间，你有空的话去查一下13年前发生在长桥的一个杀人案，凶手是个女的，已经伏法了，她最终被鉴定为双相情感障碍。”黄教授语气凝重地说道，“她的病史和你刚才所提到的有些类似，而双相情感障碍是发展的最终结果，这可不是什么好事，而且不排除自身遗传的可能。她未婚生下一个孩子，性别不清楚，孩子的父亲是谁也不知道。我们听说这可怜的孩子6岁的时候就被送走了，因为一直受到母亲的虐待，差点被打死。后来民政部门出面找派出所户籍单位为这孩子重新做了身份，然后这孩子被领养了，希望他能彻底忘掉这场噩梦吧。总之，阿峰，你多留意一点，或许这个女杀人犯的案子对你的案子会有些帮助。”

“明白了，谢谢您，教授！”

李振峰刚要挂断电话，黄教授叫住了他：“等等，阿峰，有个问题现在问的话可能有些不太合适，不过，现在有机会能和你说话也是挺不容易的，明天是周末，你有时间来我们家吃顿饭吗？”

李振峰一愣，随即爽快地回答：“有的吃当然就有时间啦，教授，那我明天晚上过来可以不？”

“哎呀，太好了，太好了！那就明天等你，我跟你师娘说去。”

黄教授乐呵呵地挂断了电话。

李振峰转身，突然看见赵晓楠双手抱着肩膀站在自己身后，而自己根本就不知道她是什么时候来的，不禁有些尴尬，嘿嘿笑了笑："赵法医，你吓我一跳，你……什么时候来的？"

"才来没多久，你别担心。"赵晓楠平静地点点头。

"那你找我……"

话音未落，赵晓楠便把右手中的一份尸检报告递给李振峰："两位死者，死亡时间都在3天以上，均系他杀，凶器为同一把刀具，刀刃长19.5厘米，双刃，类似于匕首，男死者的致命伤在咽喉部位，直接戳破气管与食管，导致血液通过气管进入肺部，不到3分钟受害者就陷入昏迷直至机械性窒息死亡。女死者胸部锐器刺切创伤达32处，导致胸部大动脉被戳破，同样肺部、心脏、肝脏和肾脏几个重要脏器都有不同程度的损伤，受害者体内大出血，清醒的时间不会超过3分钟，因为肺动脉破了。唯一让我感到诧异的是，凶手似乎是冲着女死者去的，因为男死者死后并没有被分尸，女死者却被分成了9块，然后又被端端正正地放回了床上。"

"放回？"李振峰心一颤，"你的意思是不是又被拼成了一个人形？"

赵晓楠点点头："没错，一个人形，甚至工工整整，连头发都是纹丝不乱的。但是身边的男受害者就不是这个待遇了，虽然只中了一刀，但是凶手就再也没有管过他，所以我们发现尸体的时候，尽管尸体已经严重腐烂，但脸上还保持着临死时痛苦而又扭曲的表情，身体也保留着最后挣扎的动作。"

"照你所说凶手应该是冲着女死者而去的才对。"李振峰伸了个懒腰，顺便活动了下自己有些僵硬的脖颈，自言自语了起来，“下午在开会的时候，安东就已经汇报说女死者与男死者之间是情人包养的关系。男死者是一家防水涂料公司的老板，他另有家室，就在城东的阳光家园，孩子都已经8岁了，是个男孩，今年刚上小学一年级。他老婆对他出轨的事有所耳闻，但是因为顾着家里的财产和孩子，所以就听之任之，只求个表面安稳就可以。”

“你想说什么？”赵晓楠看着他。

李振峰赶紧把手从后背缩了回来，嘿嘿一笑：“我的意思是这个男的不是每天都去海滨别墅，而我们看视频的时候注意到犯罪嫌疑人明确表示他每天必到，你明白里面的区别了吗？”

“我懂，他如果只是针对女受害者的话，每天都可以下手，没有必要专门等那位男受害者上门。”赵晓楠回答。

“是的，也就是说那位男受害者的尸体，你需要进行一次复检，否则的话，可能会遗漏重要的线索。”

“这没问题。”赵晓楠说，“对了，还有件事，凯斯考停车场的事件中，被误伤的那一家死因没有异常，是意外。而那具坠落的尸体，已经证实是失联的女大学生丁媛媛。小九他们拿了尸体深喉部位发现的化合物成分样本及含量比例与丁媛媛失踪前所就读的系里所使用的显影药水相对比，光谱仪检查结果高度吻合。我又安排马月去查了丁媛媛入学时的体检报告，结果证实她的牙齿X光片与我们发现的焦尸的牙齿光片能基本重合。不仅如此，丁媛媛的左臂肱骨骨折过，粉碎性骨折，打过钢钉，这是她家人提供的消息，还送来了当初的X光片，受伤位置与我们在焦尸上发现的骨质异常增生部位可以重合，而那种异常的增生只产生于粉碎性骨折的恢复期，

DNA也和她家人比对上了。”

“这么说，视频中的‘女主角’已经确定了一个。”李振峰皱眉看着走廊外的天空，“还差三个。”

“那我先回办公室，等男尸复检结果出来后电话通知你。”赵晓楠转身向楼梯口走去，艳丽的夕阳与她纤瘦的背影完美地融合成了一体。

李振峰猛地回过神来就快步追了上去：“等等，赵法医，我们一起走。”

赵晓楠停下脚步，转身看着他：“你不用跟着我的。”

“不，我请你去街对面吃饭，这个时候也该吃晚饭了。”因为紧张，李振峰感到自己的耳根子微微有些发热，“街对面新开了一家面馆，专做雪菜黄鱼面，那味道简直一流。相信我，你只要吃过就绝对不会忘记那种独有的味道。”

看着李振峰兴冲冲的样子，赵晓楠什么都没说，只是跟在李振峰身边，听他唠唠叨叨地走了一路。

夜幕降临的时候，一辆出租车在小木桥巷子口停了下来。

李大强下车，老伴陈芳茹付了车费，出租车开走后，两人站在巷子口看了看四周。

“老李，朝哪儿走啊？这里四处都是巷子，就跟个迷宫一样。”陈芳茹有些不安，她下意识地抓紧了斜挎在腰间的小包。

李大强早就辨别清楚了方向，18年过去了，这周围的建筑除了变得陈旧一些以外，别的，根本就没有改变过。

小木桥属于安平市区的一个城中村，外来人口较多，因为连年上升的地价，这里的房子一直都没有顺利拆迁。李大强凭借着记忆，一点点摸索着终于找到了城中村里的那棵老槐树，而他要找的那户人家就在距离老槐树不到10米远的地方。

这是个略显破败的小院落，门口依旧挂着去年的春节对联，大大的“福”字贴在门的正中央，由于阳光照射，“福”字已经褪色。

“就是这里了，小木桥27号，郑福伟曾经的家。”李大强小声嘀咕了句，整了整衣服，便上前按响了门铃。

前来开门的是个头发全白的老太太，如果不是李大强小声提醒，陈芳茹怎么也无法相信眼前的老人年纪比她小了整整13岁。

郑福伟的妹妹郑红梅把两人引进了屋，房间里虽然简陋，但是个人用品一应俱全。三人在客堂间坐了下来，一只小狸花猫顺势跳到了主人的怀里。

“猫真漂亮。”陈芳茹有些感慨。

郑红梅平静地笑了笑：“捡的，流浪猫。你们今天来是为了我哥的事，对吗？”说话间，她的目光不由自主地看向了左面墙上的那三张相片，“最左边的，就是我哥，接着是我爸和我妈，时间过得真快啊，都快20年了。”

“这房子一点都没变。”李大强说。

“这房子是我哥的，去年街道办说要准备拆迁登记，我才去过的户，现在虽然名义上属于我，但我还是不希望有任何改变。”说到这儿，老人长长地叹了口气，怀里的猫发出了满意的呼噜声。

“为什么？”陈芳茹不解地问。

“老姐姐，你不明白的，我总觉得人死了以后会有灵魂存在，我哥是被冤枉的，所以，他不会愿意就这么不明不白地离开，他一定会等到真相大白的那一天的。我之所以让一切都尽量保持原状，就是不想让我哥回来的时候，找不到自己的家。”老人的语气非常平静，就好像在说别人家的故事。

李大强的目光中闪过了一丝黯淡。

“你们今天来想知道什么呢？”郑红梅换了个姿势抱起那只小猫，微笑地看着李大强，“李警官，你还记得我吗？”

李大强点点头：“我当然记得你，郑福伟被抓的时候，你才只有30出头。”

“李警官好记性，我那时候刚离婚，一个人带着女儿生活，我哥可怜我，就让我们搬到这儿住，还把我们娘儿俩的户口都迁过来了，说这里地段好，就在安平市中心老城区，以后这里拆迁了，也好让我们母女的生活有个保障。”郑红梅看着李大强的目光变得有些迷离，“李警官，你说我哥这么好的一个人，为了照顾我瘫痪的爸妈，他一把屎一把尿地在床前伺候，单位家里两头跑，自己的婚事一拖再拖，将近40岁了都没顾得上结婚，你倒是给我说说看，他是那种会干出丧尽天良的事来的人吗？爸妈过世后，他每年坚持做公益，还照顾这巷子里的孤寡老人，就当自己亲生爹妈一样伺候，你们怎么就瞎了眼呢？他说什么你们就信了？旧社会还讲究个‘口说无凭’呢！”

郑红梅越说越激动，到了最后，她不得不靠着竹藤椅的椅背，闭上双眼不断地做深呼吸，才最终稳定住了情绪。

李大强的脸一阵红一阵白。时隔18年，郑红梅所说的每一个字都是他曾经听说过的，只是那时候，离规定的破案日期越来越近，各种压力扑面而来，每个人的心里都变得异常浮躁不安。

郑红梅再次睁开双眼的时候，她的嘴角突然露出了一丝释然的笑意，摇摇头，叹息道:“都过去18年了，其实也不该怪你们，要怪，就只能怪我哥当年实在是太好心、太爱管闲事了，所以到后来即使浑身长了嘴也都说不清了。对了，李警官，你应该退休了吧？”

李大强冷不丁地回过神来，点点头，沙哑着嗓门说道：“是的，前年退休的。”

“都老了。”郑红梅转头看向墙上的相片，轻轻叹了口气，小声说道，“我哥要还活着的话，现在也快从机床厂退休了吧。”

李大强看了眼陈芳茹，随后伸手从小公文包里取出一张相片递给郑红梅：“我们这次来是想知道当年案发当晚，你哥是不是给你打过一个电话？”

这是一张翻拍的现场相片，像素不是很好，但是能认出是一张老式的预付费电话卡，所使用的范围是曾经遍布大街小巷的自助插卡式电话亭：“已经确认你哥在案发当晚用这张电话卡给你打过电话，时间是案发凌晨2点23分，地点就在尸体被发现的附近公用电话亭，所拨打的是你家的座机，通话时间只有12秒钟。我记得当时问过你哥，他说打错了，很快就挂断了。后来这个线索并没有最终被固定下来，所以这张相片在结案后我自行保留了一份。”

郑红梅摇摇头：“都过去这么久了，我怎么可能记得。”

李大强愣了一下，随即默默地收起了相片，接着问道：“还有就是，你哥平时习惯用哪只手干活？左手还是右手？”

郑红梅猛地抬头，呆呆地看着李大强，半晌，点头说道：“他习惯用的是右手，怎么了？”

李大强的心中隐约感到了一些失望。他知道自己再也问不出什么来了，再坐下去只会自讨没趣，便站起身告辞，然后和老伴陈芳茹一起走出了小院。直到走出很远，陈芳茹还是忍不住回头又朝着老槐树的方向看了一眼，摇摇头，这才心有不甘地走出了小木桥巷。

回家的路上，两人搭上了最后一班公交车。因为临时想散散步，所以陈芳茹便拖着李大强提前一站下了车，两人在海风里慢慢地走着。

经过跨塘桥的时候，陈芳茹忍不住安慰："老李，别想太多了，事情都过去这么久了。"

"但是死者无法安息，如果我真的错了的话。"李大强在风中轻轻叹了口气，嗓音也变得愈发沙哑了起来。

"你真的会继续追下去？"陈芳茹不安地看着自己的老伴。

李大强点点头，夜色中的身影显得愈发苍老了。

每个人都有属于自己的秘密，"小丑"也不例外。

狭小阴暗的车库里，耳畔的哭泣声渐渐消失，韩婷婷应该是哭累了吧？"小丑"忍不住长长地叹了口气，心想：总算消停了。而曾经的那几个，就是因为不消停，所以，他才不得不用心去教会她们懂得一点最起码的道理。

代价是有点大，他承认。

"你应该知道会有这样一天的，傻妞儿。"他自言自语地说道，"我不想的，可我没有办法！我真的没有办法啊，别逼我，好不好？"

如果把死亡当作一件衣服的话，"小丑"知道死亡从来都不适合自己，每次穿着它，就像穿着一件借来的外套，总是会从自己肩膀上滑落，沾上尘埃，而这只不过是时间的问题罢了。

他也曾憧憬过自己的未来，舞台上无数闪亮的聚光灯下，那个独有的位置只属于他自己一个人。可现如今，“小丑”却感到了左右为难、不知所措。

“‘蜘蛛’不应该出现的，真的不应该！”他小声嘀咕着，感到心烦意乱。其实自从确认自己的地位被“蜘蛛”轻而易举地改变后，他就已经感到心神不宁了。为此他不得不使劲用手拍自己的脑袋，直到把那个虚无缥缈的影子给狠狠地扔出脑海。

他现在不能去想关于“蜘蛛”的任何事，眼前最要紧的，是读懂属于他自己的那个剧本，因为天底下没有什么人或者什么事比这个来得更重要。

人的一生中，突然的告别会变得相对容易些，没有那么多的痛苦，但是“小丑”却又困惑于那些在他面前失去生命的女孩，她们明明表现得就是很痛苦。

“骗人的，一切都是骗人的！”“小丑”嘟囔着，脸上的表情忽喜忽悲。

理论上人生命中最后的几分钟是感受不到任何痛苦的，反而会是一种释然，因为他就亲眼看到过这种释然，所以他觉得死亡的来临其实并不那么可怕。而他之所以那么做，并不是要真的杀她们，他只想让她们成为自己的“朋友”，或者说一起表演的“搭档”，陪着自己在舞台上享受那一刻表演的快乐，人们也会因此记住他与她们的存在。

有人说一个人这辈子会死两次，一次是肉体的死去，看得见的生命就此终止，一次是被亲人遗忘。当坟头长满青草的时候，都不会有人前去清理，至此，生命在这世界上消失得干干净净。

“小丑”相信自己永远都不会死，哪怕活在别人的记忆里，若干年过后，“小丑”的名字都还是会被所有人记住的。因为他才是最棒的那个，他知道。

但是他的心中又有个遗憾：他真的很想问问那些女孩——人生最后的时刻，你们到底在想什么？是不是真的有自我解脱的快感？

生与死对他来说真的一点都不重要，但是关注度的消失，对“小丑”来说，却是怎么也不愿意去面对的可怕黑洞：“不，我不能再回到过去，我不能再像一条狗那样被人唾弃。”

说这些话的时候，“小丑”的目光中流露出了异样的光芒。

“救命啊……放我出去……”韩婷婷的声音又一次在耳畔响起，虽然依旧是断断续续、有气无力的，但是面包车的改装通风口就在“小丑”脑后不到半米远的地方，所以“小丑”听得清清楚楚。他皱了皱眉，拉开车门滑了下去，双脚着地的刹那，怒气冲冲的他顺手抓过车子地板上的大号扳手。

“小丑”自言自语地嘀咕着：“这世界上有后悔药吃吗？早就跟你说过了，没有的，你就死了这条心吧！”

也不知道这话到底是说给谁听的。

午夜的公路上，前面那辆凯美瑞就像喝醉了酒一样左冲右突，“蜘蛛”开着车跟在她身后，虽然隔开了好几米远的距离，却还是不得不提心吊胆，生怕被她撞了，刚才从休闲娱乐城里出来时他就知道，这傲慢的女人明显喝了不少酒。

但是“蜘蛛”是绝对不会因为这个而轻易放过她的。

出城后，两辆车在漆黑的夜里保持一定距离缓缓向前行驶着，凯美瑞时而跑到将近180码，时而却又只有不到60码的速度。“蜘蛛”有些担心她是否还记得自己要怎么回家，看她这情形，就此在路边过夜也是极有可能的。

“蜘蛛”还没有想好怎么去编织一张捕猎的大网，他就这么静静地跟在自己猎物的后面，潜心等待着机会的到来。

终于，在拐过前面一个弯道的时候，因为没有掌控好方向盘，凯美瑞一头撞向了路边的行道树。跟在它后面的“蜘蛛”看得一清二楚，他知道这样的撞击力度是不小的，也就是说车主能不能保全性命都不好说。

远远地看过去就知道凯美瑞已经报废了，而在这荒郊野外，救援车辆也不会即刻就到。

“蜘蛛”把车停在了离出事车辆不到10米远的地方，打开了车大灯，下车的时候戴上了那顶黑色的棒球帽。他朝着冒烟的凯美瑞走去，路上没有监控探头，所以他不必太担心自己会被发现。

“蜘蛛”在临下车的时候从仪表盘中拿出了两样东西，一个是运动相机，他把它熟练地别在胸前，插好无线收音话筒，另一个则是一团特殊的绸带绳，这是他上次在面包店购买面包时顺手从柜台上拿的。这种彩色的绸带绳看似不起眼，但是牢固的韧性却是很多塑料绳比不上的；这种绳子还有一个好处，那就是遇到明火就会立刻消失，一点痕迹都不会留下。

刚才开车时他就在注意看行驶路线的GPS定位，知道离这里最近的居民区是10公里外的蓝湾别墅区，想必这辆倒霉的凯美瑞就是冲着那里去的，只是它再也到不了终点了。

“蜘蛛”靠近出事车辆不到两米远的时候，歪斜的后座车门突然向一边哗啦应声倒下，紧接着一个狼狈不堪的年轻女人在拼命从开口中往外爬，她不断挣扎着，嘴里发出痛苦的哭声，显然，刚才的撞击在弹出气囊的同时把她的胸前肋骨给撞断了几根。很快，年轻女人的上半身终于爬出了被挤得变形的车门，但是双脚却无论如何都爬不出来了，此时的她就只能这么被悬挂在座椅上。

如果就这么放任不管等待救援是非常危险的，因为凯美瑞的油箱在撞击时就已经开始漏油了，只要有一丁点的火星，要不了多长时间，这辆车就会被炸得粉碎。要么，就是女车主因为失血过多而失去生命。

惊慌之余，年轻女人抬头看见了站在她不远处的“蜘蛛”，瞬间，她就像看见了救星一般，脸上露出了笑容，同时艰难地向他伸出了右手，哀求“蜘蛛”救命。

“蜘蛛”并没有靠近出事车辆实施救援的意思，相反，他只是在离车尾不到两米远的地方蹲了下来，以确保女车主能看见他。他就这么静静地看着不断哀求着他的女车主，脸上露出了古怪的笑容，半晌，闷声问了句：“你叫什么？”

她微微皱眉，片刻迟疑过后便语速飞快地说道：“我，我叫沈佩君，求求你，快把我拉出去，我被座椅卡住了，求你了，你要多少钱我都给你。快点，车快爆炸了，求你快救救我……”

“蜘蛛”听了，摇摇头，然后直起腰，把绸带绳揣回兜里，这已经用不上了，他知道胸前的相机已经完整地拍摄下了刚才的那一幕，场面足够可怜，也足够惊险，死者也说出了自己的姓名，所有的都齐了。“蜘蛛”便转身向他自己的车子走去。

沈佩君以为他是回去拿撬车工具的，她开始激动起来，强烈的求生欲望使得她拼尽全力高声叫道：“快点，车快爆炸了，求你了，先生……”

话音未落，在这漆黑而又空旷的野外，她突然听到了一阵细微的嗡嗡声，这声音完全不正常，根本就不是人或者动物发出来的。正疑惑之际，她突然屏住了呼吸，就在离自己不到一米远的地方，竟然是一架悬空的小型无人机，巴掌大小，上面有一个镜头亮着一点醒目的红光，但是这还不足以让她感到恐惧，因为就在这个镜头下面，那个可以活动的抓扣上挂着一根已经点燃的香烟。

刹那间，沈佩君便明白了这是一架前来送自己上路的无人机，它是为了拍下自己生命最后一刻所流露出的惊恐表情才出现的，刚才那个男人显然不想他自己被炸上天，所以才会放出无人机来进行实地死亡拍摄。而这时候，沈佩君才想起她的车在下午刚加过油，所以现在可以闻到很浓烈的汽油味。

也就是说她真的已经无路可走了。

“你到底是谁，你到底是谁，为什么要害我？天哪，你为什么……”

一架无人机在沈佩君的头顶盘旋，她眼睁睁地看着无人机的脚扣被松开了……

时间似乎凝固住了。

香烟落下的地方就是淌满了汽油的草地，短短的几秒钟过后，“轰”的一声，一团蓝色的火焰便猛地腾空而起，凯美瑞连同那棵行道树在内，瞬间就被熊熊的大火包围了。

火焰中，沈佩君所发出的凄厉的惨叫声没有持续多久便消失得无影无踪，她到死都是蜷缩在车里的，没有能够离开凯美瑞一步，与它一起葬身火海。

这次轮到的是油箱，又一次爆炸过后，浓烟滚滚，再也没有谁能救得了她了。

不远处的车里，“蜘蛛”收回了无人机，然后顺手把它放在了副驾驶座上，踩下油门，转动方向盘，朝着安平市的方向驶去。

逐渐远离现场的时候，他从车的后视镜里扫了一眼火场的情况，火依旧在燃烧，并且一时半会儿是停不下来的。

他已经想好了，这么高质量高水准的视频，那就叫它《心迷宫》吧。

这一次，“蜘蛛”知道他没有杀人，她之所以会死，那都是她自己作的，而女人一旦作，那就离倒霉不远了。他所做的只不过是帮了她一把而已。

当车辆前方终于出现路灯的时候，“蜘蛛”伸手放下了他面前的遮阳挡板，脸上露出了邪魅的笑容。

隐约听到走廊里有人在叫自己的名字，赵晓楠猛地睁开双眼，映入眼帘的是头顶上那一圈圈的圆形照明灯。她默默地从不锈钢解剖台上出溜了下来，双脚着地的刹那，面前解剖室的门被马月撞开了，她昨晚上也没回家，两个人为了两具尸体忙了整整一晚上都没合眼，本打算临上班前偷着眯一会儿养养精神，这才刚躺下不到半小时，就出事了。

“姐，交警队陈泽涛打来电话说有一起案子有点意思，你去不去？”

“什么叫‘有点意思’？”赵晓楠没明白马月的话。

“这是他的原话。”马月抓着门把手，这样她就不用整个人都钻进解剖室了，“对了，死者是个女的。”

“这种事情可不是一个交警随便说了就能算的，有专门上报的程序，需要我们出动的话那得市局情报中心直接通知才行，他怎么会想到给你打电话出现场？”赵晓楠感到有点诧异。

“我……”马月有点尴尬。

赵晓楠感觉到了马月还是心里有话没有全部说出来，便点点头，“你尽管说吧，只要我觉得理由足够成立，那我就直接和马国柱商量，由我们两部门联合找局领导汇报出警。”

马月笑了：“谢谢姐，我刚才已经把那段视频发给网安大队的郑工了。陈泽涛跟我说他觉得这视频里出现的画面和他负责的那个现场差不多，还有就是半截没有全部被烧毁的烟头。”她说着，就把自己的手机递给了赵晓楠，“就是这种香烟。”

“我知道这种烟，”赵晓楠点头，“男女都有抽，并没有固定是哪个特定的性别阶层。”

“问题就是出在这半截烟头上，”马月指了指赵晓楠拿着的手机，“姐，你看第二段视频，陈泽涛刚才在现场拍了传给我的，那是现场发现烟头的位置，距离爆炸点直线距离还有将近2.2米，你说，如果是车主自己抽烟点燃然后引起连锁爆炸，那是有可能的，毕竟车子是因为撞击而导致油箱严重漏油，但是，这烟头离爆炸车辆也太远了吧？正确的解释应该是被烧毁了才对，不可能有剩下。据说车主的尸体是在车后座部位被发现的，因为车辆和行道树撞击直接导致车辆前部气囊弹出，所以车主爬向后车门处想就此逃生的可能性非常大，我不知道她最终为什么没能够逃出去，但是从她尸体最后被发现的位置来看，她不可能把烟头扔出去这么远。”

“这也不是完全没有可能。”赵晓楠看完后把手机递给马月，边说边走出解剖室，“如果爆炸现场地面的汽油浓度达到一定程度的话会产生挥发状态，但是因为汽油挥发后它的气体比重是空气的1.5～2倍，所以会聚集在靠近地面的位置，现在外面的温度已经到了35℃左右，即使到了晚上也有将近30℃，这会加剧汽油的挥发。而气体一旦接触到明火，哪怕只是烟头上的一个小火星，就会发生小面积的闪爆，从而引燃油箱，发生第二次爆炸。”

“姐，你的意思是发生第一次闪爆的时候，烟头恰好被弹出去了，所以才会产生未被全部燃烧干净的状况？”马月问。

赵晓楠点点头：“非常有可能，因为这种程度的闪爆不会有很大的明火，但是却会有冲击波产生，导致第二波油箱爆炸，引发更大的火灾。”说到这儿，她想了想，“嗯，怎么说呢，总体来看巧合的可能性是被发挥到了极致吧。不过话说回来，我们还是应该去现场看看，有可能的话再看看尸体，因为我总觉得这事没那么简单。”

马月一听就乐了：“姐，那就听你的。”

看着马月开心的样子，赵晓楠感到有些困惑：“你怎么了，这么高兴？”

马月没有正面回答，只是兴冲冲地向二楼刑警队办公室跑去了。

此刻的李振峰并不在办公室，他一个人开车沿着滨海大道来到了安平大学城美术学院的学生宿舍，在出示工作证件后，上了点年纪的宿管老太太便把他径直带到了204。路上闲聊了几句，李振峰得知这个学生宿舍一般配备两个阿姨，三天倒一次班，所以他才会对眼前这位阿姨有点眼生。临走时，热心的宿管老太太右手把着门，忍不住嘀咕了句："警官同志，有句话我不知道该不该说。"

李振峰笑了："阿姨，没什么不好说的，我猜你应该是想和我谈谈陈静的事吧？"

宿管老太太摇摇头："我想说的是她们俩，韩婷婷和陈静。我早就觉得她们两人肯定会出事。"

"哦？是嘛，"李振峰顿时来了兴趣，"阿姨，快进来坐，和我说说看。"

宿管老太太听了这话便也不推辞，穿过玄关来到客厅沙发上坐下，还没开口说话却先长长地叹了口气："韩婷婷和陈静，两个人无论性格脾气还是家庭教育出身都是不一样的，陈静这孩子老实，虽然是单亲家庭，但是很善良外向，而她同屋的那丫头就不一样了，表面看上去是个乖乖女，实际上呢？心眼儿多得很呢。"

李振峰心中一动："阿姨，你是不是看见过什么事情？"

宿管老太太看了他一眼，似乎在犹豫着什么，迟迟没继续说下去。

李振峰不动声色地换了一个话题："阿姨，我上次来的时候，无意中看到韩婷婷在这房间里画画，那幅画有点怪，背景好多红色，让人看了心里堵得慌，头皮根都发麻。"

经过这么一次暗示，宿管老太太果然就顺着李振峰的引导开始逐渐说出了她的心里话："是啊，我昨天也见过那画，早上的时候我来收垃圾，现在不都时兴这‘垃圾分类’吗，学校规定了要我们上班后第一件事就是挨个房间检查完了再把垃圾收走，不允许孩子们私自去倒垃圾，确保他们能分类清楚。我检查到这个房间的时候，房间里没人，但是垃圾就放在门口，一黑一白两个垃圾袋，黑色垃圾袋里就装着那幅画了一半的画，我好奇，就打开看了……怎么说呢，反正以后我是再也不会因为好奇去干任何蠢事了。”

“那画现在在哪儿？”

“就在我楼下的垃圾房里放着呢，我单独放的，放心，丢不了。你要的话可以随时拿走，反正是这孩子不要了的。”说到这儿，老太太忍不住叹了口气，“不过，警官同志，我怀疑这孩子可能在小时候经历过什么，不然的话，画出的东西不会这么古怪。”

“阿姨，这里是美术学院，有稀奇古怪想法的孩子并不在少数，为什么你就单认为韩婷婷会有问题呢？”李振峰问。

老太太嘿嘿一笑，伸出右手食指指了指自己的脑门：“直觉，警官同志，这大半辈子以来我就靠直觉看人，还从来都没看错过。韩婷婷这孩子的眼神，怎么说呢，一点都不单纯！”

“而且啊，她还总爱偷偷地穿着陈静的衣服出去，我跟与我搭班的洪嫂提到过有好几次我都差点认错人了，她也说是。”宿管老太太撇了撇嘴，一脸的不屑。

“阿姨，你的心情我明白，但是女孩子之间互相换着穿衣服很正常的。”李振峰想了想，说道，“更何况她们都还年轻，就跟小姐妹一样，好衣服当然是换着穿了。”

谁知老太太听了这话果断地摇摇头，言辞犀利：“不不不，警官同志，你们男孩子不懂这些女孩子的心事，弯弯道儿多着呢。陈静与韩婷婷不是好姐妹，我不止一次听这帮孩子们议论过，说陈静有多么讨厌韩婷婷，但是韩婷婷这丫头却是怪怪的。你说她察觉不出来吧，那根本不可能，但凡有眼睛有点判断力的都会看得出别人是在讨厌自己，尤其是在一个屋住的人，除非脸皮厚到一定程度了才会装瞎没看见。”

李振峰明显感觉到了老太太话语中的阵阵敌意，那必定是知道了一些让她极为反感的事情，她的情绪才会表现得这么激烈。

“阿姨，你也不用瞒我，你是不是已经知道了东大门停车场的事？”李振峰决定单刀直入。

“没错，有一次还被我堵上了，大晚上的偷偷穿着陈静的衣服就跑出去了，我远远地叫她站住，问她半夜三更去哪儿，她还不理我，就跟没听见一样，我赶忙去查了门卫的出入卡刷卡记录，你猜猜看她刷的是谁的卡？”

还没等李振峰开口，答案就已经写在了她的脸上。

“你说这不是心眼儿坏是什么？”老太太正抱怨着，门口传来了学生的声音，要她帮忙开个出入证，她这才不好意思地站了起来。走到门口，宿管老太太又不忘回头提醒了句，“警官同志，等下你走的时候可别忘了到楼下门口找我，我给你看那幅画。”

李振峰点点头：“一定！多谢阿姨。”

关上门后，李振峰回到玄关的地方，戴上乳胶手套，重新走进这个宿舍套间。

李振峰推开卫生间的门，空间并不大，但是很干净，甚至还有一股淡淡的香味。抽水马桶盖上方的壁橱里，卫生纸和女性卫生用品摆放整齐，就像宾馆一样，卫生工作做得简直是一丝不苟。

让李振峰感到有点诧异的是虽然陈静已经有几天没出现了，但是卫生间里却有两套用过的牙膏牙杯，他逐一拿起来对着灯光看过了，刷洗得非常干净。毛巾架上的毛巾也叠放得整整齐齐。看着眼前这一切，李振峰的心中隐约感到了一丝不安——太整齐了，没有一点生活的味道。

他很快退出了卫生间，关好门后开始向房间里走去。

因为是宿舍，所以不会有厨房，直接就是一个客厅。客厅墙壁的颜色有些陈旧，显然这个宿舍的主人并没有想过好好装扮一下，只是在原有的基础上在墙上打了两枚水泥钉，分别挂着两幅放大了的风景照。其中一幅是个普通小茶馆，背景是阴雨天；而另一幅是一条老街，有些年头了，所以街面上的青石条砖都变得斑驳了起来。两幅相片中都有一个年轻女孩的背影，却并不是相片的主要部分，给人一种若有若无的感觉。

李振峰上次来的时候因为光顾着看韩婷婷的那幅画了，所以并没有仔细观察客厅墙上的这两张相片。

他伸手摘下了相框，仔细检查过后，发觉并没有什么异样，只是简单的装饰品，便又把它们逐一放了回去。

走到卧室的门口，他回头又看了眼老街上那个年轻女人的背影，突然，李振峰心头一震，这不是相片，这分明是两幅逼真的画！

想了想，他便用手机拍下了这两幅画，然后传给了安东："帮我想办法确定下这两幅画所画的位置到底在哪里？"

"这……有点难度啊。"安东发愁了。

“你就找我妈去，她以前的工作单位是图书馆，找她准没错，我想咱安平城里没有比她更清楚这些犄角旮旯的人了。”李振峰轻轻叹了口气。

“那没问题。”安东爽快地挂断了电话。

李振峰这才放心地又推门走进了卧室。和上次来的时候不一样的是，这次，他并没有把注意力直接放在陈静的铺位上，相反，他拉开了韩婷婷写字桌前的椅子坐了下来。

视线逐一扫过桌上的所有东西，包括那台笔记本电脑，李振峰并没有当场打开那台笔记本电脑，他只是履行了程序，拍照后把笔记本电脑从插座上拔了下来，然后收好准备带走。

这时候，他看到了两张相片，一张是韩婷婷的单人照，拘谨腼腆，而另一张，是一对中年夫妇。无论年龄还是长相，都和韩婷婷有着些许相似，那应该就是她的父母。

他随手拿起最后那张相片，连同相框一起，走到宿舍窗口，就着屋外的阳光仔细观察了起来。

李振峰突然觉得自己好像在哪里见过这两个人，他们脸上的笑容是这么熟悉，难道说这就是刚才宿管阿姨所坚持的直觉？

也就是说如果自己真的觉得相片中的这两个人非常眼熟的话，那就表明自己曾经见过这两个人很多次，虽然不认识，但是却在视觉和听觉的感官上留下了很深的印象，因为自己的这种记忆不是主观形成的，而是来自被动吸收。可是，自己在什么情况下才会对两个陌生人的笑容产生被动记忆呢？

只有一个可能，那就是广告！

李振峰打通了网络安全大队郑文龙工程师的电话：“大龙，是我，问下你那边可不可以帮我确认一张相片，我这就传给你，我只需要你帮我确认这两个人是不是广告中的演员，还有这个男的他姓什么，有没有一个女儿在安平大学美术学院上学……相片可能不是高清的，在辨别上不会有影响吧？”

“不会，你传给我，给我5分钟就行。”郑文龙回答。

“这么快？”李振峰乐了。

刚要挂电话，郑文龙又叫住了他：“等等，李哥，忘了问了，你怎么没去23号公路现场？”

“你说什么？”

“23号公路现场，北区交警接到群众报案说在那边发生一起车祸，本来只是简单的车辆失控撞上了路边的行道树，听说还是辆豪车，车主是个女的，后来不知怎的车就爆炸了，车主被烧死在了车里，没来得及跑出来。”

“这不是简单的车祸吗？车主是不是醉酒驾驶了？”李振峰问。

“好像是。”郑文龙老老实实地回答。

“那不就得了，我去那儿干吗？”

“我刚才说过了，那是命案，你接着往下听——因为有人把当晚的视频传到网上了，马月给我传了一份过来，我刚逐帧过了遍筛子，证实这段视频是真实可信的。李哥，我把他的声音和前面的视频中所提取出来的声音进行了音频模式比对，一模一样，完全重合。”

“你确定就是他？凯斯考停车场的那个家伙？”李振峰问。

“不，两人声音不一样。”郑文龙果断地回答。

“会不会是一个人刻意伪装？”

“不，机器检验过好几遍了，就是原始人声。”话音未落，电话那头传来了一阵电脑的嘀嘀声，“李哥，比对上了，确认是5年前的一则冰箱广告中所雇用的两位演员，天河广告公司拍的，该广告的投放时间是当年的五一劳动节前夕，男演员姓陆，不姓韩。这广告拍得不错，听说卖出了好多台冰箱，还都是年纪大的人去买的，真邪门！”

李振峰却不由得倒吸一口凉气：“大龙，我这边忙完后就会去23号公路现场，反正是回城顺路。”

“你现在在哪儿？”郑文龙问。

“安平大学美术学院宿舍，”李振峰边说边走回写字台旁，把相框放回了原位，“我已经找到我想要找的东西了，我等下就回去。”

挂断电话后，李振峰来到韩婷婷的衣柜旁，他伸出双手打开衣柜，推开了衣柜中表面的那几条牛仔裤和白色T恤，还有上次见到的围裙，看着柜子里剩下的几件衣服，他又突然转身来到另一个衣柜旁，同样打开，随即后退几步，看着出现在自己面前的几乎一模一样的几件衣服。唯一不同的是，韩婷婷衣柜中那几件衣服根本就没有穿过，是崭新的。

至此，李振峰感到了一丝绝望，自己的担忧眼见着已经变成了冰冷的现实，而且再也无法挽回了。

“都怪我，如果能早一点察觉就好了，唉——”一声重重的叹息过后，他关上了衣柜，离开了这个让人感觉压抑的房间。

楼下，李振峰伸手接过了热情的宿管老太太早就为自己准备好的一个帆布口袋，袋子被洗得干干净净的，非常结实，上面印刷着某家商超开业时的纪念语。袋子里是一个用报纸层层卷起的管状物，里面就是被丢弃在垃圾袋中的那幅画。

李振峰谢过老太太后便拎着帆布袋走向不远处那辆无标志警车。

他本打算回局里再看，可是架不住心中强烈的好奇，他把车开出校门后就停在滨海大道边上，熄了火，这才缓缓打开纸包。

这幅画还没完工的时候，李振峰就见过，那时候他还只是从韩婷婷的眼神中感觉到了一丝异样，可是如今看到这幅画完工后的样子，他的心顿时被揪得紧紧的。

画布的背景是漆黑的夜空下着瓢泼大雨，一个七八岁大的白衣小女孩正跪倒在地哭泣，她双手捧着一颗碎成两半的心紧贴在胸前，悲伤的眼泪在她脚边流淌成了一条蜿蜒的血河，在小女孩的身后，两个死神一般的鬼魂在漆黑的天空中飞舞着、狞笑着。

而那些雨水到了地面上却是血红色的，所下的分明就是血雨。

难怪那宿管老太太要被吓出一身冷汗，在她这个年纪的价值观念中，一个年轻女孩怎么可能会画出这犹如阎王殿上才会出现的恐怖画面？

画由心生。

李振峰此刻的心中感到沉甸甸的，他知道只有经历过类似生活的人，才会知道什么是真正的恐惧。他虽然还不知道在韩婷婷身上到底发生过什么，她又是如何被卷到这起系列杀人案中，但有一点可以肯定的是，韩婷婷已经完全陷进去了，而她的突然失踪，就是一个很好的证明。

看着画中跪地哭泣的白衣小女孩，李振峰沉思良久，突然眼前视线变得模糊了起来，泪水无声地蕴满了眼眶。他下意识地伸出右手抚摸过画布上被刀刻意划破的几处痕迹，迟疑片刻后，便匆匆地收好画，然后开车迅速离开了。

海风阵阵，海浪拍打着堤岸，时不时地有海鸥在天空中鸣叫着飞过。

而远处的天边，乌云密布，隐隐能听到雷声在海风中响起。

要下雨了……

经过23号公路事故路段时，李振峰特意把车停了下来，现场已经被清理过了，只有周围两棵行道树上留下了半截警戒带。事故场地静悄悄的，就好像什么事情都没有发生过一样，除了那片被火烧焦的草地……

第六章　谁在说谎

生活在这个世界上唯一理智的方式就是不要规则。

豆大的雨点打在安平路308号大院里，银杏树旁的泥地上顿时被砸出了好几个雨点印子，新鲜的泥土味伴随着雨水飞溅而飘散开来，让本来就潮湿闷热的空气愈发让人觉得郁闷了。

正值梅雨天气，虽然有海风，但还是免不了墙壁渗水。木质地板从早到晚都是湿漉漉的，怎么擦都擦不干，安东的心情就像此刻墙上的水汽，外面下大雨，屋里下小雨。

“安哥，你发什么愁呢？”小邓凑了过来，笑嘻嘻地问道。

“闲着了？”安东瞥了他一眼，又回头看看墙上的挂钟，估摸着时间差不多了，便说道，“那你去法医那里，拿一下23号公路的尸检报告。对了，还有樱花小筑别墅的尸检报告，别忘了要赵法医签名的，不然还得跑一趟。”

话音未落，随着一阵零乱的脚步声响起，李振峰出现在了门口，下车时淋了点雨，身上的T恤衫被打湿了，他一边走，一边腾出手往外扒拉身上的衣服，怀里的帆布袋子却始终不离手。

李振峰从办公桌下的抽屉里拽了一件还算干净的短袖换上后，对安东点点头，算是打过了招呼：“我妈怎么说？”

安东咧嘴一笑："李哥，伯母简直就是一本活字典啊。我这刚给她描述了会儿相片里的景致和周围房屋的朝向，都是些鸡毛蒜皮的小细节，伯母立刻就告诉我地址了。我后来查了官林镇的实景地图，还真是分毫不差。我已经派人去走访了，探一下那里有没有发生过什么特别的事。"

"再下去的话你都可以出徒了。"李振峰嘿嘿一笑，"不过话说回来，不是我吹，我老妈的智商都够得上一个大学教授的级别，前年刚给她测了一下，168，比我还高，她却心甘情愿地在图书馆里打发时光，大隐隐于市，我妈她这大半辈子比我过得有意思多了！"

突然，他停下手中翻找抽屉的动作，抬头看着安东："你是不是有心事？"

安东点点头，有点沮丧："哥，马月的青梅竹马来了。"

"谁？"李振峰感到有些意外，"干什么的？"

"叫陈泽涛，是个交警，现场勘验方面的一把好手。"安东低下了头。

李振峰"哦"了一声："原来是这样啊，难怪大龙的电话里提到23号公路有命案，而我却并没接到情报中心的外派出警电话。是那交警直接找的马月，对吧？"

安东点点头："后来她说服了赵法医，联合咱头儿去找的林局签了单子，就去现场了。"

李振峰听了，不由得哑然失笑："这交警还挺有意思的，直觉不错，还真是命案。"

安东皱眉看着他："哥，我就没意思了，唉。"

“那你老实告诉我，你跟马月表白了没？”李振峰笑眯眯地问道。

安东摇摇头：“这不还没到合适的时机嘛。”

“听过那句话吗？黄花菜都凉了。”李振峰眼神中满是同情，他冲着小邓一招手，“小邓，你不用去了，安东说了，一会儿自己去拿。”

安东尴尬地涨红了脸：“哥，你说话好狠。”

“忠言总是逆耳的，兄弟，哥是为你好，不狠一点的话，你就看不清现实。”李振峰又一次从帆布口袋里拿出了那块破损的油画布，小心翼翼地平摊在桌上，“你来瞅瞅，能看出点啥名堂不？”

安东凑近看了一会儿，嘀咕道：“压抑，痛苦。”

“我看到的是‘秘密’与‘绝望’。”李振峰微微皱眉，“韩婷婷的家人联系上了吗？”

“联系上了，她母亲说今天上午就赶到局里来配合我们进行DNA数据采集工作。”安冬回答。

“到了后提醒我，我要跟她谈谈。”

“没问题，她大概下午1点30分会到。”安东想了想，说道，“李哥，我联系上韩婷婷的母亲后，她说的一句话把我惊呆了，那种口气，让我困惑了很久。”

李振峰转头看向他：“等等，让我猜一下，她是不是跟你说她女儿已经死了。”

“是的。”安东有些忧心忡忡，“她刚要挂电话，我被逼急了，就说你必须来，不然就妨碍公务，可以直接强制传唤的。”

“她就转变态度了？”

安东点点头："不过她沉默了好长一段时间，最后跟我说今天下午会过来。对了，她不住在安平市区，在常平镇，过来要搭一个钟头的公交车。"

"这些我都知道。"李振峰双眉紧锁，把画布收起来，塞回了袋子中，"你先去吧，拿尸检报告，顺路再去一趟痕迹鉴定那里，找下小九，然后把这个帆布袋给他，提醒下他想办法提取出这画布上各种颜料的成分，越快越好。"说着，他抬头看了下时间，"现在是上午9点32分，最迟中午12点之前给我吧。"

安东点头接过了帆布袋："为什么要查颜料成分？"

"我总觉得这玫瑰色有点怪异。"李振峰回答。

"还有啊，陈静的父亲那里，你派人去走访过了吗？结果怎么样？"李振峰在椅子上坐了下来。

"情况不是很好，在哌替啶的作用下，老人清醒的时间比较少。疼痛科的医生说了，没什么治疗的必要了，但是……"

安东话还没说完，立刻就被李振峰打断了："但是医生跟你说老人的亲属已经很长时间没联系上了，对不对？"

"没错，说女儿很久没去了，但是医药费是够的，用的是网络转账的方式，账户名就是陈静。"

李振峰点点头，继续追问道："那有提取到他的DNA样本回来吗？"

"一个小时前已经送到法医那边去了。"安东回答，"现在应该出结果了吧。"

李振峰脸上的神情逐渐凝重了起来："凯斯考那边已经确认是丁媛媛，视频中却还有三具尸体没有下落，唉，真是头疼。先保存陈静父亲的DNA样本再说，以后就有个参照样本了。”

“按照上传时间线来看，第三位视频死者是丁媛媛，那下一位短发的，不知道是谁。”安东一声长叹。

李振峰并没有回答他这个问题，只是挥了挥手：“你快去吧，总会知道的。”

案情分析会议是在上午11点的时候准时举行的。

一开始，就有刑侦一分队的人汇报了从苏川走访回来的结果。在苏川工业大学读书的丁媛媛的男友秦海成说丁媛媛与他分手严格意义上来讲不是当面说的，而是通过一个闺密传递的信息，对方用的丁媛媛的社交账号，还说这个账号之后就会注销，丁媛媛已经不再愿意和他有任何联系了，理由是两个人不是同一个世界的人，就不要再彼此勉强和拖累下去了，而且说丁媛媛以后也不再打算回苏川了。

“那他们的聊天记录有保存吗？”马国柱问。

“我们问过秦海成了，他说他当时很生气，就把丁媛媛的社交账号拉黑了，而且对方是用语音的方式发送的信息，并且说出了一些较为隐私的事情，而这些事情只有他和丁媛媛才知道，所以秦海成也没有想太多。”

“那口音方面呢？”马国柱又问，“能确定是哪里人吗？”

“不能，因为对方的普通话没有任何口音。她表示只是替丁媛媛处理一些社交账号遗留问题，因为丁媛媛不愿意亲自去面对。”

李振峰想了想，问道：“那她有说她叫什么名字吗？还是只说是同学？”

“同学。”

“你派人再去一趟安平大学摄影系，找一下丁媛媛的同学，问下她在学校中的情况表现，尤其是出事前的几天，还有就是她已经死亡的事不能透露一个字，就说家人上报失踪。”

“没问题。”安东记录下来后，接着汇报展览馆尸骨案：“目前法医那边已确定展览会上的骸骨是属于方淑婷的，她是我们所有失踪者名单中最早失踪的一个。”他低头看了看手中汇总的法医尸检报告，接着说道，“可惜的是因为时间过去太久，而骨头又经过了特殊防腐处理，所以没有办法得到更多的证据，就连死因方面也不是很确切。我们派人专门走访了方淑婷一起实习的单位宿舍同事，其中有个和她同屋的女孩子反映方淑婷失踪当晚说要临时回趟家，家里有点急事，就这么一去就再也没有回来。两天后发现还是联系不上，就找到了带队老师徐彦武，后来是校方给了压力，这件事就不了了之了。据我所知，目前方淑婷的父母在得到我们警方的通知，确认死者就是自己女儿后，便准备起诉安平大学，主张自己孩子的生命权赔偿。”

马国柱皱眉：“这确实应该支持家属，把孩子养这么大真不容易，早点通知我们警方或许还有可能挽回这场悲剧。”

“至于说樱花小筑海边别墅所发生的杀人命案，我们这回终于在别墅物业公司找到了业主资料，姓王，也就是那具男尸，他是一家太阳能板材建筑公司的老板，但是已经有了家室。他住在安平市区，他的妻子并不知道他在海滨别墅有这么一套房子，在他失踪后妻子还特地去派出所报了警。根据车辆出入记录来看，这男死者一周固定去4次海滨别墅那边，而那里住着的女的叫林丽，是安平大学的研究生。金辅导员后来给我们发来了学生资料。简而言之，她就是被王老板包养的，从物业公司的登记本上来看，女死者已经在海滨别墅住了有两年多了。

“我还拿到了法医那边补上的最新一份尸检报告，其中提到男性死者身上的致命伤只有一处，并且是锐器贯穿颈部，血液涌入胸腔，最终死于失血性休克，因为是动脉受损，所以出血量非常大，所以男性死者即使反抗也是没有机会的。但是女性死者就不一样了，身中32刀不说还被分尸。在分尸手法上，赵法医一再强调行凶者并没有医学背景，所以出血量非常大，只是下刀手法上却没有任何犹豫，每一刀都非常果断而又精准，所以她怀疑这个行凶者有过肉联厂分割加工肉类的工作经验。”

安东继续说道：“赵法医在这份补充报告中提到说女死者在死后被分尸，尸块又被按照原来位置摆了回去，头发也整理过，虽然脸上表情比较糟糕，但是别的地方都表现得很平和，包括双手所摆放的位置，也是交叉叠放在胸前。这是女死者的情况。

“而身旁躺着的男死者，本来以为没有经过‘摆放’这个环节，但是后来对尸体进行再次检验时发现，男死者在女死者死后应该也是经过摆放的，但是那时候男死者还没有完全断气，等凶手走后，他进行了最后的挣扎，所以才会是我们发现时的模样，理由是他头部附近的血液流动方向显示出他所躺着的位置曾经在血液还流淌时有过一次小小的改变，这也与床单、被褥上所留下的血迹擦痕前后呼应上了。”

一旁的李振峰听了，点点头：“这么看来，凶手不是只针对女死者，当然了，重点还是针对女死者的，这点毋庸置疑。但是别的方面的推测就可以推翻了。

“我先前之所以无法确定，是因为女死者林丽一直都一个人住在这栋别墅里，并且根本就没出过事，但是这次她情人来了，就出事了，而且是两个人一起死的。”李振峰皱眉说道，“我就不得不怀疑凶手所要达到的目的，他先解决了男死者，因为男死者足够强壮，女死者一旦呼救，男死者就会上来帮忙，那对凶手来讲不是什么好事，所以他第一个杀掉的就是男死者，去除障碍。

“而他所要呈现出的场面就是两个人一起躺在床上，女死者是主体，所以他‘重新组装了’女死者。这些都可以证明凶手对女死者有一定的执念和占有欲，这种占有欲并不是性欲，而是永久性的占有，就好像你小时候玩的玩具一样，任你摆布的那种。直到你不喜欢，或者丢弃或者送人。

“而男死者，就像是你所喜欢的玩具旁边必须有的一个陪衬，比方说你电脑桌旁的那个小音响，你可以拿起来听，也可以干脆拔掉收起来，但是有它在，你会觉得更加完整一些。”

这时候，双手抱着肩膀，一直坐在门边默不作声的林局突然开口问道：“那他要摆出这么一副场景的参照物到底是什么？不会就这么凭空想象吧？”

李振峰神情凝重地摇摇头：“没这么简单，也许是在重复他小时候见过的某个场景。”

“你说他有可能杀死了自己的父母？”林局感到有些意外。

“不知道，但是可以肯定的是他还会作案。我们和网络安全大队的人有24小时联动，只要确定了有什么新的动向，他们就会随时通知我的。”

经过上次的会议，现在整个局里人人都知道有两个连环杀手喜欢上传自己制作的视频，网安大队因此被弄得鸡犬不宁。

马国柱对安东点点头："说一下今天上午你们去过的23号公路，什么案子？死者确定了吗？"

"死者沈佩君，24岁，长桥人，户口在去年因为买房而迁入本市，在她名下有一套位于蓝湾别墅区的房子和一辆凯美瑞。经过核实，被烧毁的那辆就是凯美瑞。"安东汇报说。

"凯美瑞？20万的那种？"李振峰最近准备换新车，所以对市场的车辆售价多少有点了解。

安东摇摇头："后面加个0吧。"

"200万？不可能，有这么贵的吗？"

安东笑了："她的那辆是定制版，就连里面的座椅都是实打实红木和真皮的，而且整个中国就两辆车。哥，那种车与你在大街上看到的可不是一个档次的。"

"那她也还是挺厉害的了，蓝湾别墅一套房子至少400万起步，车子200万，她是干什么的？"马国柱问安东。

"她开了一家经纪公司，专门做商务代表推荐，比方说有些老板需要有个漂亮又懂些商场行情的年轻女性同行，就找她了呗，赚了不少钱的。"

李振峰点点头："这个我熟悉，变相的皮条公司，要是她没死的话，那这案子就该归治安大队管了。"

"没错，交警那边证实了她确实是醉酒驾驶，而最后的车辆起火也是迟早会发生的事，因为油箱严重渗漏，这谁都跑不了。"说到这儿，安东停滞了一下，"这案子蹊跷的就是起火原因了，别的证据不说，就光那段视频我看了不下十遍，可以确定就是拍视频那家伙扔的烟头，人为缩短了汽车爆炸的时间。我怀疑他使用了类似于无人机之类的东西来丢烟头进行引燃，这火从被点燃到爆炸，时间非常短，行凶者根本没有时间全身而退。”

“难道说死者在油箱里加满了油？”李振峰毫不掩饰自己脸上的惊愕。

“是的，我的人已经找到了她加油的那个加油站，她可是加满了的，所以啊，确实够倒霉的。”安东同情地叹了口气。

“她这么做有什么意图吗？她这是给她自己找了一个大麻烦？”马国柱问。

“头儿，我们后来过去看了这辆凯美瑞的行驶轨迹，从下午2点到出事时的所有路面监控视频资料均显示她根本就没有与谁发生过任何争执。”安东说，“我们也曾经考虑过是不是寻仇，毕竟这女死者所开的公司的业务不是什么好买卖，想着说是不是因此而得罪人了，所以才会有雇佣杀手。至于说事后视频被放上网，那是否可以理解为是在向下单的买家汇报自己的工作情况？因为当时在那辆出事的凯美瑞后面确实跟着一辆黑色的车，但是因为光线的缘故，再加上车牌是套牌的，所以除了知道是一辆双排座家庭用SUV外，无法确定这车的具体情况。只在这辆车返回安平市区时确认驾驶座上是一位男性，身穿灰色短袖T恤，头戴深色棒球帽，别的一无所获。”

“不，我认为这可绝对不是简单的寻仇。”李振峰说道，“应该说是一种处心积虑的报复，凶手非常冷漠，他非常善于观察，每次捕猎前，都会全方位地跟踪和观察他的潜在目标，就像他的网名

‘蜘蛛’一样，蜘蛛对于自己的猎物都是观察许久以后才在对方最脆弱的时候给予致命一击。樱花小筑海滨别墅那件案子就可以看出来，凶手对受害者足足尾随跟踪了3个月才下手。但是这一次，我想很有可能是突发车祸的缘故吧。”

安东点点头：“我们走访下来了解到女死者在休闲娱乐城里喝了很多酒，临走的时候还非得自己开车，她的小姐妹们表示也想帮她开车的，但是女死者平日里就固执得要命，大家想着晚上出城后也没什么交警，路况又是一马平川那种，以为不会出事，也就懒得再劝了。”

“死者生前情绪方面有没有什么异样？”林局问。

“没有，一切正常。因为谈成了一笔大生意，所以昨天晚上喝了很多酒。”安东汇报。

李振峰想了想，说道：“安东，扩大监控搜索范围，只要是视线内能看见这辆车的，车型是家用版本的SUV，都记下车牌号。”

“没问题。”安东迅速在自己面前的工作笔记本上记下重点。

“我认为凶手必定是在某个点上和女死者有了交集，然后触发了他内心罪恶的念头，所以他一直尾随跟踪，这应该是他习惯性的作案手法。”李振峰说。他抬头看了眼坐在对面的马国柱，“而最后的车祸直接加速了杀人的进程。在这之前，从樱花小筑那件案子上，结合视频，我分析这人是强迫症型自恋人格，现在看来，没这么简单，他还带有一定的反社会倾向。头儿，他还会再干的。”

马国柱脸色铁青。

“我在等下午韩婷婷的家属。”李振峰靠在椅背上，双手搭在一起，皱眉说道，“如果我的想法最终被确认的话，那案子就没有这么简单了。我们要面对的会是一个随时准备寻找下一个情感宿主的凶手。”

“怎么说？”

看着马国柱关切的目光，李振峰略微斟酌了一下自己的用词，随后回答：“我对韩婷婷的身份起了怀疑，我发觉她并不是一个单纯的女大学生，她自己父母还活着，但她伪造自己的身份不说，还伪造了父母，甚至还伪造了自己的经历。不排除在那几起失踪的女大学生案件中，她或多或少都曾经以不同的身份出现过。而且，我看了她画的一幅画，有一位老人曾经跟我说过她看了这幅画后的感觉，是压抑和极度扭曲的痛苦……”

话音未落，李振峰的手机响了起来，是小九发来的语音信息，李振峰按下了免提键，然后把手机放在了会议桌的正中央：

“小九，说吧，刑事案件侦察大队的人都在。”李振峰说。

“哥，好的，那幅画，你叫我检测的，我从里面分析出了钾离子、氯离子、白蛋白、球蛋白以及各种凝血因子……”小九说。

“那是人血。”李振峰脸上的神情顿时凝重了起来，“能提取DNA吗？”

“应该可以，但是要做好几项分离，可能要耽误点时间，因为混杂在颜料中，有很大的困难。”小九回答。

“我等你好消息！”李振峰挂断了电话。

会议结束后，李振峰刚要跟在人群后面离开，却被马国柱叫住了：“等等我，我有事找你。”

“头儿。”李振峰看着他。

两人站在走廊里开始聊了起来。

“你爸还好吧？”马国柱关切地问道，这是他今天第二次用这种目光看着李振峰了。

“我爸他没事儿，好着呢。人年纪大了，有个头疼脑热的很正常。”李振峰想了想，问道，“头儿，这儿就咱俩，没外人，你尽管开门见山吧，我看你憋着给人绕弯弯兜圈子怪难受的。”

马国柱一听这话，才长长地叹了口气：“好吧，是这么回事，今天我碰到局里督察大队的老衡，他刚给我打了声招呼，说有人向他们投诉了你爸，这事你知道不？”

李振峰双眉拧成了疙瘩，一脸为难地嘀咕：“头儿，我爸出院后我就没再回去过，成天忙这些案子。我爸被谁投诉了？”

“看来你爸的脾气一点都没变，还是那么一意孤行。”马国柱偷眼看了看李振峰，见他脸上没动静，便接着说下去，“老衡说你爸这几天突然跑去找以前案子已经伏法人员的家属，问东问西。人家因为这个案子对咱公安就有看法，这样一来，又落着话柄了，要是再闹腾起来，咱局里领导可也是挺头疼的。”

“什么案子？”李振峰抬头问道。

“郑福伟杀人案，18年前的，档案上应该叫‘6·17大案’，专案组连法医在内总共有5个人。”

李振峰心中一动：“法医？哪5个人？”

“法医叫赵军和，就是现在赵法医的父亲。你爸是副组长，别的我想想啊，”马国柱顿了顿，一拍脑门又说道，“看我这记性，陈局，分管刑侦的，是组长，早就退休了，现在在外地女儿家养病。有个叫黄明海的，病死了，肺癌，抽烟抽出来的，也算是职业病吧。还有一个叫朱广河，后来去了基层当派出所所长，结果在岗位上殉职了，据说是连续加班三天三夜攻坚，案子结束了，人趴桌上也没了，唉。”

“所以，就剩下我爸了，对不？”李振峰若有所思地问道。

“没错，目前从安平来看，还真的就只剩下你爸了。”

李振峰突然抬头问道：“头儿，赵军和法医，是怎么死的？”

马国柱皱眉想了想，摇摇头，又点头：“我当时还没来这个单位，后来听说是车祸死的，她女儿亲自来报的丧。赵晓楠在社区的帮助下找当地医生开了死亡证明后，就亲自把她父亲的遗体送去火葬场了，告别仪式都没有，人家民政局的老阿姨现在一说起当年的事儿还都直抹眼泪。其实呢，”说着，他下意识地压低了嗓门，“我想说的是，其实我们现在这个赵法医也是怪可怜的，她妈死得早，就靠她爸养活，结果12岁不到，她爸又死了，家里亲戚都不愿意管她，说她克死自己爸妈，不吉利。后来还是社区的老阿姨帮着把她照顾大的，因为这孩子年龄大了，福利院也不方便收。”

李振峰听了，认真地看了一会儿马国柱的脸，摇摇头：“不是福利院不方便收，我看应该是不敢收吧，对不对？赵法医那性子，跟一般孩子不太一样的。”

马国柱苦笑着点点头：“现在看来，当年的老赵法医也该感到欣慰了，女承父业，现在这么优秀的孩子不多啦。”

“对了，你爸那边，你抽空回去了解下情况，然后给我个回应，尽快，记住啦？”马国柱无奈地摇摇头，转身走了。

李振峰却半天都没有回过神来，原来赵晓楠找父亲李大强是为了这个事，但是为什么要到现在才问？她又为什么不直接来找他呢？

难道说，她有什么难言之隐？

夜幕降临。

“小丑”把车开到了野外，四周一片荒凉，只有一条山道，也是空荡荡的。

他把运动相机挂在胸前，设置好拍摄模式后便打开车门跳下车，绕到车尾部，拧下螺丝。放下盖板的瞬间，手电光下，蜷缩在隔层里的韩婷婷呼吸顿时变得通畅了起来，她左右看了看陌生的地方，心悬到了嗓子眼儿，目光中充满了畏惧：“你，你想干什么？”

“小丑”顺势把扳手和手电插在隔板旁边，双手扶着膝盖，就着一旁的手电光盯着韩婷婷看了好一会儿，这才摇摇头，邪魅一笑：“出来吧，透透气。”

“我不。”韩婷婷把头转向了隔层的另一个方向。

“放心吧，我会保护好你的。”“小丑”的嘴角露出了一丝诡异的笑容。

突然韩婷婷猛地转头看向“小丑”，凌乱的发丝掩盖不住她愤怒的目光：“你离我远点！”

“小丑”的笑容变得愈发古怪了，他似乎早就料到了韩婷婷此刻的愤怒，他努力克制住自己激动的心情，顺势转身，伸了个懒腰：“哦，那就算了……”

这是个千载难逢的好机会！

话音未落，刚才还精神不振、讲话虚弱无力的韩婷婷突然来了精神头，就像疯了的母猫一般，伸手抓起“小丑”顺手插在门边的大号扳手，朝着他扑了过去，扳手不偏不正地砸在了他的头顶。

那一砸简直是倾尽了韩婷婷的全力。

人的头骨是非常坚硬的，尤其是后脑接近顶部的那块顶骨，因为要保护大脑，但如果是面对一把铁制的大号扳手的话，任何骨头都会变得不堪一击了。

骨头断裂的声音清脆极了，“小丑”没有发出哀号，只是沉闷地“哼”了一声，又像是一声冷笑，但是此刻这些似乎都变得不那么重要了。巨大的冲力让两人同时倒地，韩婷婷跪骑在“小丑”的后背上，头发蓬乱，脸色惨白，神经质一般挥舞着手里的扳手，不断重复着单一的击打动作，全然不顾那飞溅到自己脸上的温热的血腥味。她疯狂地砸着，刚才被自己撞落在地的手电此刻已经滚落到一旁的草丛边上，所发出的手电光正好把韩婷婷挥舞着扳手的场景给投射在了身后的面包车车厢上，那被放大的罪恶就此打开了地狱的大门。

击打持续了10多分钟，当这一切都结束后，面包车被开走了，只丢下“小丑”一个人孤零零地趴在地上，头上不断渗透出鲜血，带着体温的鲜血。

意识很快就要消失了，“小丑”感觉不到痛苦，只是困意逐渐袭来。他艰难地翻了个身，让自己面朝天躺在草地上，身体下的草地是松软的，就像棉花糖一样，他能闻到身上所散发出来的浓烈的血腥味，还夹杂着一丝泥土的气味，这是即将到来的死亡的味道。刚才，他本可以反抗，但他却偷偷闭上了眼睛。

胸前的运动相机在无声地工作着，它连着“小丑”裤兜里的手机，此时处于直播状态，他们的每一个动作每一个声音，都被运动相机如实地记录了下来，同时也传播了出去。

“小丑”用近乎耳语的声音进行最后的独白：“在他们看来，你只是个怪胎，就像我一样，我会让你看到的，我没有骗你，我只是颇有远见，生活在这个世界上唯一理智的方式就是不要规则。今晚，你就彻底打破了你的规则。不要忘记你还有我，你不是一个人……”

终于到了谢幕的时候，“小丑”却没有精力去做出那个招牌式的动作了。此刻，他的脑海中又一次响起了《死亡的华尔兹》低沉的大提琴声，悲凉而又平静——“小丑”不自觉地跟随着这特殊的节奏而有了轻声哼唱的欲望，但是短短几个音符过后，便带着他所独有的邪魅的笑容，无声无息地离开了尘世间。

30分钟后，预设的时间结束，运动相机屏幕上一片漆黑。

永远都不要跟一个死人竞争，因为你根本就不可能赢。

“小丑”知道“蜘蛛”会明白。

城市的另一个角落，僻静的小区内偶尔传来阵阵狗吠声，影影绰绰，摇曳的路灯下，斑斓的树叶在轻轻晃动，像极了一个个在午夜游荡的灵魂。

“蜘蛛”愤怒地关上了电脑屏幕，房间里顿时陷入了一片漆黑。他摘下耳机甩在桌上，摸出裤兜里的烟盒与打火机，抽出一支烟点燃，深吸一口，空洞的目光中顿时闪烁起了微弱的红光。

过了许久，他眼前突然一亮——大自然中，当蜘蛛遇到强敌的时候，它绝对不会退却，相反，蜘蛛会进一步地接近危险的猎物，因为只有彻底咬住对方的时候，蜘蛛才能做到真正地翻盘。而没有什么盘比翻警察的盘来得更为有意思的了。

再次打开屏幕，他重新找到了那一段警方在展览馆时的新闻镜头，在进进出出的人群中搜索着，终于，他看到了自己要找的人，嘴角露出了鬼魅的笑容。

按下了视频播放的暂停键，“蜘蛛”细细端详着镜头中赵晓楠蓦然回首时平静的面容与冰冷的眼神。此时此刻，他们的目光都深不见底。

凌晨4点，天空中出现了那种艳丽的玫瑰红色。

李振峰站在安平郊外北村山坡上，阵阵晨风中带着浓浓的海水味扑面而来。海鸥在天空中叫着飞过，细细听过去，叫声中竟然渗透着一种莫名的悲凉。

“大龙，你确定是这儿？”李振峰转头冲着警车内神情专注的郑文龙问道，后者正在对捕获到的数据进行最后的修正，“我们已经找了大半夜了。”

“放心吧，就是这儿，你再仔细找找。”郑文龙从车窗里朝外探头说道，“那家伙没有关GPS定位，就是指望我们警方能够找到他，李哥，耐心点，你再仔细找找，不可能消失的。”

“你确定他死了？”李振峰还是没法打消心中的狐疑，“我怎么觉得跟演戏一样。”

警车中，郑文龙埋头在笔记本电脑键盘上输入指令，听见这话终于忍不住笑了出来：“哥，你咋还不明白，他就是在演戏，只不过这次他是把自己的命给搭进去了，心甘情愿地搭进去了。”

“这么做到底图什么？”李振峰用手电光一寸寸犹如拉网格一般在草丛中寻找着，“人都死了，视频还在有什么用？点击量那么高有用吗？”

就在数小时前，有一段没有经过任何剪辑的视频挂到网站上，起先只是一两个人在看，到后来，人越来越多，很快直播室里便挤进了上万个人。直播时间并不很长，没有超过半个小时，但是点播的次数却是惊人的。到最后，平台终于有人想起来打电话给警方，说刚才有人在网上进行死亡直播，在确定了视频来源和真实性后，李振峰连夜开车载着郑文龙和电脑设备开始寻找视频的拍摄地和死者。

直播视频的发布者就叫“小丑”，这让李振峰第一眼看到时心中一愣，他无法接受“小丑”直播自己被杀的这个行为。“小丑”患有严重的表演型人格障碍，很大程度上，患有这种人格障碍的人是绝对不会釜底抽薪般地去杀死自己的，虽然说在他们的心里，出名比生死更加重要。

莫非说他另有目的？

而且，在这个视频中出现的女孩是谁，难道是韩婷婷？身形太像了！

13小时前。

韩婷婷的母亲下了出租车，走进安平路308号大院。

李振峰早就站在窗口等她了。

他安排人下去把她直接带上来，等韩婷婷母亲走进询问室的时候，李振峰礼貌地冲她点了点头。

资料上显示韩婷婷母亲叫魏淑芳，父亲叫韩万军，现在两人已经离婚。母亲魏淑芳一个人居住在乡下老家，父亲还在城郊经营养猪场，生意一般。

“魏淑芳，我是李振峰，刑侦支队的，请坐吧。”李振峰指了指自己面前的椅子。

魏淑芳的目光显得有些慌乱，她看了看四周，这才小心翼翼地在椅子上坐了下来，却还是向前欠了半个身子，坐姿显得非常僵硬。

“魏淑芳，我今天找你来，主要是想询问有关你女儿韩婷婷的事。”李振峰开门见山地说道，他从文件夹里取出两张相片，先拿出第一张，这是韩婷婷宿舍桌上的单人相片，李振峰最后一次去的时候顺便拍回来的，“请问这是你女儿韩婷婷吗？”

魏淑芳拿起相片认真看了看，茫然点点头：“没错，就是我家婷婷。”

“那好，还有一张相片，也请你一并仔细辨别下，放心，我们有时间，你尽管慢慢看。”他把手中的另外一张相片又递给了魏淑芳，“这是从监控视频中截取的，有些模糊，你仔细看看是不是你女儿？”

这段视频取自公安局门口的监控探头。

魏淑芳没有否认：“是婷婷，警官，婷婷是不是出什么事了？”

李振峰没有回答她：“魏淑芳，告诉我你是怎么认出这张相片里的人是韩婷婷的？”

“她的侧脸，我一看就认出来了。”魏淑芳笑了笑，“和我那混蛋老公长得一模一样。”

李振峰点点头，接着从文件夹中又拿出最后一张相片：“那你再看看这张，同样是视频截取图，角度也差不多，你能辨别出这个人是不是你女儿吗？”

这张相片取自女生宿舍楼前，不是很清晰，所以辨别难度更大。

果然，魏淑芳把相片拿在手里老半天没吱声，时不时还抬头看向李振峰，目光中满是疑惑，终于，她开口问道：“这是谁？”

“你不认识吗？”

魏淑芳摇摇头：“看不清楚，黑乎乎的。”

“你再仔细看看。”李振峰有些不甘心。

几分钟后，魏淑芳还是摇头，同时把相片还给了他：“我不能确定是不是婷婷，只能说身形背影看上去差不多，因为实在辨别不出来，只能说有点像。还有就是，警官，我女儿到底去哪儿了？在来的路上我给她打电话，为什么老打不通？”

李振峰看着她，皱眉问道：“你多久没和你女儿联系了？为什么我们的干警和你联系，你直接说你女儿死了？”

魏淑芳一时之间如鲠在喉，她张了张嘴，面对李振峰犀利的目光，终于重重地叹了口气，眼神中充满了沮丧：“都怪我不好，婷婷她爸不是个东西，当初我为了钱嫁给他，谁想到他不只家暴，还对婷婷动手动脚，婷婷才多大呀，真是作孽。”

“那你干吗不报警？”李振峰问，“寻找法律的帮助救你女儿？”

魏淑芳又是一声长叹：“我不能离婚，我签了婚前协议的，离婚一分钱拿不到，而且我根本没经济实力去养活我女儿啊。”

李振峰的脸色沉了下来：“这种情况持续了多久？”

魏淑芳垂下了头：“直到我女儿来上大学……”

李振峰心一紧：“所以你对外说你女儿已经死了？”

再次抬起头时，魏淑芳的眼中已经噙满泪水："是的，我要断了那杂种对婷婷的念想。"

李振峰轻轻叹了口气，他本想把那次报警事件告诉魏淑芳，但是很快便打消了念头："你现在离婚了？"

"对，婷婷去上学后，他打我打得更狠了，在外面还有了人，所以逼我离婚，我就离了。"魏淑芳一阵苦笑，"和命比起来，钱自然就没那么重要了。"

"警官，我女儿是不是出事了？是不是真的出事了？"

李振峰摇摇头："你现在不要胡思乱想。最后一个问题，魏淑芳，平时你和你女儿都是怎么联系的？是她主动给你的手机号码吗？"

"是的，但是婷婷不希望我和她联系，她要重新开始生活，尽快忘了自己的过去，所以，这个号码随时会被注销，她给我，应该也是放不下我这个当妈的吧。今天是我第一次打，却怎么也没人接。"魏淑芳用哀求的目光看向李振峰，"李警官，如果我女儿出事了，我也不想活了。"

"你别胡思乱想！事情不会有你想的那么严重。"李振峰轻声说道。

"对了，你女儿的学费，是你给的吗？"李振峰问，他知道艺术学院美术专业的学费可是一笔不小的数字。

魏淑芳脸上露出了困惑的神情："我女儿上学的学费，除了第一年报道时的学费大半是我给的，后面她没有问我要过一分钱，我们也没有联系过。"

"好，那我们今天先到这儿。请你保持电话畅通。"李振峰示意安东送一下魏淑芳。

送走魏淑芳后，安东回到李振峰办公桌前:“李哥，结果咋样？”

李振峰摇摇头:“直播那张没认出来，说没法确定，因为光线不好，角度也有偏差。毕竟快三年没见了，也是可以理解的。DNA那边怎么样？”

“放心吧，已经提取了。”安东回答。

“跟204寝室的比对一下，按照常理来说，里面有一组应该是能配对上的。”李振峰的心里已经做了最坏的打算。

晚上8点的时候结果就出来了，从204寝室中所提取到的两枚牙刷上的DNA分别与陈静父亲以及韩婷婷母亲魏淑芳的DNA匹配上了。只不过有个意外情况，就是在韩婷婷镜子前放着的那把牛角梳上的头发中提取的DNA却是另一个人的，同样，这个DNA在数据库中没有能找到匹配对象。李振峰想起了那个替韩婷婷报案的女孩梁美芳，觉得也是可以想得通的，毕竟年纪都差不多，住得又近，互相串门也很正常。

正在苦思冥想之际，郑文龙的微信头像跳动了起来，他说刚才有平台打来举报电话，说有人在进行死亡直播，经过核实，就是他们一直要找的两个连环杀手之一——“小丑”，只不过这次的剧本似乎有些古怪。

李振峰随后在网安大队办公室里也看了那段视频，当车中的年轻女孩突然发了疯一样用扳手狠狠砸向“小丑”时，他的心里不由得一沉，这时候的“小丑”是俯卧着的，从他胸前摄像机的角度是看不见那女孩的举动的，但是却听得清清楚楚，尤其是扳手砸破头骨的声音，这让李振峰感到一阵头皮发麻。他不得不深吸一口气来稳定自己的情绪。

后来，车开走了。“小丑”努力翻了个身，絮絮叨叨地说了一段话后，最终是死一般的沉寂。

“能确定是先前那个‘小丑’吗？”

“是的，这家伙太爱表现自己了，就连这个话都是台词，上次听马月说了后，我还特地去看了那部电影，这家伙是个超级影迷啊。”郑文龙开始收拾桌上的电脑和插座。

“真的死了？”李振峰用征询的目光看向郑文龙。

“当然是死了，如果你再慢一点的话，等我们赶到那儿，估计人都已经凉透了！”此时的郑文龙早就已经准备好了他的电脑包，“快走，他没关定位，我们能找到他。”

“好吧，我开车。”

手电光突然一晃，李振峰怀疑自己是不是眼花了，他揉了揉眼睛继续朝那个位置走去，快要接近的时候，他看到了地面上明显的车轮印，从宽度来看可以确定是一辆面包车的，从那一小摊漏油来看，车子在这里停了有一段时间，这些都与视频中所表现出来的景象相吻合。

移动手电光，顺着车轮印的方向缓步前行，终于，李振峰在三步开外的草堆里发现了一具仰面平躺的尸体。

尸体头东脚西呈现出仰卧状，胸口有一台微型运动相机，只不过此刻相机早就已经停止了工作，指示灯处一片漆黑。

手电光往上移动，李振峰看见了戴着半个小丑面具的那张脸，他无奈地摇摇头，小声嘀咕：“金老师啊金老师，你这么聪明的人，又是国家二级心理师，为什么就偏偏看不透自己的病呢？你这么做，值得吗？”

死者正是安平大学学生处的辅导员金俊强。

李振峰站起身来，用手机拨打了市局情报中心值班室的电话，通报了这里发生的命案，并要求增派技术人员到达现场。

挂断电话后，远处的天空中已然可以看见朝霞的颜色，但李振峰的心里却是沉甸甸的，不仅为金俊强的死感到悲哀，还为那个被逼杀人的身份不明的女孩感到难过。李振峰看了好几遍视频，认为死亡对于金俊强来说也许是一种解脱。因为表演型人格障碍患者为了达到自己的目的，是可以不惜一切代价的，包括自己的生命，这是唯一与自恋型人格障碍患者不同的地方。

李振峰上次之所以会对金俊强没起太大疑心，很大程度上也是因为他桌上的那块国家二级心理咨询师的牌子，显然，这家伙很擅长操纵别人的心理。因为他很好地利用了普通人的惯性思维，就像有些人在家门口自己贴了张“五好家庭”的标签，周围经过的人就会自然而然地认为这家人团结和睦，从不吵架打架，其实呢？天知道。

那么他这么做，一方面是用自己的死亡视频来向另一个连环杀手“蜘蛛”进行挑战，而另一方面，那似乎就更可怕了，他想用自己的死来干什么？为什么偏偏选中韩婷婷？

玫瑰色的晨光中，金俊强脸上的表情显得异常平静。

安平路308号大院的食堂里挤满了人。

安东看着心事重重的李振峰：“哥，是饭菜不合胃口，还是你又钻什么牛角尖了？”

“韩婷婷。”李振峰含糊不清地嘟囔了一句。

“韩婷婷怎么了？”安东有点哭笑不得，“大数据情报中心那边已经把她的相貌特征公布到各个卡口去了，你放心，只要没发现尸体，她就跑不远。”

李振峰抬头盯着安东看了会儿，摇摇头：“‘小丑’已经死了，视频显示是被韩婷婷杀死的，也就是说韩婷婷至今没出现，很有可能是害怕被我们警方抓，但是都过去24小时了，还没消息的话，我真的有点担心。”

“那你有没有想过是‘蜘蛛’把她‘接盘’控制住了？”

“不可能。‘蜘蛛’绝对不可能和‘小丑’联手，也不会碰‘小丑’碰过的东西，他是个高傲型的凶手，向来独来独往，根本看不起身边的人。”李振峰用手中的筷子蘸了汤在空托盘上画了个圈，“他这辈子永远都走不出属于他自己的圈子。”

“他给自己画了个圈？”安东乐了，“真逗。怎么有这种人？”

“当然有，自恋型人格障碍患者。”说到这儿，李振峰轻轻叹了口气，“不过这不是我发愁的地方，我总觉得韩婷婷哪里有点儿不对劲。”

安东把筷子一撂，双手抱着肩膀靠在椅背上：“说说看。”

“我感觉韩婷婷身体里好像住着另外一个人，一个陌生的人，而这个人，我一定见过，但是这一时半会儿却想不起来了。”李振峰若有所思地说道。

安东愣住了，憋了半天后，咧嘴一笑：“哥，你抽空回家看看伯母吧，你好久没回去了。”

“为什么劝我回家？”

安东伸手指了指自己的脑袋："你神经太紧张，跟伯母聊聊天，释放下压力吧，对你有好处的。"

李振峰突然回过神来，他看着安东："你除了问画的事，还跟我妈说什么了？"

"没什么。"安东嘿嘿一笑，"伯母养了条狗，挺可爱的。"

"胡说，我妈有洁癖，她不可能养狗。"李振峰皱眉。

"人是会变的，"安东意味深长地说道，"包括这个韩婷婷在内。李哥，有时候你就是太爱钻牛角尖了。"

第七章　不存在的女孩

一个非常了解你的人，
你却从未见过他，
那该多么可怕。

马国柱办公室内，午后炙热的阳光在地板上留下了斑驳的树影。

“我得申请换个办公室，不能再拖了！”马国柱忧心忡忡地抬头看了眼李振峰身后法式玻璃窗外那发白的天空，银杏树上的知了鸣叫声更是让他感到头疼。

“头儿，这整栋楼里就赵法医那地盘上是凉快的，我亲自测试过，要不，你跟她换换？”李振峰笑嘻嘻地说道。

马国柱摇摇头：“算了吧，我的腿有风湿的毛病，在那地方待不了多久的。”

“说说学生处金老师的事儿吧，一队调查得怎么样了？背景和社会关系复杂吗？”马国柱问。

李振峰摇摇头：“金俊强社会关系非常简单。”说着，他从公文包里取出金俊强的个人相片和案件卷宗资料，如数递给马国柱，“头儿，你瞅瞅吧。金俊强，28岁，省师范大学毕业后就去了安平大学学生处工作，因为他个人条件比较好，又善于和学生沟通，再加上拥有国家二级心理咨询师资格证书，所以，学校里的人对他都很信任。”

“他在大学里的专业是教育心理学？”

“是的，”李振峰说，“这门专业隶属于心理学中的基础心理学，专门研究教育方向的，主要的受众就是学生和教育系统。通俗点说你可以把他理解为是学校里的心理学专家。”

“那次你和安东找他谈的时候，你怎么就没意识到他有问题？”马国柱翻看着面前的卷宗，皱眉问道。

李振峰听了，不由得摇头苦笑：“阴沟里翻船了。”

“他的精神状况真的有问题？”

“严格意义上来说是变态人格中的表演型人格障碍，而不是精神病态人格，也就是说他犯案的时候脑子是清醒的，所以完全具备民事行为能力。”李振峰回答。

“那他这种人格如果发展下去的话，会不会转变为精神病态人格？”马国柱忧心忡忡地问道，“兄弟单位遇到的好几起恶性案件中的犯罪嫌疑人最终被证实都是精神上有问题，处理起来非常棘手，社会上的群众又反响很激烈，弄得我们里外不是人。”

“变态人格障碍与精神病态人格在基础上是有一定的区别的，但是前者转变为后者只是一个时间问题。”说到这儿，李振峰微微一笑，“精神病态人格，就是精神病、神经症等患者的特异人格和社会适应异常者的人格，一般是指以个人的社会适应异常为中心的异常人格，它是变态人格发展内在不协调的极端表现，患者往往不能估计社会环境对自己的行为要求，不能正确评价自己的行为生理反应方式，不能处理复杂的人际关系和对外界的刺激做出正确且恰当的反应。

“而变态人格障碍的程度还没有这么严重，能正常处理生活中的一切琐事，有完整的思维方式，不像前者那样是断层的，有些甚至还能设计完美的作案计划，就像我们的这位金老师，最后的赌局竟然押上了自己的性命。真是疯了，说实在的，我还挺想和他好好聊聊的，结果却再没机会了。”

“这个肆意操纵学生心理的家伙，真是太可恶了。”马国柱愤愤然地说道。

李振峰看着他：“头儿，知道什么是最危险的吗？我们走访了解下来才知道，这位金俊强老师在13岁的时候，就有些精神异常的表现了，因此，他的母亲把他送到了精神病院，结果呢，人是乖了，但是行为却更隐蔽、更可怕了，自从那之后，他开始虐杀小动物，最后升级变成了虐杀人类。我看到过他留在家里的那几张特殊的相片，”说到这儿，他略微停顿了一下，“他把小动物杀了后做成粗制滥造的标本，似乎只是为了让它们永远不吵不闹地陪在他身边，而他在需要一个家的同时，更加渴望被他的母亲认可。我总觉得金俊强之所以走到今天，他的母亲真的是‘功不可没’。”

“不管怎么说，他毕竟是杀了人，不过，我真的很怀疑他能成功诱骗并杀害年轻女大学生，肯定有帮手给他从中牵线和接应。而这个帮手，我越来越觉得应该就是那个曾经前来报案说她同寝室室友失踪的韩婷婷。”

“为什么？难道就因为她杀了人和失踪了？”马国柱合上了面前的卷宗，惊奇地问。

“我总觉得这个韩婷婷前后所表现出来的，真的很不一样。她身体里应该有另外一个人存在，一个迫于外界压力而出现的人。头儿，你听说过‘鸠占鹊巢’的故事吗？”李振峰说，“有一种人，她的心理素质非常强，她能不动声色地与你交朋友，但是在关键时刻却会彻底毁灭你，从而得到原本属于你的生活。在你的生活中，她起先并不真实存在，但很快，因为你已经死了，所以，人们会因为惯性思维而慢慢接受她，你就会彻底被人忘记。

“总之，这种人非常危险，她并不真正存在，因为很有可能你所认识的她也并不是她。她就像条变色龙一样，而且演技高超，善于揣度人的内心，她是个真正的心理大师。”

“你说的是人格分裂？”马国柱吃惊地问。

李振峰摇摇头：“比那还糟糕，是人格占据，结果可能就是吞噬。”

马国柱呆了呆：“目的是保护自身？”

“和‘偷窃癖’差不多，心理学上管这种情况的人叫‘变色龙’，名字很有趣，事实却一点都不有趣。”李振峰说，“我之所以对这个女孩有怀疑，第一，是因为那段视频中对‘小丑’下手的人，可以确定是个年轻女孩，并且很有可能就是韩婷婷。目前我们已经把截屏相片提取出来发给了当地派出所，要求他们和韩母沟通，请她辨认是否就是韩婷婷，不过，我个人认为是她的可能性非常大。第二，结合韩婷婷坎坷的成长经历推断，她很容易性格扭曲，再加上我在她宿舍见到的那幅画，一个心理正常的人是不太可能画出这样的画的。而且陈静至今下落不明，而在‘小丑’发布的四段视频中，郑工经过声纹采集分析，得出结论：现场有另一个人存在，而且可能是个女的。所以我才会怀疑韩婷婷，就是我现在还不能完全确定，这是很让人头疼的一件事。”

“如果陈静的失踪和韩婷婷有关的话，那她为什么来报警？这不是给自己找麻烦吗？”马国柱不解地问。

李振峰苦笑：“我也想过这个问题，所以我觉得人格占据的可能性非常大，就是在韩婷婷的心里有两套人格存在。当然了，现在还只是推断，咱警察办案不得找证据吗，头儿你说是不是？”

“对了，小李，这个金俊强为什么管自己叫‘小丑’？”马国柱又问。

“因为在他看来，人生本就是一幕悲剧。从他儿童时期被母亲送进精神病院开始，他就是一个被家人彻底抛弃的人，他渴望找回亲情，渴望得到势利眼母亲的疼爱和夸奖，让母亲为他感到骄傲，所以他不惜一切代价想吸引母亲和其他人崇拜的目光。说白了，他渴望回家。而这些，与电影中渴望亲情、渴望成功的‘小丑’不谋而合，他寻找到了完美的身份代入点，就这样他把自己变成了生活中的‘小丑’。”顿了顿，李振峰轻轻地叹了口气，“这最后一次却是‘小丑’的谢幕。”

“那看来尽快找到这个韩婷婷是我们后期工作的重中之重。”马国柱说，“记得派几个人去金俊强老家做进一步情况落实。”

“没问题，”李振峰想了想，说道，“我认为不只是我们急着要找到她，还有人也在找她。”

“你说的是‘蜘蛛’？”

“可能吧。”李振峰若有所思地回答道。

正如他所想，此刻的蜘蛛正沿着它所吐出的丝，缓缓地向自己的新猎物不顾一切地爬了过去。

下午3点钟，终于忙完了，赵晓楠这才想起她和马月还没有吃午饭，这个时间点食堂早就已经关门了，要想填饱肚子就得去街对面的小吃街，那里可是24小时都有东西吃的。

“姐，这里交给我，你去吧，随便帮我买点什么带回来就行。”马月指了指自己面前的课本。这几天马月在准备职称考试，争分夺秒地利用时间恶补功课，赵晓楠也就没再多说什么，她换了工作服戴上出入证，离开底楼办公室，一路上楼来到门厅。

刚走出大院的时候，迎面走来一个人，因为正对着午后耀眼的阳光，所以赵晓楠也就没有多想，闪到一旁准备给对方让路。

谁想对方却直接停了下来，小心翼翼地问了句：“请问，你是上次那个赵法医吗？”

声音有点陌生，赵晓楠抬头，眼前站着一位年轻女孩，身材不高，也就一米六左右，身体有些单薄，留着短发，穿着一件短袖灰色亚麻衬衣和一条黑色的长裙，背着一个米黄色的双肩包，整个人看上去显得非常干练。

“你是？”赵晓楠神情茫然地问。

“我是阿珠，上次那个展览，就是我报的案。”阿珠顿时满脸笑容，拼命点头，“想起我来了吗？”

“原来是你啊。”赵晓楠恍然大悟，“你还好吗？”

“我挺好的，谢谢赵法医的关心。”阿珠笑眯眯地说道，“我今天来这里应聘。”

“应聘？你不是……”

阿珠努力维持着脸上的笑容：“没错，赵法医，我被开除了。不过那份工作我也不喜欢，正好趁这个机会换一个，我看到你们公安局正在招辅警，我就来试试了。今天是面试，笔试环节我已经过啦，第一名哦！”

赵晓楠感到有些意外，那次现场结束后，她曾经向安东打听过这个报案的小姑娘，知道她也是安平大学毕业的：“可是，你来当辅警不是屈才了吗？”

阿珠摇摇头，满脸的阳光：“不屈才不屈才，工作做得开心就好。”

赵晓楠点头：“那好，祝你顺利，有什么需要帮忙的，尽管找我。”

“谢谢赵法医。”阿珠开心地冲着赵晓楠笑了。此刻，阳光正对着她的脸，她的笑容变得格外灿烂。她笑着伸出左手挥手告别，快步走进了安平路308号大院。

赵晓楠站在原地愣了一会儿后，虽然是出于职业的习惯她注意到了阿珠脸部轮廓的一些不完美，但是转念一琢磨，不仔细看反正也看不出来，而且阿珠的笑容是由衷的，她又何必去打扰那一份不完美呢？毕竟是别人的生活，好好祝福她吧。

想到这儿，赵晓楠点了点头，眼前正好是绿灯，她便快步向马路对面走去。

这一幕被站在马路对面电线杆后面的韩婷婷看得一清二楚，她的心里不由得酸溜溜的。阿珠和赵晓楠之间的谈话她都听到了，而这个年轻女孩脸上的阳光却是韩婷婷这辈子都可望而不可即的东西。

“我的生命中没有阳光！”

从杀了“小丑”的那一刻开始，韩婷婷就知道自己犯了一个致命的错误，“小丑”一如当初那般虚伪地再次利用了她。可是现在他却死了，她当着那么多人的面亲手杀了他，帮他完成了一次近乎完美的“谢幕”。但是她自己呢？生活全毁了不说，或许这辈子，自己都再也无法摆脱“小丑”的阴影了。

这一次来安平路308号，韩婷婷不是来报案的，她还有一个打算，那就是一个曾经在“小丑”嘴里来回念叨过无数次的人——“蜘蛛”。“小丑”说过，“蜘蛛”是最了解他的人，但是可惜的是她却没有见过“蜘蛛”的面。

试想一下，一个非常了解你的人，你却从未见过他，那该多么可怕。

她转头看了看周围热闹的街面，停满街道两旁各种各样的车辆，以及那一张张经过自己身边时全然漠视自己存在的脸，韩婷婷不知道下一个和自己擦肩而过的人是否就是“蜘蛛”？

她的心中不由得一阵哆嗦，转身便迅速走进了人群中，很快，背影就在街头消失了。

在不远处的那辆灰色起亚车里，“蜘蛛”放下了望远镜，嘴角划过一丝不屑。

痕迹鉴定实验室里，小九兴冲冲地推门走了出去，过于宽大的工作服在他的身后犹如披风一般高高扬起，这让小九愈发得意了。他走在走廊上，掏出手机拨通了李振峰的电话：“李哥，你听我说就行。两件事，第一件，那辆集装箱里的所有指纹证据我都已经逐一固定过了，也进行了比对，排除展览中心工作人员后，就只有一组指纹很特别，法医那边看过后表示没意见，确认是一组未知的女性指纹，但是目前犯罪指纹库里还没有找到匹配对象，应该是没有被我们处理过的人员，不过现在还在继续比对别的指纹库，希望能尽快有结果。第二件，也是最关键的一件，嘿嘿，那块布上的DNA我做出来了，现在比对上了一个人，就是你们从安平大学204号学生宿舍里取回的两组样本中的一个，同时，在这块油布的边角，我还发现了半枚右手大拇指的指纹，应该是她不小心在油画表面颜料未干的时候印上去的，只有整体指纹的2/3，但这已经足够了。”

李振峰脑海里瞬间回想起了那天他去宿舍找韩婷婷的时候，她正在画画，后来因为注意到他在看油画，她便迅速上前扶着画框放下了防尘布，显然这半枚指纹就是那个时候被印上去的。

“李哥，你说这算不算大发现？最关键的是指纹很快就比对上了。”小九得意地说。

“别卖关子，快接着说下去，到底比对上了什么？”李振峰没戴蓝牙耳机，只能用下巴夹着手机，因为他的两只手里都提着准备回家孝敬老爸李大强的东西，这刚下车就接到了小九的电话，大太阳底下没站多久就是一身臭汗。

“比对上了三年前的一起无名女尸案，就在咱们市区以南的新南港口。”

李振峰心里一沉：“浮尸案？”

“不，不，不，没那么糟。”小九说，“是上吊，大白天的吊死在了人家即将开业的店堂内。”

“还在装修？里面没工人吗？多久才发现的尸体？”李振峰站在楼栋口一连问了三个问题。

“听说是大中午的时候，尸体7天后才被发现。因为装修快完工了，通风散味，7天后店老板不放心，怕工人偷懒，就特地跑去看看，这一看不要紧，魂儿都吓飞了。”小九长叹一声，“那缺德的家伙还把本来开着的门窗都给关上了，房间里密不透风，你说这不是要命吗？”

“那后来是怎么发现她是被害的？”李振峰放下手里的东西，一只手擦汗一只手握起手机。

小九回答：“法医在她的脖子正中央的位置上发现了一对较为清晰的大拇指印，虽然发现她的时候，死者的尸体是被吊着的，但是这并不妨碍颈部正中央舌骨位置的指纹被保留下来，而且那个房间空气不流通，这样就形成了一个特殊的环境。经过鉴定，最有可能留下这两组指印的方式就是掐住颈部，所以指印被我们收录进了数据库。可是这个案子至今没破，而死者的身份也无法确认，因为尸体已经高度腐烂，她的DNA在数据库里根本就没有。”停了一会儿后，他又说道，“我听我老师说，通过模拟画像进行寻人启事，半个月后一个男人给公安局打了一个电话说画像很像他的女儿，但是他在来公安局的路上遇上台风，遇难了。后来经过DNA比对，遇难夫妻与那女孩是一家三口。女孩的身份确认了叫任欣悦，刚考上安平大学，花一样的年纪就这么枯萎了。”

“凶手一直没有找到吗？”李振峰问道。

“没有，线索太少，唯一有价值的线索就是这一组指纹。”小九回答。

“小九，只留下这一组指纹，别的都没有吗？我是指案发现场和尸体身上别的部位。”

小九果断地回答：“没有，我看了好几遍现场的痕检报告了。”

“照这样看来，这是凶手第一次杀人。但是从后期尸体处理模式来看，这个凶手非常冷静，甚至可以到‘冷酷’的地步，根本就没有共情。唉——”李振峰长长地叹了口气，“你跟进一下这个案子，和安东说，然后把尸检报告和案情报告发一份副本到我办公室，我这边很快就回去。”

“好嘞！”小九迅速挂断电话。

“妈，爸，开下门，我回来啦！”李振峰一边大声说着，一边抓紧了手里的网兜。

门开的刹那，眼前一花，一条黑影猛地扑向李振峰，重重地把他撞倒在地不说，还伸长了舌头热情地在他脸上刷刷地舔了起来。

“妈——好臭！”

真的是一条狗，而且是一条精力过于旺盛的狗！

“来福，那是你哥，快下来！”母亲陈芳茹在一旁急得直跳脚。

“来福？妈，你叫他来福？”李振峰从卫生间里探出头来，满脸的水，“我啥时候多了这么一个‘弟弟’？”

母亲瞪了他一眼，嗔怪道：“这小可怜走丢了，跟着我就回家了，怎么赶也赶不走，我问过楼上的王伯，说这狗是边牧，可聪明了。”

“那你问了这小区里的邻居没，是不是谁家丢的？找着了赶紧给人送回去，你当儿子养，人家也是当儿子养的，到时候起了纠纷可不好看。”李振峰悻悻然地抓过母亲递给他的一块毛巾擦干净脸上的水珠，这才从卫生间走了出来。

眼前蹲着的确实是一条成年边牧，黑白相间的毛发支棱着，歪着头看着李振峰发呆，似乎在努力想弄明白他们在说什么。

“爸呢，他怎么不在家？”李振峰在沙发上坐了下来，好奇地问。

“你爸去开小区治安管理小组长会议了，现在他可是副会长，权力和责任都挺大的，很多人都还指望他派任务呢。”母亲言辞之间流露出一些小小的得意。

“那正好，省得他又冲我发无名火。妈，我找你有事。”李振峰认真地看着母亲陈芳茹。

陈芳茹“哦”了一声，随即笑了：“是不是找着中意的女孩子啦？我就知道你有事，咋不带回家来？别不好意思，只要你中意的，家世清白的，妈都同意。还有啊，你等等。”说着，老太太便自顾自地走进房间，没多久又走了出来，手里多了张银行卡，塞进李振峰手里，“拿去，里面有80万。”

李振峰惊得目瞪口呆：“妈，这钱哪儿来的？”

陈芳茹笑眯眯地说道：“我存的，你爸稀里糊涂的，从来不管账，这钱给你付个房子首付，再换辆好一点的车足够了。现在这年头，没房没车找不到女孩子结婚的，说实话，妈也帮不了你多少，就这些，你也别嫌弃，快收起来！”

李振峰感觉银行卡烫手，赶紧把卡重新塞给母亲：“妈，我不要，我不买房。”

“那不成，你那点破工资，养活自己都是勉强，还想买房娶媳妇，唉，拉倒吧。”

李振峰急了：“妈，我真的不要，这钱你自己留着，我今天回来是为了别的事找你，工作上的事。”

陈芳茹一听，便也不勉强了，收起卡：“你说吧，看我能帮你多少。”

李振峰这才硬着头皮把马国柱找自己谈话的事和盘托出，最后问道：“妈，你知道这事吗？”

陈芳茹点点头：“我当然知道，我还亲自和你爸去的。那个女人，也就是伏法人员的妹妹，其实我一看就不是善茬，就是你爸心太直了，一听说这案子有问题就立刻雷厉风行地去调查。结果呢，现在反过来被人投诉了。阿峰，这件事你可不能让你爸知道，明白吗？他血压不稳定，我怕出事。”

“我明白，但是，”李振峰吃惊地看着母亲，“你居然会知道这事？”

“本来你爸也是不想说的，‘6·17’大案都过去这么久了，真没想到又会重新出现线索。那次也是我逼着你爸带我去的。”陈芳茹轻轻一笑，“你爸自从出院后，脾气变了许多，似乎明白了点啥，也懂事理了，这让我省了不少心。所以，见到这小家伙，我可怜它，就有机会照顾它了。”

李振峰想了想，沉声说道：“妈，你听我说，这案子之所以冒出来，可不是那么简单的事，因为从案发到犯罪嫌疑人伏法已经平安过去18年了，很快就20年了，到时候我们即使发现什么，这种时间跨度大的案子也都过了追诉期。当时因为严打，从抓人到判决，案子结得都很快，我不知道为什么到现在还会提起这件案子，你能确定真的是赵法医找爸的时候说的吗？”

陈芳茹用力点头：“没错，你爸承认了，正是因为赵法医提出了这个怀疑，你爸觉得符合逻辑，这才开始重新调查。”

“他有没有提到具体什么证据？”

陈芳茹想了想，摇头：“没详细说，只是在你爸和那个女人的谈话中再三提到有一张电话磁卡，就是那种在街头常见的插卡式电话机使用的一次性预付费电话卡，别的没再提到什么。”

“那她的反应？”

“她说那天晚上她哥没有给她打过电话，她先是推脱说想不起来了，后来又说肯定没有。”陈芳茹皱眉说，“不过她去投诉了，那可真是过分了，因为我们根本就没谈什么，去之前也是跟她联系过的。你想想，如果没有经过她同意，我们又怎么可能过去找她，真是翻脸比翻书还快的傻女人！”

陈芳茹很少用这种口气教训别人。

“妈，你别生气了。”李振峰看着那只乖乖伏在母亲脚边的狗子，轻轻叹了口气，“别气坏了身子，你都上年纪了。”

“不是，我还没那么弱不禁风，我只是觉得做人做成那个样子确实有点过分了。对了，阿峰，还有件事，就是你爸最后问她的那个问题，她的神情显得有点古怪，怎么古怪法子我就说不清了。”陈芳茹说，“当时你爸就问了她句——你哥平时习惯用的是左手还是右手，她想都没想，立刻说是右手，而且态度上显得很不耐烦。”

李振峰听了，点点头：“好的，妈，我记下了。”说着，他站起身，“我走了，这些鸭子，吃不了记得放冰箱，不要让爸一下子全吃了，会消化不良的。还有啊，妈，以后要是爸再干这样的事，你就赶紧联系我，就说我来开车送你们去，这样你们也省了一笔车费，明白不？”

“没问题。”陈芳茹笑了，“放心吧，儿子，都听你的。”

走到门口的时候，身后传来了狗子的叫声，李振峰有些发愣，他低头看着这只狗，心中一软，便伸手摸了摸它的头，柔声说道：“妈，赶紧找到它的主人吧，这么懂事的狗，丢了，谁心里都不好受的。”

“它跟你有缘分呢，看它这么喜欢你，要是没有人要的话，不如你收养算了，买个大房子照顾它，我这边伺候你爸就已经足够了，没精力啦。”陈芳茹说。

李振峰当然能够听出母亲的煞费苦心，他心中闪过了赵晓楠的身影，随后，莫名的伤感涌上心头，他不想让母亲察觉，便挥挥手，头也不回地下楼开车走了。

赵晓楠在法医办公室里写总结报告，耳畔响起一阵脚步声后，一份盒装卷宗便被放在了自己的右手边。

“赵法医，”李振峰随手拉了张靠背椅坐下，笑眯眯地对赵晓楠说，“有件案子，挺重要的，想请你帮个忙看看。”

“什么案子？”赵晓楠伸手拿过卷宗，扫了眼上面的标题，“三年前新南港口鱼排屋的那个上吊案？我略有耳闻。”

“那我就省事儿多了。”李振峰乐呵呵地挽起了袖子，两腿往椅子上一盘，活像一只打盹的老猫。

“你找我的话，那案件的性质肯定就不是‘自杀’。”赵晓楠打开卷宗，同时活动了一下有些酸胀的后脖颈，接着看了下去，片刻后说道，“死者的死因是毋庸置疑的——勒颈导致的机械性窒息，尸检过程中发现死者的眼睑底部以及肺叶部位都有细小的出血点，这都是机械性窒息特有的反应。案宗上面的化验数据和检验分析也都没有问题，死者本身的健康程度也是不错的，没有基础性疾病。唯一有问题的就是这组出现在死者颈部的大拇指纹。”

“除了指纹还有其他线索吗？”李振峰问。

“在她的小腹这边好像有什么印记，”说着，赵晓楠伸手拿过一边的放大镜，然后打开台灯，就着灯光仔细查看那张尸体的腹部放大相片，“确实，是个文身，一个很小的文身，就在死者的左面腹部腹直肌所在位置2.2厘米处，你仔细看是不是？”

李振峰凑上去一看，忙点头：“没错，这文身有点怪，一把带火焰的斧子？女孩子怎么会在自己肚子上文这种东西？”

赵晓楠想了想，说：“我刚毕业的时候，听我原单位的领导说起过社会上有些拉帮结派的孩子文身这档子事。你去问问看，上龙分局的王金辉，现在应该是副局长了，我记得他有一个本子，就是专门记录这些特殊文身的含义，那时候还挺管用的。”

李振峰乐了，跳起身抱起卷宗盒子转身就跑，远远地飘来一句：“谢谢啦！”

马月转头对赵晓楠说：“姐，你对他真好，有求必应。”

“都是为了工作，你别瞎想。”赵晓楠站起身，收拾桌上的东西，关灯后准备下班，回头一看，“哎，你怎么还不走，你的同学不是说今天来接你下班吗？”

马月苦笑着摇摇头：“姐，你听错了吧。我再看会儿书，难得清静，过几天就要考试了。姐，明天见！”

赵晓楠点头，转身离开了办公室。她顺着走廊来到楼梯口，刚要上楼，迎面来了一个人：“赵法医好。”

是安东，他右手提了个打包纸袋，神情有些尴尬：“马月走了吗？”

赵晓楠伸手朝办公室的方向一指：“她还在的，你去吧。”

“谢谢赵法医，谢谢，谢谢。”安东乐呵呵地朝办公室的方向一路小跑过去。

赵晓楠走出公安局大厅，离开大院后，径直向不远处的公交站台走去。这时候，酷热散去，天空中布满了艳丽的夕阳，远处，一阵海鸥的叫声划过天空。

因为是最长的一条穿城线路，所以这个时候车站上的人比较多，公交车很快就到了，赵晓楠小心翼翼地跟着队伍上了车，刷卡后直接去了后面车厢。

“蜘蛛”是跟着赵晓楠一起上的车，他在站台上已经等了足够长的时间，但是他有耐心和时间去等，而且他喜欢等待自己的猎物和一个让他彻底成名的机会。

想到这儿，他仔细端详着近在咫尺的赵晓楠，突然心中转变了念头，决定不再在暗中等待，这一次，他要玩个刺激的。

公交车在摇晃中继续前行，乘客们昏昏欲睡，车窗外路灯逐渐亮起，街道两旁店铺林立，音乐声、吆喝声不绝于耳。车厢内却是另外一幅景象，各种各样的异味扑鼻，混杂着汽油的味道和空调中的烟味，“蜘蛛”觉得这应该是世界上最难闻的味道了。

他开始有些后悔了，但是必须忍。他要让他最脆弱的一面在最短的时间内迅速暴露出来，因为只有这样，“蜘蛛”才能够拥有真正接触到猎物的机会。

估摸着时间差不多了，“蜘蛛”从随身裤兜里摸出一粒小药片迅速塞进嘴里，就着唾沫咽下去，然后在心里开始默数，数到60的时候，他的意识已经开始模糊不清，人也有些摇摇欲坠，最后一刻，他拼尽全力向前伸出手抓住赵晓楠的衣角，用力拽了拽，果然，他看见赵晓楠开始转头看向自己，时机恰到好处：“救……救……”话还没说完，“蜘蛛”便瘫倒在地，口吐白沫，浑身剧烈地抽搐起来。

周围的乘客顿时尖叫着向车厢前部拥挤，一时之间整个公交车上乱作一团。

“蜘蛛”这时候已经完全丧失了意识，但是他依旧紧紧抓住赵晓楠的衣服没有松手。

“你们快散开，他的癫痫病犯了，散开，快散开……”赵晓楠急了，一边大声叫喊，一边赶紧把自己的随身挎包垫在“蜘蛛”的头底下，让他侧卧。见有些乘客依旧麻木地站在一边堵着窗口，她愤怒地冲着他们吼道，“我是医生，看什么看，快打开窗，让新鲜空气进来，他需要空气，他的癫痫症犯了。”

“蜘蛛”确实患有癫痫症，这是他小时候被母亲用棍子狠狠砸了脑袋后留下的终身“纪念”，所以他不得不每天都服用抗癫痫的药物。但是他兜里还有一种药物，也是他每天都要服用的，叫氯炎平。氯炎平是抗抑郁类药物，可是这种药有个很讨厌的后遗症，那就是它会随时随地诱发癫痫，所以两种药物在药理上其实是相克的，就像“蜘蛛”这个人一样，他的内在也是相克的，有时候他脾气暴躁得像个魔鬼，有时候却又因为过度抑郁而悲伤地想从楼顶跳下去一了百了。

不过当“蜘蛛”一旦决定去做一件事情的时候，他就会不顾一切，甚至像“小丑”那样赌上自己的性命也是有可能的。

这一次，他也是赌，因为赵晓楠是医生，所以他必须真的诱发一次癫痫。他以前也这么干过，就是他想死的时候，结果没死成，只是像一只被打瘫痪的流浪狗一样，最终在冰凉的地板上绝望地清醒过来。

这或许就是自己的命吧。

不过这一次，“蜘蛛”知道自己醒过来的时候必定不会再是一个人，因为这个世界上但凡是医生，都不会丢下病人不管的。

他在赌，他在赌人性本善，还是性本恶，赌一次，就赌这一次！

夜晚的安平城里，马路上依旧川流不息。李振峰开着车在环城高架上行驶着，心里百感交集。

就在刚才，小九那边已经证实了集装箱车里的那组未知女性指纹与三年前尸体脖子上的那两枚指纹以及画布上的残缺指纹为同一个人所留。

但是蹊跷的是，204宿舍里两张床包括起居室、卫生间和刷牙杯子上却干干净净的没有找到指纹，显然是被打扫过了。

韩婷婷为什么要这么做？

警车开下高架，李振峰远远地便能看到上龙分局的天线塔和旁边那三只高大的啄木鸟石雕。

李振峰在分局门口停了下来。因为电话中早就约好了，没多久，一个身材健硕的中年男人便快步跑了过来，拉开右车门钻进了警车："你好，李队，我是王金辉。"

李振峰注意到对方的警衔标志正在发愁该怎么称呼时，王金辉倒是客气，哈哈一笑："我年长，叫我王哥吧，都是一个战壕的战友。"

李振峰也笑了："王哥，多指教！"

王金辉顺手从警服兜里摸出一本老式的工作笔记交给李振峰："给你了，我现在已经不在刑侦部门了，也用不上，给你们是用到刀刃上，放我这儿浪费了。"

李振峰如获至宝，他抓过来翻了几下，可见王金辉确实是一个细心的人，不仅绘出了文身图案，还标注了发现的时间和地点，最后是案由和涉案人员，简直是一应俱全。

在翻到第八页的时候，他看见了一模一样的文身——带有火焰的斧头。

李振峰伸手一指："王哥，还真有这事？"

王金辉皱眉说道："没错，我记得这个文身，这个小帮派的名字叫'斧头帮'，参加的都是一些初中和技校的孩子，因为未成年，打击力度又不能太大，所以抓到后，大多就是训诫一番便由父母领回了事。"

"参加者的具体名单还有吗？"李振峰问。

"有，就在后面的倒数第三页，我都抄录了下来，总共17个孩子，包括他们的家庭住址、姓名以及父母的姓名和联系电话，当时做下这份拷贝的目的，其实也是以防万一，现在看来，我当初的决定还是挺明智的。"

"谢谢王哥！"

“别客气！”王金辉打开车门刚要走，却转头看向李振峰，“对了，晓楠那丫头在你们那里还好吧？”

李振峰倏然一滞：“王哥，你说的是赵法医？”

“对。”王金辉淡淡地笑了笑，“晓楠是个好姑娘，就是心结太重，我一直都挺担心她的。她现在还是一个人对吗？”

李振峰有些尴尬：“嗯，是，是的。”

王金辉顿时明白了，他顺手拍了拍李振峰的肩膀：“年轻人，我刚才问你的那几个问题，你不要觉得唐突，晓楠让你来找我，显然是她很信任你。她在我们单位里虽然时间不长，但我是亲眼看着她一点点成长起来的，我也和她聊过天，知道了她的身世。她是个坚强的姑娘，只不过坚强的代价是需要独自承担太多的重负，我一直想帮她，但是被她拒绝了。晓楠生活上很少有朋友，她既然这么信任你，你就好好照顾她吧，有什么需要随时来分局找我。”

说着，他便冲着李振峰点点头，下车回分局去了。

看着王金辉的背影消失在分局大楼里，李振峰不禁呆了呆，心绪杂乱。

好不容易平静下来后，他便赶紧拨通了小邓的电话：“马上帮我查一份名单，我要最快的速度，总共6个女孩，你一定要保证电话联系上本人，明白吗？”

“没问题，李哥，快说吧。”来了活儿，小邓顿时精神抖擞。

挂断电话后，李振峰刚把车开上回市局的路，电话铃又响了起来，声音急促而响个不停。

李振峰赶紧按下免提：“我是李振峰。”

一阵窸窸窣窣的响声过后，便是一个年轻女孩沙哑的嗓音：

“是，是我，李警官，我是韩婷婷，救救我。”

震惊之际，李振峰驾驶的车差点撞上前面那辆大奔的屁股，他立刻惊出了一身冷汗。

他右手稳住蓝牙耳机，下意识地追问道：“你，你到底是谁？”

“我是韩婷婷，我去警局找你报过案，你给过我联系方式，李警官，求你救救我，有人，有人要杀我。”韩婷婷的声音中充满了绝望。

“你现在在哪儿？”李振峰同时按下了手机上的录音键，“韩婷婷，你不告诉我你的具体位置的话，我怎么去救你？”

对方的声音突然变得低沉，并且语速飞快：“李警官，我必须马上离开这里，他马上追过来了，求你一定要救我，求你了。”

看情形对方要挂电话，李振峰急了：“别挂电话，快告诉我地址。”

“贡湖路电影院。”通话就此戛然而止，紧接着便是一阵长长的电话断线音传来。

李振峰呆了呆，调转车头就向贡湖路方向开去，边开边联系安东，把这一情况告诉了他。

“你现在在哪儿？”安东问。

李振峰看了下窗外：“马上要过马渡桥。”

“我正好在你前面路口，李哥，你来接我，我马上通知后援尽快赶去和我们会合。”

过桥没多远，李振峰就看见了安东，赶紧在路边停了下来让安东上车。

“你开车。”李振峰让出了驾驶座，去了旁边副驾驶座。

安东也没推辞，他上车后熟练地一打方向盘，同时拉响警笛，警车开上了去唐北区的高架。

路上的车辆纷纷避让，警车快速驶过高架进入唐北区地块，这里属于安平城的新开发区，车流量减少了许多。而贡湖路电影院是一处废弃的正等待拆迁的电影院。

李振峰透过车窗看着车前方的路面，说："刚才韩婷婷给我打电话说有人要杀她，就在这个地址。"

"杀她？"安东有些吃惊。

"我不能确定这件事情的真伪，但是她的语气听上去确实很惊慌，结合其他因素来看说她是个高明的演员我相信，说她是无辜的，我也信，但这是我唯一能让她说出真话的机会，我需要取得她足够的信任。你要知道，'小丑'已经死了，知道真相的可能就只有韩婷婷。我们还有三具尸体没找到，所以韩婷婷的安危对我们来说至关重要。"李振峰说。

这时候电话又响了起来，是小邓打来的。

"李哥，结果出来了，目前只有两个人联系不上，一个是三年前死亡的任欣悦，另一个联系不到家人的叫梁美芳，她们身上都在小腹位置有这个文身。我问了与梁美芳关系比较好的一个男同学，他说任欣悦死得蹊跷，她绝对不会自杀，那么差的成绩都能考上那么好的大学，怎么可能自杀。而梁美芳平时学习很好，但是高考失利，只考上一个专科，现在在他们的高中同学群里很少说话。"

"我已经安排了当地派出所的同志连夜带人找到官林镇社区工作人员，直接去了梁美芳的家，采集DNA和指纹回来进行比对。"小邓说道，"哥，我有种感觉，任欣悦绝对不是自杀。"

李振峰想了想，回答："完全有这个可能。"

李振峰目光看着窗外愈来愈显荒凉的景色，脑海中却不断出现那幅残破的油画。

"梁美芳？"他突然转头看向安东，"这名字好像在哪儿听说过？"

"为韩婷婷报警的那个。"安东看了下后视镜，随即把车开上了贡湖路弯道。

一小时前。

在一间社区卫生院的病房内，"蜘蛛"醒了，他看见了守在床边的赵晓楠，不禁心中一热，开口说道："谢谢你救了我。"

"我是医生，看见了不可能不救，再说了，"赵晓楠伸手指了指自己的衣角，"你一直拽着它不放，我也没办法走啊。"

"蜘蛛"尴尬地笑了："真不好意思，我突然发病了，就把你当我的救命稻草了。对了，这是哪儿？"

"下龙社区卫生院，我找人带你过来的。这儿离车站不远。"赵晓楠想了想，说道，"这本来是你的隐私，我不该打听的，但是我在公交车上对你救治时，看你像是癫痫病犯了，对吗？"

"蜘蛛"脸上的笑容消失了，他默默地点头："是的，从小就有。"

谁想赵晓楠的目光却变得犀利了起来："别瞒我，刚才在给你做全身X光检查时，我看了，你颅骨上有陈旧的放射状骨裂，只有钝器打击才会形成这样的伤口，从而造成癫痫的后遗症，你这病是被人打出来的，对吗？"

太阳穴一阵剧痛，这让“蜘蛛”不得不闭上眼睛，哑声说道：“对不起，那段记忆我不想再去回忆了。”

“难道说打你的人现在已经……”

“蜘蛛”把目光看向窗外：“对，她死了。”此刻，他注意到警惕的目光在赵晓楠的眼睛里稍纵即逝，“已经很多年了，是病死的，我妈。”

那个女人根本就不配当他的母亲，“蜘蛛”不得不又深吸一口气来平复自己的情绪。他嘴角扬起一丝笑容，把话题扯开了：“请问你如何称呼？”

“我姓赵，是公安局的法医。”

气氛瞬间变得有些凝固，“蜘蛛”拖了一个长长的尾音——“哦！”

“安平市公安局，我听说过那栋房子，安平路308号，那房子真的很漂亮，是栋老房子了吧？”“蜘蛛”问。

赵晓楠点点头：“是的，100多年了。”说着，她站起身，“那你先休息吧，蒋先生，这边的医药费我已经替你交了，你可以留观到明天这个时候，再见。”

“我，我想找机会谢谢你……”“蜘蛛”忍不住说道。

“不用了，以后出门注意按时吃药就行，你很快就可以恢复健康的。”说着，赵晓楠转身离开了病房。

看着她的背影最终消失在门后，“蜘蛛”的心里竟然有了一丝怅然若失的感觉。

这时候，小护士走了进来：“22床，蒋万安，需要量体温了。”

“蜘蛛”乖乖地照办。小护士一边把体温计递给他，一边随口说道：“你是赵法医的朋友吧，还挺面生的。”

“赵法医经常会带朋友过来看病吗？”“蜘蛛”感到有些诧异。

小护士莞尔一笑：“你误会了，蒋先生，赵法医是个好人，有时候路上遇到需要救助的，或者小区孤寡老人需要救助的，她都会主动掏钱把人送过来医治，问她，她都会说是自己的朋友啦。”

“蜘蛛”心中一动：“赵法医就住附近？”

小护士转身刚要离开病房，一听这话，头也不回地朝大楼的后面指了指：“就住后面小区，不然怎么老往我们这里送。5分钟后我来拿体温计。”

“蜘蛛”笑了，扬声说道：“谢谢护士！”

他伸手从床头柜上拿过自己的手机，解开屏幕，点到镜子的功能，看着镜子中长相儒雅清秀的自己，“蜘蛛”心满意足，对，这就是“可以信任”的标志。

任何一种生物，包括大自然中的蜘蛛，只要在同类中长得足够漂亮清秀帅气，那么无论是谁都会对你下意识地放松警惕，因为你一看就是可以信赖的！

第八章　两种真相

他用了整整20年，

把自己从一条狼狈不堪的流浪狗，

活成了那个他想象中的成功的样子。

说是电影院，实际上就是一个废弃的烂尾楼，最初是洪山路上的一家棉纺厂，后来因为经营不善倒闭了，被一家创意文化公司接手，经营者计划将此地建成集影院、休闲、娱乐和创业工作室为一体的影视行业基地。

可是，偏偏遇上影视行业的冬天，很多家公司都因为各种原因而倒闭了，所以这里才建成一半就黄了，成了无人问津的地方。

现在，洪山路被改名为贡湖路，但是这片废弃的荒地却依旧是原来的样子。

既然约在电影院见面，下车后，安东便和李振峰一起向改造了一半的电影院区域走去，路上满是瓦砾砖块，还有各式各样的垃圾。因为天气闷热，才走了不到一半的路程，两人便满头大汗。

电影院虽然未被建成完工，但是最起码的舞台和银幕还是有的，甚至包括几排落满了灰尘的椅子。

“哥，她是不是在耍我们？”安东小声嘀咕。

“应该不会。”说是这么说，但是李振峰的心里还是在打鼓。回想起他所知道的一切，他真希望自己没有因为莫名的自责而太过歉疚于一个女孩。其实，他心里一直都很后悔，和她两次谈话却根本没有意识到她的问题，或许是当初能够当面耐心地引导她的话，可能就不会有后面她杀人的悲剧发生了。

“李哥，你看，幕布中央好像有东西。”细心的安东下意识地站在了李振峰的前面，他岔开双脚呈八字形，紧握双拳，目光死死地盯着幕布正中央。

“没错，是有东西，好像还会动。”李振峰压低嗓门嘀咕，“我们得过去看看。”

这时候，废弃的场地周围已经一片漆黑，因为是野外，蚊虫齐齐地向两人的手电光飞来。快要接近舞台边缘的时候，突然，李振峰急切地问道，“安东，你闻到什么味儿了没有？”

“汽油味！好浓烈的汽油味！刚才那地方是风口，所以我们闻不到，现在太刺鼻了……”

话没说完，李振峰的脸色却变了：“不好！”他一个箭步就向舞台冲去，就在他伸出的右手即将接近幕布时，轰的一声，眼前火光一闪，幕布被点燃了，火势猛烈，滚烫的火焰阻止了试图靠近的两人。

而火焰正中央，有一个人形物体正在熊熊燃烧，凄厉的惨叫声撕碎了漆黑的夜空。

“快救人！快救人……”

李振峰不顾一切就要向火焰中央扑去，伸手想去解救那个在烈火中痛苦哀号的女人。

“你冷静点，已经来不及了，李哥，她浑身都是汽油！快走！李哥！快走！我们要赶紧离开这儿……”

安东一边怒吼着，一边拼尽全力地拽着李振峰向后退去，试图尽可能地远离那熊熊燃烧的火焰。

眼泪瞬间滚落了脸颊，李振峰步步向后退的同时，呆呆地看着舞台中央那已经变得悄无声息的一团火焰，再也听不见女人的哀号声了，她依旧保持着坐姿，只是被烈火完全吞噬了。

火势一路引燃了地板和木质沙发，没过多久，废弃的电影院便成了一片火海，因为这里到处都是可以被引燃的东西。

除了火苗的噼啪声，周遭突然变得格外安静。

由于不熟悉周围的地形，两人只能匆匆向外跑去，来到警车边，这时候，不远处传来了刺耳的警笛声，后援赶到了。

安东注意到李振峰裸露在外的右手手臂上已经被火焰燎起了一串水泡，不禁心疼地埋怨："李哥，你在玩命！那火势你该知道你根本就救不了她！"

"我——"眼泪无声地滚落了脸颊，李振峰疲惫不堪地靠着车门缓缓滑坐在了地上。许久，他摇摇头，小声嘀咕："不准告诉我妈。"

这时候，警笛声越来越近，而身后的残垣断壁已经是一片火海。

清理完郊区的纵火案现场，李振峰跟车回到局里的时候已经是凌晨1点多了，心情沉重的他径直来到底楼的法医办公室，知道赵晓楠和马月都在隔壁忙碌，他便靠在赵晓楠的工作椅子上开始整理自己的思绪。

法医办公室里竟然会有一股淡淡的檀香味，应该是白檀，这让李振峰有些昏昏欲睡。

“鱼为什么会那么快乐，因为鱼的记忆只有7秒，而人却不同，人的记忆会在自己的生命中停留很久很久，甚至是一辈子都有可能。”

这段话是他的研究生导师临走时送给他的，是从另外一个角度告诉李振峰不要太过于执念，可是他发觉自己怎么也忘不了当年那个在街头被大火吞噬了的可怜女孩，她曾经当着众人的面，跪下求他帮忙，一如刚刚葬身火海的那个女孩。

而他却明显辜负了她们的信任。

心神俱疲，李振峰没多久就睡着了，甚至眼角的一点泪花都没有来得及擦去。

这让结束工作后回到办公室的赵晓楠颇感意外，她站在李振峰身边，就这么呆呆地看着他，一时之间不知道该说什么才好，有几次，她甚至都想伸出手轻轻抹去他的眼泪。

她为自己有这么奇怪的想法而感到诧异，这么多年来，赵晓楠还从未在自己身边见过一个睡着了还会哭的人，而且是个男人。

印象中的唯一一个人，是自己的父亲，他在睡梦中哭了，三天后便传来了他的死讯。所以，这几乎同样的场景让赵晓楠感到有点手足无措。

“呐，我该怎么办？”她轻声问刚走进办公室的马月。

“他的手臂，姐，你看，很严重。”马月尖叫了起来，并立刻捂住自己的嘴，“你别发呆了，还是赶紧叫醒他吧，感染了就不好了。”

“可是……”赵晓楠想说自己并不习惯处理活人身上的伤口，那会让她感到说不出的困惑与犹豫，“活人会疼的。”

“放心，李队身体强壮得很，他忍得住！”马月咧嘴一笑，然后用力推醒了李振峰，“起来，李队，赶紧换药了！”

李振峰迷迷糊糊地抬头看了看周围。

“疼吗？”赵晓楠忍不住轻声问道。

“不疼。”李振峰挺直了腰板，咧嘴笑了笑，“都没什么感觉。”

赵晓楠戴上口罩和手套，拉过房间一角的工具车，接着便在李振峰身边坐了下来，用碘伏在创面简单地消了毒，又拿过一袋无菌注射器，撕开袋子，抬头看了他一眼：“忍着点！”

这回，李振峰是真的害怕了，他感觉自己的心瞬间跳得厉害，可是碍于面子却又只能努力挤出笑容，耸耸肩，做出一副无所畏惧的样子：“放心吧，赵法医，我相信你，你随便弄。”

“那行，我可开始了。”赵晓楠直接将注射器扎进了其中一个水泡，然后往外抽李振峰右手臂水泡里面的液体。水泡有好几串，估计得抽上一段时间。

李振峰呆呆地看着这一幕，脸色瞬时大变，豆大的汗珠滚落了下来，他嘴里嘟囔着：“我没事，我没事……”话还没说完，身体向旁一倒，便再也没有了声音。

见状，马月吓了一跳，赶忙上前扶起差点滚下椅子的李振峰，等把他重新按回原位，又掏出手电凑近仔细看了看他的瞳孔，便越发感到惊讶了：“姐啊，你说一个大男人怎么会晕针呢？是不是他没休息好的缘故？”

赵晓楠呆了呆，等明白过来后，重重地叹了口气：“暂时管不了那么多了，你先扶着他，稳住他的右手不要动，我快点结束清创上药，省得等下他醒来后还得晕过去。”

10分钟不到的时间里，清创工作进行得非常艰难，最后她小心翼翼地盖上两块无菌纱布，用医用胶带固定住，做完这一切后，赵晓楠长长叹了口气，又站起来伸了个懒腰，把剩下的医用耗材都处理了，她转身对马月说："叫醒他吧，该让他起来了。"

上午7点，李振峰灰头土脸地去了食堂，一眼就看见了坐在窗口的安东，他赶紧抓了餐盘，随便拿了点吃的往上面一放，接着便朝窗口的位置走了过去。

安东也没休息好，因为连夜整理案件时间线的缘故，他也没睡，此刻的脸色有些灰扑扑的，无意中抬头看见李振峰正朝他走来，便打了声招呼："李哥。"

李振峰点点头，问道："案子咋样了？"

"消防那边已经可以肯定是人为纵火，用的是一个遥控装置。"

"遥控？"李振峰双眉紧锁，"难道说那时候凶手就在现场？"

"凶手是在我们进去后才实施的纵火，这么分析他应该在100米范围之内。消防那边怀疑是遥控电子打火机，放在受害者的身上，再把人捆在那把铁椅子上，所以火很快就起来了，我们根本就救不了她。况且，"安东的目光有些不安，"李哥，那视频上传了。就在昨晚案发两小时后，直接上传到了安平市论坛，而且大龙跟我说那家伙和以往不一样，这次是用明码上传的，并没有隐去他的登录点，虽然说论坛管理员在半小时后接到举报立刻报警并关闭了帖子，但是已经有了近1000次的下载，所以，现在的情形应该是'多点开花'了。"

"视频？谁的账号？'小丑'还是'蜘蛛'的？"

“‘小丑’的。”安东哑声回答。

“这不可能！”李振峰皱眉看着他，“‘小丑’明明已经死了，昨晚上被烧死的应该是韩婷婷，而金俊强的尸体此刻还在楼底下法医那边躺着呢……”

“不止如此，小邓他们在清理现场的时候，还在北边的厂区内发现了一个埋尸坑，里面共发现三具尸体，因为铺满了石灰，所以辨别起来还是需要一点时间，但有一点可以肯定的是，那三具尸体是三位年轻女性，赵法医说年龄不会超过25岁，而且，”说到这儿，安东把手机递给李振峰，“你自己看吧，看看是不是很熟悉？”

截屏上那熟悉的靠背椅子，影棚专用聚光灯，还有那熟悉的地面……

李振峰问：“那三具尸体是在哪个位置被发现的？”

“靠门的地方，”安东说，“那里本来是安装起吊机的一个坑，后来机器没了，坑还在，接着就变成了埋尸坑。哥，你说，这被烧死的，是谁？”

李振峰哑声说道：“我不知道。”

如果韩婷婷无辜，那为何“小丑”会最后甘愿死在韩婷婷手里？如果韩婷婷死了，昨晚上又是谁上传的视频？

难道说“蜘蛛”真的接替了“小丑”？这是不可能的，就像火与水，永远都不可能融为一体。

在回办公室的路上，李振峰来到走廊拐角处，拨通了他的研究生导师黄锦城教授的电话，上次说好隔天要去他家吃晚饭的，谁知案子出了一连串的情况后，李振峰再想起这档子事时，已经是三天后的早晨了，本想着打电话解释一下，却又一直没时间，所以心里还是挺愧疚的，现在正好趁着这个道歉的机会，顺便问问一些相关情况。

因为爱徒心切，电话中黄锦城教授倒是并不太在意，反而一再表示要以工作为主。

“教授，您现在有空吗？我想见见您，请教几个问题，电话里不太方便说。”李振峰问道。

黄教授一口答应了下来，约定好20分钟后在公安局对面的咖啡厅见面。黄教授这么做是煞费苦心的，因为心理问题本身就很隐私化，既然自己的宝贝徒弟这么急切地想见到他，并且说有问题要问，他当然要为李振峰考虑了。

工作日的上午，咖啡厅里没有几个顾客，打过招呼后两人便在角落的僻静处坐下，黄教授目光中满是笑意：“几年没见，你这小子长出息了，也瘦了，伙食不行吗？”

“教授，也不瞒您，这基层忙起来就没个准儿。对了，我今天找您是有几个问题想请教下。”李振峰问道。

“当然可以，尽管问，以前在学校的时候我就很喜欢你这个小家伙问问题，总是能说到点子上。”黄教授笑眯眯地说道，却又毫不掩饰自己言语中流露出的遗憾，“当初我还真舍不得你走，我甚至还动过把你留下来当讲师的念头呢。不过我也能猜得到你是不会同意的。”

“谢谢教授的体谅。”李振峰说话间已经拿出了自己的工作笔记和水笔，他打开本子，“教授，那我就开门见山了，第一个问题是关于我的，我有幽闭空间恐惧症，还有‘晕针’的毛病，但是我印象当中却没有什么恐怖的经历，除了那一次，我小时候在管道里好像被人从后面拖住了双脚，把我整个人往后拉，而我当时是处在一个非常狭小和黑暗的空间里的，我拼命呼救，后来听到我父亲的声音，他想尽办法把我拖了出来，我当晚就病了，烧糊涂了，然后就落下了这幽闭空间恐惧症的毛病。我试图想克服它，强迫自己去管道重走以前的路，但是这对我身上所表现出来的症状真的一点用都没有，还在同事面前出尽了洋相。”

黄教授笑了，一头白发随着笑声而微微颤动：“傻孩子，旁观者清！你是糊涂了，如果你换在我这个位置上，你也会立刻看明白的，有时候看事情要学会换角度。你呢，干脆就把它当作一次感冒，不用太在意，这个病的根子就是焦虑，只有彻底放开了，即使你和它相处一辈子，也是没有关系的。被人家笑一笑又没什么的，生活中的一点乐趣罢了。”

“可是，教授，”话到嘴边，李振峰还是咽了回去，“谢谢教授的指点，我会好好巩固的。”

黄教授笑了笑：“那第二个问题呢？你一般提问题都是重点在最后，前面只不过是预热而已。”

“我想知道如何让一个带有明显强迫症倾向的自恋型人格障碍的人主动出击前来找我？”

黄教授脸上的笑容消失了，他上下打量了一番李振峰：“你知道这么做的危险吗？”

“我知道，教授，但是我必须想办法把他引过来，将他绳之以法是我做警察的职责。”

“就没有别的办法了吗？”黄教授担忧地说道。

“教授，只有这个办法了，如果再耽误下去的话，他很有可能还会再杀人，我观察很久了，杀人对‘蜘蛛’来说，已经不再是‘杀人’，而成了唯一能证明他存在意义的一种手段，都已经快一周时间了，我们警方一直跟在他后面被动地收拾残局，我不甘心。”李振峰的声音中充满了深深的挫败感。

黄教授沉默了，他看着李振峰，半晌，点点头：“要不这样吧，你记住，找到他的作案模式，抢在他之前找到下一个作案目标，然后抢在他之前夺走她，他必定会来找你。但是那时候的他是异常愤怒的，会失去理智，而一个人一旦失去理智，那么就等同于失去了自我保护的能力，你明白吗？只有这个机会，你才能够一击命中，而且你的动作一定要快，不然的话，被反噬的就是你最爱的人。”

“教授……”李振峰听出了黄教授声音中的微微颤抖，他突然心中一震，眼神暗淡了下来，低头悄然说道，“对不起，我勾起您的伤心事了。”

大一的时候，李振峰就听说了研究生院犯罪心理系的黄锦城教授大女儿黄佳妮被歹徒残忍报复杀害的事，就是因为黄教授出面帮分局解决了一件案子。那件案子在这之前已经被拖了很久，迟迟找不到打开缺口的线索，后来分局的人求到黄教授，教授一口答应。一番胶着后，教授无奈便用了最后一招——把自己当诱饵，成功激怒了歹徒。可惜的是，歹徒竟然直接去了黄教授家，因为路上交通堵塞了半个小时，警方紧急赶到时，一切都已经太迟了。歹徒被抓，但是黄教授的大女儿正好从国外回来探亲，结果被疯狂的歹徒残忍杀害了。教授得知这一噩耗后，赶到现场抱着女儿冰冷的尸体哭得死去活来。这件事也就成了教授心中永远的痛。

黄教授苦笑着摇摇头："都过去这么多年了，没事，我都已经看开了。只是如果你一定要这么做的话，记住我的忠告，别让你的亲人受到伤害。"

李振峰点头："我明白，谢谢教授。"

因为急着回去工作，两人在咖啡厅没坐多久就离开了。在店门口，黄教授叫住了李振峰："小李啊，案子结束后给我个电话，报下平安，然后找机会来我家吃个饭，师娘真的很想见见你，还有小颖，我们等你。"

"一定会的。"李振峰笑着点点头。这时候他是背对着马路站着的，却见黄教授神情一怔："咦？她在你们单位上班？"

李振峰赶紧转身看去，马路对面，赵晓楠正在和一个年轻女孩交谈着什么，那女孩的背影好像在哪儿见过。

"是啊，她是我的同事，姓赵，是法医。"李振峰回答。

一听这话，黄教授脸上顿时露出了尴尬的神情，似乎有什么难言之隐。

"教授，怎么了？出什么事了？"

"本来，我是不应该说的，毕竟这是个人隐私，但是，你是不是经常和她见面？你的工作好像和法医应该走得很近，对吗？"黄教授的话语中充满了试探的意味。

"是的，我在一分队，专门负责重大命案的侦破工作，与法医接触是必不可少的。"李振峰回答。

"她父亲的事，你知道吗？"黄教授不安地说道。

"赵军和法医？我父亲跟我说起过。"

"那就好，那就好。"黄教授目光中警惕的神情缓和了许多，他放心地离开了。

但李振峰的心里却开始惴惴不安了，因为他熟悉黄教授的目光，难道赵军和法医的去世有问题?

而此刻，马路对面的赵晓楠已经离开了，那个年轻女孩也走了。李振峰看了下时间，还有一刻钟就要开案情分析会了，不知道他的计划在会议上会不会通过。管不了这么多了，他低头匆匆穿过马路，走进了安平路308号大院内。

与此同时，路边的一辆灰色起亚已经在原地停了很长时间了，随着李振峰的离开，“蜘蛛”伸手关闭了仪表盘上的小型摄像机。没有人注意到他的存在，这也正是他想要的结果——混迹在人流中，不动声色，悄无声息地接近属于他的猎物。

副驾驶座椅上摆着一束香水百合——只有这么高贵的花才配得上那位美丽冷静而又善良的女法医。不知怎的，从社区医院离开后，“蜘蛛”的脑海里总是若隐若现着赵晓楠的脸，35年来，他还从未这么认真地想过一个人，难道说这就是久违的心动的感觉?

“蜘蛛”本以为经历当年的那场杀戮后，他这辈子都不会再喜欢上一个人了。无论是亲情还是爱情，对于他来说都是极度虚伪的，这个世界上似乎只有他才配得上他自己所付出的全部感情，他痛恨那些为了眼前的既得利益而不惜放弃自己自尊的人，他看不起他们，甚至还鄙视他们。

不过，“蜘蛛”现在过得很好，他用了整整20年的时间把自己从一条狼狈不堪的流浪狗活成了那个他想象中的成功的人，他什么都有了，但是突然之间，在他即将对这个社会彻底失去信心的时候，他却又在赵晓楠的脸上看到了让他心动的样子。

有人说过真正的爱情能够改变一个人。“蜘蛛”不知道这句话到底对不对，但有一点他是可以肯定的，那就是在这之前，他还没有记住这张犹如天使一般的脸庞时，他的念头是要杀了她，就像那个在床上被他大卸八块的女人，她们没有任何区别。

而现在，一切都变了。

关上车门，“蜘蛛”怀抱着那束迷人的香水百合，脚步轻松地走进了安平路308号大院。

天空好蓝。

徐彦武被校管中心勒令提前退休了。

领导丢下一句话——人事档案里如果有“被开除”的记录，对个人名声不好，而且你也别想再拿到退休金了，所以如果现在走的话，你至少还能落得个体面退休。

虽然知道这一天迟早会来，但是徐彦武的心里还是挺难受的，毕竟他才只有50岁，这剩下的10年时光还不知道该如何打发。

纸是包不住火的，自从公安局把他请去后，虽然后来又回来了，跟没事儿人一样，但是架不住人家对他的四处打听，很快他学生失踪却又瞒着不上报的事情便被传得沸沸扬扬，而所有学校的统一管理机构对这种事情的“零容忍”是早就尽人皆知的，也不排除有人私底下打了小报告。

不管怎么说，徐彦武打算认命了，毕竟他对当年事情的真相还是有所隐瞒的。

而工作单位这么处理他，应该也是顾及他是一个老工作人员的缘故吧。

在一番思想斗争过后，徐彦武的心情总算平复了下来，从校管中心出来，他突然想到自己还有一箱子书和衣服寄存在了安平大学的后勤处。当初就是因为走得匆忙，没来得及全拿走，放在家中又怕多事，所以就暂时寄放在了安平大学后勤处的仓库里。值班的老王是他的酒友，拍着胸脯保证别说10年，20年都可以放，绝对不会丢。

傍晚时分，徐彦武打了辆出租，去了安平大学城。一路上空气清新，海风阵阵，这让他心情感觉好受许多。因为校园内的车辆不能开得太快，所以出租车穿过东大门校区停车场的速度简直就是龟爬，徐彦武刚要开口催促，无意中看到的一幕让他的心顿时悬到了嗓子眼儿——两个打扮得非常性感的年轻女大学生向一辆豪车走去，夕阳下，车前引擎盖上的那瓶进口蓝标斐泉高端矿泉水显得格外刺眼。

他急了，下意识地伸手去拍打司机的座椅背："师傅，快停车，我在这儿下车，快停车！"

出租车司机皱眉从后视镜中瞥了他一眼："还没到目的地你就下？"

"是的，谢谢你。"徐彦武拿出50块钱给司机，丢下一句，"不用找了"便推开车门，下车匆匆而去。

他当初已经错过一次机会，方淑婷死了，他有很大的责任，所以现在可不能再犯下同样的错误了，绝对不行。

不知道哪里来的勇气，徐彦武站在了那辆正要开出停车场的豪车前，叉开双腿、张开双臂拦住了豪车的去路，并高声呵斥："给我下车！”

顿时，车里的三个人惊得目瞪口呆，因为这在东大门停车场是从未发生过的事。年轻男子按了几下喇叭，见徐彦武依旧没有放弃的意思，甚至连眼皮都没眨一下，他咬了咬牙，伸手一把拉开车门跳下车，右手则提着一根撬棍，气势汹汹地向徐彦武走了过去。

七八分钟后，一通紧急报警电话打进了公安局大数据情报中心接警台。

接电话的是正在实习的阿珠，她师父临时去了洗手间，电话是个中年男人打来的，断断续续地说他被一个男人用撬棍打了，现在他情况很不好，已经打了120。阿珠按照平时师父的要求进行了逐项登记，最后安慰对方说警察马上就到，叫他一定要注意人身安全，其间对方虽然一直没有说话，但是阿珠知道他的情况还可以，因为呼吸是均匀的，并没有什么异常。可是刚要挂电话时，那个受伤的中年男人却问了个奇怪的问题——等等，你的声音好熟悉，我曾经听到过。

“先生，您别开玩笑了，我这就挂电话，有什么需要您可以随时联系警方进行救助。”不容分说，阿珠便结束了通话，只不过因为第一次独立接听和处理警情，虽然说一切都是有录音监控的，但是她还是有些说不出的紧张，不一会儿，鼻翼便沁出了汗珠。

师父走了过来，在听过录音后，抬头笑眯眯地看着她：“这么快，你都已经入门单干了，我这个师父当得也是太轻松啦。”

阿珠却显得有些紧张，她双手十指交叉紧紧地握在一起，极力克制住自己激动的情绪。在向师父汇报刚才那个电话处理的过程中，阿珠再三提到她听到背景里传来女人的声音。

师父点点头："你处理得很好，看来凶手必定有同伙。现在让当地派出所去处理就行了，你的任务已经完成了，处理下一个电话吧。"

"明白，师父。"阿珠按下了通话机按钮，同时删除了前面那次通话。

马月下班了，她匆匆走进食堂，一眼看见了坐在窗口等她的安东，便赶紧走了过去。坐下后，接过安东递给她的馒头，但是她刚啃了两口，便又皱眉，似乎有什么难言之隐。

安东关切地问道："马月，出什么事了？是不是有人欺负你？今天听说有人给你们法医处送了一束花……"

马月看了他一眼："别多想，那束香水百合是送给赵姐的。"

一听这话，安东嘴里的饭吞得更快了，结果被呛得连连咳嗽，一句完整的话都说不出来。

过了会儿，安东得意地猜测道："不会是李哥送的。李哥抠门得很，上班口渴都自带水杯泡枸杞，他可是绝对舍不得花那种冤枉钱买花的。更何况赵法医愿不愿意收还是个未知数呢，所以肯定是别人干的。"

马月耸耸肩，嘀咕了声："收了，在我们办公室里用水杯养着呢。"

"男人送的？"安东的声音有些发虚。

"没错，还挺帅气的，听说姓蒋，开了个心理诊所，特有钱。"马月淡定地吃着馒头，很快就吃完了一个，嘴里含糊不清地说道，"还有吗？挺好吃的。"

马月问了两遍，安东才回过神来，“有，有，我叫阿姨专门给你留着呢，”说话间，他赶紧站起身，一溜小跑给她弄来了4个刚出炉的，“你慢慢吃。”

“放心，快不了。”马月爽快地回答。

“对了，马月，跟我说说你今天为什么这么不开心？”安东的神情显得有些惴惴不安。

马月停下了筷子，想了想，小声说道：“其实也没什么大事，就是赵姐刚认识的一个新招进来的女辅警，前几天跟我们还挺热络的，主动打招呼啥的，脸上也是看得见笑容的。可是昨天上班的时候，还有今天白天，总感觉她好像在躲着我们，就连赵姐跟她打招呼，她都不太自然，私底下看得出明显有些慌乱。”

安东摇头苦笑：“我的小姑奶奶，年轻女孩心事多很正常呀，你又何必在意呢？或许她想开始一个新生活，所以自动把你们给‘屏蔽’了呢，想开点吧，别真绕进去了就不好玩了。”

马月一咧嘴：“嗯，你像我奶奶。”

“为什么会这么说？”安东奇怪地问道，“我们两人长得肯定不像。”

“啰唆！”马月把最后一口馒头塞进嘴里，看着光光的盘子，心满意足地站起身，“我说的是‘啰唆’，不过我奶奶要是没过世的话，一定会喜欢你的，好啦，我该走了，谢谢款待，明天见。”

安东忙不迭地点头，心里感觉美滋滋的。

手机铃声响了起来，安东瞥了一眼，精神顿时一振，赶紧接起电话，边说边拿着空餐盘往外走去：“李哥，确定了吗？……咱头儿没意见？……那就行，我随时配合你。对了，李哥，刚才马月跟我说了，送花的是个心理医生，挺有钱的，不是给马月的，是给赵法医的，……没错，赵法医……他姓蒋，说实话，我看了监控，长得比你有型，身材挺不错的……喂，喂，李哥，电话怎么挂了呢？”

安东身旁正好站着小九，他听到了所有的对话，也不急着离开，只是笑嘻嘻地看着一脸错愕表情的安东，指了指脑子，嘴里嘟囔了句：“李哥在无声地骂你——吃里爬外的家伙。”

安东嘴一撇：“滚，看把你嘚瑟的！”

第九章　说不出的罪恶

任何一种环境或一个人，
初次见面就预感到离别时的隐痛时，
你必定爱上她了。

等待是一件很折磨人的事，可如果等的是一个自己中意的女人，那就不一样了。

“蜘蛛”相信自己看人的眼光非常独特，正因为赵晓楠是个法医，所以在她身上才会具有一般年轻女性所缺乏的冷静与睿智，这让“蜘蛛”为之深深着迷。“蜘蛛”甚至都不敢确信他是否恋爱了，但是有一点他是可以肯定的，那就是这个特别的女人，必须只属于他一个人。

两人约在赵晓楠居住小区外的一家咖啡馆见面，“蜘蛛”等了足足一个小时，但他觉得这样的付出非常值得，而且这世界上但凡是美好而又独特的东西，都是值得去等待的。所以当赵晓楠穿着一身藏青色运动套装出现在门口时，“蜘蛛”笑了，他赶紧挥手示意赵晓楠他所在的位置，同时偷偷按下了胸前下方的纽扣摄像机开关。

“其实你不用特意破费的，蒋先生，那天救你只不过是举手之劳。”

“蜘蛛”摇摇头：“你不肯收我的钱，就连那束花都是我逼着门卫大叔送进去的，赵法医，你总得给我个机会做点什么，对不对？你毕竟是救了我的命。”他顺手摸了摸自己头顶隐隐作痛的地方，今天空气中感觉很潮湿，所以受伤的地方又开始痛了。但是“蜘蛛”的脸上一如既往的平静，只是笑了笑，甚至带着点自嘲的口吻，“我这个旧伤疤每到天气潮湿的时候就会难受，无论吃多少止痛片都不管用，我后来才知道，那叫‘幻痛’，亏我自己还开着个心理诊所，唉——”

“当局者迷。”赵晓楠劝慰道，“确实，我看过你伤口的X光片，上面已经有了明显的愈合痕迹，癫痫后遗症是没有办法避免的，按时服药就行了，可如果是‘幻痛症’的话，你还真得找下心理医生才对，那毕竟是心病。”

“蜘蛛”突然注意到她穿的是长袖，而现在的室外温度已经逼近35℃了，难道说只是为了怕晒伤？他一边想着，一边开始留心起了她的左手腕部位。越看越不对劲，“蜘蛛”决定用言语引开赵晓楠的注意力，同时假意碰倒了服务员刚端上来的黑咖啡，就在杯子倾倒的刹那，“蜘蛛”下意识地惊叫：“哎呀，小心！”

“蜘蛛”可以控制杯子倒下的方向，但是赵晓楠却无法控制住自己本能的应激反应，她下意识地伸出距离最近的左手去扶住咖啡杯，就在刹那间，她左手手腕上新旧交错的刀痕露出了一半。

她没有意识到，但是“蜘蛛”却看得目瞪口呆，脱口而出：“你的手……”

赵晓楠赶紧把衣袖拉上，目光闪到了一旁：“我的手没事。”

“对不起。”“蜘蛛”有些后悔自己的唐突，“赵法医，真的很抱歉，都怪我不好，你有没有烫着？给我看看。”说着，他就要伸手去拉赵晓楠左边的袖子。

赵晓楠立刻触电般地往后退去，哑声说道："不用了，我说过没事，我还有工作要做，先告辞。"

话音未落，她便站起身，匆匆向咖啡店门外走去。

"蜘蛛"本想去追，可又觉得这么做没什么理由，相反只会让刚建立起来的好感瞬间化为乌有，赵晓楠的内心愈发反弹自己本已严重的负面情绪给别人，如果形势糟糕的话，甚至会增加她对自己的戒心，而这，是"蜘蛛"所不愿意看到的。于是，他一个人坐在原位，脑海中瞬间又回到了他记忆深处最黑暗的那段日子。也不知过了多久，"蜘蛛"瞬间清醒了，他缓缓摘下自己左手手腕上的手表，露出了手表下面一道深深的刀疤，已经过去整整19年了，刀疤还在，记忆还在，他也还在，唯独那个留下这道刀痕的人，却早就已经不在了。

"蜘蛛"知道，赵晓楠和他所经历过的，或许在本质上并没有什么区别。

夜晚，空气闷热，湿度过高，安平市的街头出现了一层浓浓的夜雾。远远看去，人民医院的红字霓虹灯招牌在漆黑的夜色中变得有些若隐若现。

天气预报说晚上会下大暴雨，安平市的每部手机上也被及时推送了洪水灾害预警的信息，街头的行人越来越少。

晚上10点，人民医院住院部的病房大楼走廊里已经看不见什么人在走动了。

徐彦武住的是外科病房，同一病房里其他三位病友中有一个刚做完髋关节置换手术，人还处在深度麻醉中没有醒来，护士说估计要到明天早上七八点才会有反应，医院安排护工每一小时来看一次。另一个病友上了点年纪，是骑电动车闯红灯出了车祸导致盆骨骨折被送进来的，白天精力十足，讲话声震耳欲聋，但是一到晚上，天还没全黑便呼呼大睡，打鼾声在整个病房里四处回荡。中间病床上的那个病友则因为病情不重，自身又有神经衰弱的老毛病，所以傍晚6点多的时候就被家属接回家去休息了。

徐彦武却因为心事重重，再加上麻药过去后浑身上下疼得睡不着，所以不得不睁着眼睛等天亮。

徐彦武的头昏昏沉沉的，越有心事他就越无法睡着，而胸口缝合处的伤口以及导尿管的尴尬更是让他的心情糟糕到了极点。

为了打发这似乎看不到头的漫漫长夜，徐彦武挣扎着从枕头底下摸出了手机，这是他再三向护工要求的，必须手机不离身。

此时，病房外的走廊上又有匆匆的脚步声，那是护士和护工定时在各个病房查看时的脚步声，接着会有很长一段时间是没有声音的，除了走廊里那台制氧机所发出的轻微的咔嗒声以外。而巡视完一遍后，她们就会回到护士站，关起门来休息。

或许是因为大量失血的缘故，徐彦武有些昏昏欲睡，他看着手机屏幕，现在已经快接近午夜了，他不知道自己到底该打给谁。

一年前的那次愚蠢行为如今终于开始反噬，这就是报应！

对面大楼上的海关巨钟开始了每天的第一次报时，午夜零点，新的一天开始了。徐彦武最终还是决定等天亮了再去找那个询问过他的年轻警察，记得他好像姓李，身材高大，虽然目光犀利，但一看就是个善良的人，他或许能给自己指一条活路吧。

想到这儿，徐彦武的心里轻松多了，他把手机原样塞了回去，准备顺势躺下，让自己的后背能够好受一些。就在这时，他耳畔传来了轻微的脚步声，那种细碎而又急切的脚步声。虽然方向不太一样，是从西边过来的，那边是防火疏散的进出口，护士站是在右手方向，但不排除是楼上同样值守大夜班的护士下来串门解闷，徐彦武放心地在枕头上侧身躺下，面朝着窗口，闭上了双眼。

浓浓的睡意瞬间袭来，或许是解开了心结，他很快就放心地睡着了，没有在意那细碎的脚步声为何会在他的病房门口停下。

因为周围所发生的一切对他来说都已经不重要了。

凌晨1点的时候，有两个账号几乎同时在安平当地论坛上传了两段视频，用的都是境外的服务器，上传速度非常快，而最要命的是上传后，这两个账号就迅速下线了，消失得无影无踪。

郑文龙以最快的速度联系上了论坛安全员，询问为何这两个账号都显示已经关闭？是他们操作的吗？

论坛安全员也是一头雾水，说监视爬虫发出了警报，他刚刚上线，没明白到底发生了什么，如果说真的已经关闭，那就是账号所有者自己动手操作的永久性关闭，也就是说，他们已经彻底舍弃了这两个账号。

郑文龙心情很不好，草草地应付过去后便挂断了电话。

从这一刻开始，“小丑”和“蜘蛛”从网络上一起消失了。看着空荡荡的电脑屏幕，郑文龙的心中突然有了一种深深的挫败感。

此时，安平市区的天空中响起了阵阵雷声，很快，暴雨倾盆而下，刷刷的雨声彻底打破了夜晚的宁静。

赵晓楠其实没有睡着，她从睡垫上站起身，走到窗前，任由随风飘来的大雨打在她的脸上，雨水带着盛夏所特有的雨腥味让她的心中久久难以平静。

在她身后的睡垫上，父亲的相片摆了一地，她确信自己心中的伤疤就和手腕上的伤疤一样，这辈子再也无法彻底愈合了。

而在楼下的小区便道上，停着“蜘蛛”的那辆灰色起亚，他就靠在驾驶座椅背上，出神地凝望着窗口的那个人影，也不知过了多久，雨水早就把天地融成了一片，而窗口的人影依旧清晰可辨。

谁都不会想到的是，此刻“蜘蛛”的眼前突然就有了一种时空错乱的感觉，他看着的那个人影，分明就是他自己，站在窗口，任由雨水把自己吞噬。

漆黑的车厢中，“蜘蛛”的嘴角滑过一丝欣喜的笑容，泪水同时从眼角无声地滚落下来。面对此情此景，他的心中竟然产生了浓浓的不舍。

他回想起多年前他读过的一本名叫《沿着塞纳河到翡冷翠》的书，里面的一句话给他留下了最深刻的印象——任何一种环境或一个人，初次见面就预感到离别时的隐痛时，你必定爱上她了。

“蜘蛛”伸手打开车门，下车，然后就这么静静地站在瓢泼大雨中，看着那个漆黑的窗口，他的眼中充满了幸福和憧憬。

“我一定要来看你！”

清晨，阳光穿过云层，知了开始在银杏树的树冠里发出刺耳的鸣叫声。

刑侦支队办公区顶头有一个特殊的房间，房间面积并不大，只有不到16平方米，但是通风和光照都不错，里面没有放办公桌，只摆着三台健身仪器，都是这几年来大家用破案后获得的奖金凑份子买的便宜货。说是便宜货，质量却很好，这么多年来，一次都没有维修过。

几起案子都没有线索，李振峰感到有些莫名的心烦意乱，他干脆把跑步机的速度调到了最快，时间被设定在10分钟，按下开始键，随着机器履带的快速转动，他闭上眼一路狂奔，而脑海中却渐渐安静了下来。

好吧，先从“小丑”开始。

陈静案发生后没多久，他就注意到了“小丑”，也就是金俊强。金俊强是一个行事非常乖张的人，活着似乎就只是为了能够博得别人的关注，甚至为了能吸引别人的注意力而不惜在凯斯考停车场用一个死人来酿成悲剧，他的眼中只有被关注和掌声。同样是笑，他可以将它表现得无比夸张。仔细回想金俊强在视频中所表现出的那些动作，以及字字句句翻来覆去地念台词，似乎“小丑”的“自我”已经完全消失了，取而代之的只不过是一具空空的躯壳。而在这样的前提条件下，他才会在他自己最关注的东西即将被夺去时放弃自己的生命，可以说是终极一搏。

“小丑”自始至终表现得就像个孩子，他任性而为，执着地追求着被别人肯定的时刻。人的一辈子在能如此单纯而又固执地去追求一个目标的同时，必定会放弃对“自我”的控制，而只留下完全失控的“本我”与“超我”。

“小丑”的本我就是对被人关注、称赞以及崇拜的无穷无尽的贪婪，这种贪婪的欲望正是驱使他做出一个又一个杀人举动的力量源泉，因为只有这样做，他才能一鸣惊人，进而真正地引起社会上每个人的关注，而这正是“小丑”所无限向往的。毫无羞耻感的“小丑”认为他杀一个人和杀一只鸡没什么区别，他把那些被他掐死的受害者当作跳舞的人偶，可以随便摆布、随便丢弃，因为他根本就没有生命的观念、善恶的观念，他所追逐的只不过是一种被人认可的快感。

“自我”是人格的心理组成部分，也是个人最有意识的部分，是从本我中逐渐分化出来的，位于人格结构的中间层，其作用主要是调节本我与超我之间的矛盾，也就是调节现实与梦想之间的一个尺度，而这也正是“小丑”所欠缺的。正常人尊重生命，遵守规则，“小丑”却做不到，因为“小丑”的脑子里对于“自我”的理解是一片空白。这也是他的处事行为准则永远都只停留在零的原因所在。

就像一个三岁的孩子，他可以任性，可以去做任何事，却不用去反省他自己做得对不对。

而剩下的“超我”则是人格结构中的管制者，由完美原则支配，属于人格结构中的道德部分。超我本应遵循着道德原则，正常的它应该具有三个作用：第一，抑制住本我的冲动；第二，监控自我；第三，追求完善的境界。超我是父亲形象与文化规范的符号内化，由于对客体的冲突，超我倾向于站在本我原始渴望的反对立场，而对自我带有侵略性，超我本应以道德心的形式运作。但是在“小丑”的身上，超我却反其道而行之，无形中扩张了本我，同时灭失了自我。

也就是说，正常人本我的对立面本应该是超我——人类心理功能的道德分支，它包含了我们为之努力的那些观念，以及在我们违背了自己的道德准则时所预期的惩罚。而“小丑”根本就做不到这一点，他也就不会有任何罪恶感。

超我形象的错位所导致的就是深深的恋母情结，因为在最关键的时刻，“小丑”本应该转向对“父亲”的认同时，他的家庭中偏偏缺失了父爱，取而代之的是母亲强势的控制与无尽的溺爱。这样的孩子长大后接触社会中的异性时，必定会下意识地去选择和母亲性格相同的女性，因为他的生命已经无法离开母亲对他的控制，而替补上来的女性就会在延续“小丑”母亲对他的控制的同时，加深对“小丑”本我的控制，片面扩大了他对超我的欲望。

这样做的后果是显而易见的，“小丑”既然已经愿意接受别的女人出现在他的生命中，那就意味着他的母亲已经死了，而且十有八九是被他杀的。因为在“小丑”看来，杀人只不过是一种新陈代谢罢了，他绝对不会有任何负疚感。

李振峰突然用力按下了停止键，扶着跑步机的把手，他浑身大汗淋漓，却又双眉紧锁，目光中满是凝重的神情。稍做休息后，他在跑步机的踏板上坐了下来，脱下黑色运动背心，一边擦汗，一边掏出手机拨打安东的电话，电话很快就接通了。他刚想开口，安东却抢着说了话：

“哥，你在哪儿呢？人民医院那边好像出事了，我刚接到派出所电话，说徐彦武死了。”安东的大嗓门在李振峰耳畔嗡嗡作响。

“死了？什么时候的事？”李振峰立刻站了起来，快步朝外走去，“你在哪个位置，我马上过来。”

“我快到人民医院了，上班路上接到的电话。”安东一边不耐烦地按着喇叭，一边抱怨道，“这些人怎么走路跟蜗牛一样，就不能快点吗？”

李振峰有些心不在焉：“我这就出发，对了，我没时间吃早饭了，你叫人在医院食堂买一点，不然一会儿又得低血糖。”

“放心吧，住院楼外科病房，你到了叫护士带你过来就行，现在估计那里都炸了锅了。”安东挂断了电话。

“这医院里难道就没死过人？‘炸锅’？太夸张了吧。”李振峰一边嘀咕，一边快步向车库走去，经过值班室的时候说了他要去人民医院的事，值班员赶紧记了下来。

从后备厢里重新拽了件干净T恤衫换上后，李振峰便钻进了他那辆比亚迪，刚要开车，想起刚才答应安东的事，便又抓过手机，在上面转了200块给安东，琢磨着刚要留言，列表中郑文龙的头像却跳动了起来，知道肯定是有急事，李振峰便伸手抹了把脸上的汗，点开了郑文龙的对话框：

——李队，这是今天凌晨1点的时候上传的两段视频，目前这两个账号都已经自主清空并注销，而视频方面，我们也已经尽可能地在全网屏蔽。这两段视频我们逐帧看过，没有曲解的痕迹，可以确定是真实可信的。下一步由你处理。

——收到，辛苦了，兄弟！

李振峰接着便点开了“小丑”的视频，这一看，他不由得倒吸一口冷气，视频只有9秒钟，也只拍了一个场景，没有声音，没有对话，甚至光线都不是很好，但是这个场景却让李振峰感到触目惊心：一个身穿病号服的男人平躺在病床上，以一种怪异的姿势一动不动、毫无声息。标题是个英文单词——Reborn（重生）。

“小丑”已经死了，他绝对不可能重生，所以这个Reborn根本不是“小丑”，而是她！那个不断重生的女人，她之所以要注销掉“小丑”的账号，也就是说她现在已经找到了下一个“宿主”。

李振峰感觉自己几乎喘不过气来，他伸手把衣领往下拽了拽，又把车内空调开到了最大，却还是无法彻底静下心来。

韩婷婷是最大的嫌疑目标，被烧死的很有可能就是她，那还有谁？难道是陈静？

“陈静”两个字犹如一只无形的大手死死地掐住了李振峰的脖子。

难道说一直处于失踪状态的陈静根本就没死？

李振峰拨通了法医处的电话，接电话的是马月，赵晓楠在法医解剖室。

“马月，那三具坑里的尸体确定身份了吗？”李振峰问。

“小九那边刚送来那几位失踪女生家长的DNA，姐正在实验室里面进行比对，估计还要半个小时才有结果出来。”马月回答。

“明白了，结果出来立刻通知我。”李振峰挂断了电话，继续看视频。

“小丑”不是魔鬼，充其量只是魔鬼手中的工具而已，那真正的幕后指使者到底是谁？

李振峰点开了第二段视频，这次，视频中的正式画面被一只杯子给挡住了，只能听到两个人在对话，他没办法看清楚被拍的人到底长什么样，但是听着声音，李振峰的心都凉了，那分明就是赵晓楠的声音，而其中一幕镜头愈发让李振峰感到心疼，虽然只是一闪而过，可赵晓楠左手手腕上那丑陋的伤疤犹如一把锋利的匕首深深地插进了李振峰的心脏。

泪水悄无声息地蕴满眼眶又顺着脸颊缓缓滚落，难怪赵晓楠一直都穿着长袖，也难怪她对所有人都那么冷淡，那只是她的保护罩而已，手腕上的伤疤和站在海堤上的她，才是真正的她。李振峰为他的粗心大意而感到懊悔不已，他本可以早一点发现，却被他自己的矜持与固执给死死阻拦住了。

他用手背抹去了眼角的泪水，关上手机页面，把车开出了停车库，向人民医院疾驰而去。

早晨的阳光此刻已经变得格外刺眼。李振峰不得不戴上偏光镜才能看清楚前方的路面状况。这时候，安东的电话又一次打了过来，电话那头的声音显得无比沮丧："哥，通知赵法医吧，是命案，有可能是药物中毒……"

"吃错药了？我已经到楼下了。"李振峰问，同时把他的工作证件出示给了医院保安，要求把车直接开进去停在住院楼下，因为没有开警车，所以来去都不太方便。

保安给了他一块停车牌，半信半疑地打开电动门，示意他可以把车开进去，并指了指方向，叮嘱他别走错了。

"谁说吃错药了？"电话那头的安东没好气地嘟囔了句，"这分明是打错了药，你听听，这号哭的就是昨晚那护士，我得看看去，别再出什么人命了。"

"我马上上来。"李振峰迅速挂了电话，然后停好车，向一楼大厅快步走了过去。

住院大楼八楼外科病房医生办公室里乱成了一锅粥。

一个身穿粉红色护士服的小护士泣不成声，而另一边站着的是她的护士长，此刻正在不停地劝着小护士，大意就是——你只要说清楚了就没事，咱不做亏心事就不怕鬼敲门之类。而她们对面的沙发上坐着两位身穿白大褂的男医生，一个上了点年纪，谢了顶，另一个还年轻，坐姿显得有些拘谨。

年长的外科主任虎着脸说道："不管怎么说，处分是必定要下的，第一，病人死在你值班的时候，而且是非正常死亡；第二，他床头的那个头孢药瓶就是我们医院的，在你们护士站就能拿到，上面还有你的签名。所以情面归情面，责任还是要负的，那些规章操作步骤你到底懂不懂？"

一听这话，小护士就哭得更伤心了："我懂，主任，我，我懂，我真的都懂，但就是不知道为何会，会出现在病房……"

门外的安东冲着匆匆赶到的李振峰做了个手势，意思是问——进不进去？

——进去！

安东顿时来了底气，也不敲门，直接推开门就走了进去，亮出证件："我们是安平市公安局刑侦大队的，来了解下徐彦武的情况，谁是负责人？"

房间里的人面面相觑，小护士赶紧从工作服口袋里摸出一块手帕抹了抹脸上的泪水，也不哭了，那位年轻的男医生则赶紧迎了上来，自我介绍说："我是医务处的苏天明，这是我们外科主任黄成刚，以及当班护士陈兰芝和护士长谭丽琴。请问你们要了解病人的什么情况？"

“刚才在门口就听到你们说是药物中毒，能具体说说这事儿吗？”李振峰微微一笑，“就从你们刚才争论的那瓶头孢开始，怎么样？”

被人一开始就戳中了要害，苏天明的脸都白了，他连忙摆手：“现在具体死因还不知道，必须得做病理鉴定才行。”

李振峰明白他是想竭力维护医院的利益，便摆摆手：“不用，我们的法医来做就行。我现在只需要你们把刚才说过的话重新给我们复述一遍就可以，喏，就是那个空的头孢注射针剂药瓶。”他伸手指了指办公桌上的头孢克肟注射用玻璃药瓶，示意安东用证据袋把它收起来，接着转身说道，“怎么样？你们的操作程序还是错了的，对不对？病人对头孢类药物过敏，我想你们不可能不知道，分诊的医生也应该早就告诉你们了。所以，如果真是用这个药瓶干的，那么你们医院就摆脱不了死者家属的赔偿要求。如果不是你们的失误，而是死者社会关系引起的话，你们医院也需要对这起命案进行人道主义赔偿，毕竟他是死在你们医院的。但是至于说事情的影响范围，可大可小，一切就要看你们如何配合了。”

苏天明看了眼小护士，又看看身边的外科主任，小声嘀咕：“黄主任……”

黄主任沉着脸，不客气地瞪了他一眼：“看什么看，还用问我吗？咱当然是全力配合警方的调查工作，难不成这盆脏水你喝下去？”

谭护士长赶紧推了小护士一把，皱眉埋怨道：“快说啊，兰芝，这个时候还不说你要等到什么时候？”

小护士陈兰芝这才惴惴不安地抬头看了眼李振峰和安东，神情惊慌地说道："警官，真的，真的不是我干的，我也不知道为什么会出现在他床头的。"

安东凑在李振峰耳边小声耳语："已经去调看监控了。"

李振峰点点头，犀利的目光直直地看着陈兰芝："陈护士，那请你回答我几个问题。"

"好，"陈兰芝深吸一口气，竭力使自己平静下来，"警官，只要你相信我就好，我对我自己所说的每个字都负责。"

"相不相信取决于事实的真相，而不是基于你的承诺。"李振峰伸手拉过一张靠背椅，然后示意陈兰芝在上面坐下，"陈护士，你现在什么都不用想，跟着我说的做就行了，我问你什么你就回答什么，不要多想为什么或者有别的杂念，尽量放松，因为这是你唯一一次让我相信你的机会，明白吗？"

虽然还是有些紧张，陈兰芝的情绪却比刚才明显平静了许多。

李振峰示意安东带他们三个出去，然后关上办公室的门，这时候房间里就只剩下他和陈兰芝两个人，周围顿时安静了下来。李振峰转到陈护士面前，蹲下，让自己的视线与她的视线处在同一条水平线上，这才冲着她微微一笑："陈护士，放松，你现在闭上眼，每数5个数就深呼吸一次，就这样一直数到30。"

陈兰芝听话地照做了，情绪上果真平静了许多。

"好，现在不要睁开眼，你回到了昨晚，你现在正好是在上夜班……好了，现在可以睁开眼睛，你告诉我，每天夜班的时候你固定都需要做些什么？"李振峰问。

陈兰芝的回答没有任何异常的地方，无非就是一些换药和查房之类的琐事。

李振峰点点头，又问："那你昨天上班后第一次和最后一次去4号病房的时候是几点，发生了什么，你还记得吗？"

"肯定记得。"陈兰芝想了想，又加重了语气："当然记得，而且我都在值班日志上有详细记录。你需要我去拿过来吗？"

"不。"李振峰把手一摆，眉宇间神情有些不悦，语气却依旧很平缓，"你接着回答我的问题，记住，不要太多废话。我想知道你们病区的大体位置结构和病房的分类，以及你上班时的巡查习惯。"

陈护士听了，微微涨红了脸："好的，好的，每天晚上从10点开始，按照规定，我们在病区值班时需要尽量减少在楼道走廊里来回走动的次数，以免打扰病人的休息，所以我们结束巡视后就会直接回护士站，病人按铃才会出来。

"我们院外科病区的很多病号都是刚做完手术的，同时又要对接前面的急诊中心，处置伤员，并且随时都有留观的病人通过二楼紧急通道被送进来。

"至于说病房分配，外科病区总共20间病房，除了1号、2号以及末尾的19号和20号这4间房都是两张病床的配置，房间舒适度比较好以外，其余的都是4张病床并列。对了，前面的1号到3号病房就是专门给急诊中心留观的人用的，从4号病房开始才是按照医嘱正式住院的病人。"

"急诊中心不是都专门配置了留观室吗？"李振峰问。

"您说的没错，但是我们医院的急诊中心留观室已经有半年不能使用了，因为急诊中心严重缺乏护士和急诊全科医生，所以没有办法分出足够的精力来照看留观室的病人，怕出事，院里就分给最近的我们了。拨给了他们三间病房。"

李振峰点点头："我懂了。"

此刻，他已经在随身带的工作笔记本上记录下了谈话过程中发现的所有疑点，接着问道："给我说说你昨晚上班的经历，包括到达时间。"

"我是昨天晚上11点30分准时开始打卡上班的，我是大夜班，11点到了医院后先去的医院食堂吃夜宵，接着在更衣室里估计也就磨蹭了5分钟左右吧才出来，然后巡查核对了一下科室内当晚需要在医院过夜的病号，所以我第一次查房的时间应该是晚上11点30分至零点之间，中间虽然处理了急诊送来的几起突发病例，但那都是轻微车祸和简单的喝醉酒闹事，帮助值班医生处理一下外伤就可以，很快就送他们去了3号病房留观，结束了工作。"陈兰芝想了想，继续说道，"最后一次，就是早上8点，主任查房的时候，我们夜班都是跟主任查完房后才能正式下班的，谁想到那节骨眼儿上就出了这么倒霉的事，唉——"

"你知道28床的病人有头孢药物过敏史吗？"李振峰问。

"我知道，每个病人的床头卡上都有写，所以根本就不可能弄错。而且每次输液前都有核对姓名和用药禁忌，我们对这都有严格要求的。"陈兰芝答道。

李振峰仔细想了想，接着问道："你们是怎么发现这个有你签名的空药瓶的？"

"就在床头柜上放着，而且，而且死者所表现出来的症状和头孢严重过敏一模一样。"说着，她伸出右手逐一掰着手指，"第一，浑身有皮疹；第二，窒息而死。警官，我们发现他的时候，他用双手抓着自己的喉咙，嘴巴张大，那就是典型的缺氧的症状，所以，我们就此判断为头孢严重过敏致死。院方领导说这是一起医疗事故，但是，但是……”说着说着，小护士又开始了抽泣，“我真的没有给他打针，况且他的医嘱单上也没说要打针，我就奇怪这个药瓶怎么会出现在他的床头呢。”

“我记得你们给病人挂水的时候是专门找地方配药剂的对吗？”

小护士眼睛一亮，忙不迭地点头：“没错，没错，我们护士站里有个配药室，配好了以后才会用工作小推车给直接送到住院病人的房间里去。”

“那你们是怎么处理这些废弃的医疗垃圾的？”李振峰坐直了身体，靠在电脑椅的椅背上，看着陈兰芝，目光深不见底。

“每天早上有专人用专门的医疗垃圾车运走，这是住院部护工组的工作。”

李振峰合上笔记本，重新揣进兜里，这才站起身：“走吧，带我去出事的那间病房看看，还有，隔壁的急诊中心留观室当夜病人名单也请给我一份。”

见这么快就结束了谈话，小护士不由得喜出望外：“警官，警官，你相信我了？你真的相信我了？”

李振峰已经打开了房门，面对门口站着的安东说道：“不是她干的。”

安东赶紧把他拉到一旁，低声追问：“可是我刚才看过监控了，是一个女的，穿着护士的衣服，在12点32分前后独自一人走进了出事的4号病房，只停留了3分24秒就离开了。”

“那她离开的方向呢？”

“通往急诊中心的应急通道。不过那边乱哄哄的，而这个监控也不是很清晰，所以我追踪了不到5分钟，她就消失了，显然她对这里非常熟悉。”安东皱眉说道，“但是现在有个奇怪的地方，反推她来的方向的话，过来的时候却没有看到，只看到去急诊中心的时候。”

李振峰无奈地摇摇头：“没用的，她以前必定多次来过这里，所以对这里的地形走向都非常熟悉，我想她的目的就是杀徐彦武。对了，法医那边来人处理了吗？”

“赵法医把人拉走了，说今天就能有结果给我们。”安东回答。

陈护士急匆匆地从护士站追了出来，手里拿着一张打印好的纸，把它递给李振峰：“李警官，这是你要的昨晚急诊中心过来的病人名单。”

李振峰扫了一眼，问：“有哪位病人后来自行离开的你们医院病房？”

“病人自行离开医院很正常，理由有很多，但是自行离开的话风险太大了。”陈护士凑过来伸手一指倒数第二个名字，“这位叫齐小白的，我觉得八成是假名字吧，登记年龄是24岁，家住本市东风家园2栋1002，入住原因上面写得很清楚，是自杀，割腕，我处理的，还好她打了急救电话，不然拖到第二天再被发现，那就晚了。”

“你们医院不登记身份证吗？”李振峰不解地看着她。

陈兰芝摇摇头：“急诊，资料都是病人后补或者家属补充的。”

“那是她打的求救电话？”

“是的。”

“不对，在我们安平市总共有八家能接受120指派的急救中心，你们是其中之一，但是这种选择方式是建立在急救中心有足够多的空床位和护士、医生的前提下，不然就自动转移至下一家，如果医院条件允许，那就是选择距案发点最近的那家。我虽然不是医生，但这些规定我还是知道的。”李振峰神情凝重地看着安东，继而又问陈护士，“你们医院急救中心会不会接受自行上门的伤情严重人员？”

“当然会呀，那还省下急诊当班医生很多事呢，但是必须先打我们急诊中心总机值班室的电话告知一下，否则我们有权利不接待。打过电话后医院就做好准备了，分诊医生简单处理过伤口，就可以送到我们这边来了。”

安东问：“要是不知道这个电话怎么办？”

“打120，然后转接，报出病因和即将到达医院的时间。”陈护士回答。

李振峰注意到手中打印纸上记录的时间显示齐小白去急诊中心求医是午夜11点13分，然后要求留观，说自己晕血，而且担心有并发症，急诊中心当班医生经核实有空床位，便让护工用轮椅把她送了过来。

要知道被害人徐彦武住哪个病房非常容易，病人的名字就写在门上。11点30左右入住，那时候正好是中班和大夜班的交班时间段，非常忙碌，护士必定会在护士站开交班会，而护士的更衣室就在电梯口出来左拐的第一个房间，更衣室门口是不允许有任何监控探头的，更衣室上锁的衣柜也不多，毕竟只是存放自己制服的地方，而在医院里，护士的制服被偷的可能性几乎为零，所以这一切对于她来说是件非常容易的事。

“安东，扩大搜索监控视频的时间，从晚上10点开始，所有急诊中心的出入口一个不落都要查，目标人物是个年轻女人，年龄是20到25岁之间，因为手腕受伤，所以走起路来手腕部位会有异样，她应该没有同伴，一个人来的。”李振峰说道。

他又从工作笔记里拿出那两张从204宿舍取来的相片交给陈护士：“麻烦你看看，里面有没有昨晚那个齐小白？”

陈护士一眼就认出来了，她伸手指着韩婷婷说：“就是她，绝对是她！我跟她面对面待了20多分钟。”

李振峰不动声色地点点头，又把两张相片交给安东：“去给前面急诊中心当晚的值班医生看，看他能认出哪一张来。”

安东心领神会，立刻拿着相片转身就走。

很快，他的电话便打了回来。李振峰独自一人走到走廊拐角僻静处：“怎么说？”

“活见鬼了，他也指出了韩婷婷。”安东小声嘀咕，“而且这医生说了，她的伤口根本不用住院留观的，回家小心点防护就行，尤其现在是夏天，能在空调间里待着就别出去了，但是她却坚持要住院留观，说自己怀孕了要观察，不然流产的话要医院负责，医生为了避免麻烦，再加上有空床位，这才答应了下来。”

“等赵法医她们那边消息出来吧，出来了就好办了。”李振峰回答，“我先回局里去，得找赵法医好好谈谈。情况汇总后就开会。”

一个小时前。

法医解剖室里静悄悄的，只有偶然响起的滴水声和轻微的脚步声。

站在解剖台边，赵晓楠感到自己有些烦躁不安，这具在贡湖路上火灾中找到的尸骸让她深陷困惑，过火面积太大导致有效的证据几乎都没了，死者整体呈现出焦炭状不说，加上火焰的助燃剂是汽油，火焰中心温度非常高，燃烧时间又这么持久，这就给后续的辨尸工作增加了更大的难度。

现在除了知道死者是个女性以及她的死因外，别的都无从知晓。

“姐，你说到底是什么样的怨恨啊，要对一个年轻女人身上浇汽油？”马月在另一张解剖台前忙碌着，死者是徐彦武，从医院里刚带回来。马月在对尸体做采集样本的工作，准备进行毒物对比实验。

“火是人类最原始的能拿来毁灭一切的工具，”赵晓楠说，“也是现在社会上最难控制住的可怕的‘杀人凶器’，火只要烧得足够猛，哪怕受害者活过来了，他的下半生也被彻底毁了。”她抬头看着马月，“人类是群居动物，不可能独自生存，不然精神会受不了。安平就发生过一起与火有关的伤害案，妻子把丈夫烧了，顺带着连儿子一起烧死了，被判了无期。因为火灾现场烧得太惨了，民怨极大。虽然丈夫经过医院抢救留下一条命走出医院，但是他再也见不了人了，一个星期后，因为过于内疚，他在自己身上放了一把火，满是汽油，根本没法救，就这样被活活烧死了。”

马月停下了手中的记录笔，脸上的表情渐渐凝固住：“天哪，真可怕！”

“我在想，”赵晓楠伸手指了指自己面前躺着的受害者遗骸，“安东当时在现场就跟我说他听到了惨叫声，明确是个女的发出的，而且离他们非常近，火焰一起，惨叫声起先还有，才大概过去30秒钟左右，声音就消失了，我想受害者可能也是尽力了吧。”

“人体所能承受的火焰炙烤的时间极限不会超过一分钟，她的死是严重的创伤性休克引起的，身上所有的皮肤都被大火烧没了，想想也是真够狠的。”马月走到解剖台的另一边，接着说道，“消防那边的报告上提到说，从现场的过火面积来看，结合尸体的遗骸状态以及安东他们所说的最初起火时的猛烈燃爆程度，大致可以判断出死者的身上被淋了至少20升以上的汽油。”她突然转身看向赵晓楠，“姐，你注意到了没有，她是被人用铁链紧紧捆在那张椅子上的，所以哪怕被烧死了，她都无法离开那张椅子，死了都得保持着坐的姿势。”

赵晓楠却没有说话，只是紧紧地盯着死者的下颌骨部分，半晌，她抬头说道：“偏颌畸形！这是我一周内第二次看见这种病例了，这频率也太高了吧？”

“姐，你想说什么？”马月从赵晓楠的脸部表情中解读出了一丝困惑与不安。

“它的X光片呢？”赵晓楠伸手一指自己面前的尸体。

马月赶紧来到工作台边，从一个黄皮纸袋里倒出了那两张刚拍完的X光片，平日里赵晓楠的习惯是做完所有尸检工作后才会去看尸体的X光片，但是今天却明显感觉有些异样。

赵晓楠摘下手套，接过那两张X光片，然后来到灯箱旁逐一插上，最后按下开关，她久久地盯着左手那张死者的下颌骨部位：“下颌骨整体增大，一侧增大显著，前牙开牙合，两侧下颌骨发育不对称，颏中线及牙中线偏斜，非对称性长脸畸形。马月，马月！”

“怎么了，姐？”看着赵晓楠一改平时的稳重平和突然尖声叫了起来，马月着实被吓了一跳。

赵晓楠的目光中充满了兴奋的光芒：“你告诉我，如果你一周之内见到两个跛脚，比例是多少？”

马月想都没想：“30%！”

“那好，如果这两个人都是跛的左脚，并且两人年龄一样，性别一样，身高体型都差不多，你告诉我可能性还有多大？”赵晓楠步步紧逼。

“这……这不可能。”马月糊涂了。

赵晓楠伸手一指灯箱上的X光片：“谢天谢地这个受害者的下颌骨还是完整的，所以说这人，我可能认识，但是……”她突然脸色一变，左右看了看后，又到门边朝走廊上看了看，见没有人，这才放心地来到马月身边，压低嗓门说道，“这人叫阿珠，就是方淑婷骸骨案中的报案人，一个很不错的女孩，前两天来我们局里应聘做了辅警，我听说被调去情报中心接警台了，职务是话务员。但是我今天早上来单位上班的时候明明记得是见过她的，她还远远地和我打招呼来着。我现在该怎么办？”

马月想了想，说：“姐，你除了下颌骨这条线索外，还有没有什么线索值得你这样怀疑的？”

“你是说剧场里的无名尸？”

“不，”马月摇摇头，“就是那个叫阿珠的女孩，你还从未这么夸过一个人呢，你仔细想想看，比方说一个动作或者一个表情之类都可以。”

赵晓楠沉思片刻后，默默地抬起了左手：“这个。”

“什么？”

“她用这个手和我道别，就是这个样子。”说着，她摆了摆左手，一如几天前的阿珠。

“她是左撇子啊，这就好办了，交给我吧，我帮你确定。”马月果断地伸手拍了拍赵晓楠的肩膀，咧嘴一笑，“姐，放心，我忙完手里的活儿就去。”

赵晓楠心不在焉地点了点头。她总觉得这些情节未免显得有些太离奇，似乎只有电视剧里才会这么演，她脑海里不断地出现阿珠那充满阳光的笑容，她是个很单纯的年轻女孩，一定很聪明，只是没钱做手术而已，但是她已经克服了心里的自卑，所以她的笑容才会是那么的灿烂和阳光。

又怎么可能是自己眼前的这具漆黑的焦尸？

赵晓楠实在是想不通了。

马月急匆匆地走出技侦大队实验室，正准备去接警台摸摸底，小九应声追了出来：“马月，等等，我差点忘了，刚才从现场回来的时候安东叫我转告你，说今天是你的生日，叫你一定要等他下班，不要先走了，记得哈。”说完这话后，小九把头缩了回去，重新关好了门。

马月顿时臊得满脸通红，正好看见李振峰迎面走了进来，便赶紧上前把他拉到一边，把赵晓楠和她说过的话跟李振峰说了，最后看着他的眼睛：“我该怎么办？”

李振峰紧锁双眉，想了想，随即说道：“我去吧，你是法医，你和她又不熟，去了没理由，反而打草惊蛇。”

“你说的也是，那我就先回去了，赵姐那边还等我呢。”马月嫣然一笑，快步向楼梯口走去，走了一半又停了下来，叫住李振峰："李队，我差点忘了，赵姐叫我转告你，金俊强患有严重的飞盲症，他的眼睛没法对焦，视力受到很大影响。"

李振峰点点头转身直接就去了四楼，时间已经不多了，如果能证实这个阿珠就是自己苦苦寻找的冒牌货的话，那就必须马上抓捕，不然变数实在是太大了。

他边走边快速在手机上给安东和分队里的人下指令，同时又把急诊中心的那段视频发给了赵晓楠，请她帮忙看下视频中的女人，能看到什么就告诉自己什么，因为李振峰总感觉这个视频中的女人背影非常熟悉。

沿着走廊走了一会儿后，眼前便是接警台办公室，远远就能听到此起彼伏的电话铃声以及说话声。

李振峰平时从不会到这里来，所以感觉有些陌生，他先是来到一旁的值班台，看着上面员工的相片和相对应的名字，一番寻找后终于看见了那张新员工相片，下面的名字叫钱丽珠，而仔细看相片，除了脸部有些颌骨异常外，别的确实和韩婷婷有几分相似。

这时候房间里走出一位值班领导，他认识李振峰，便打招呼道："李队，你怎么上来了？视察工作？"

李振峰笑了笑，压低嗓门说道："王叔，打听个人，你们刚雇用的辅警，叫钱丽珠。"

值班领导点点头："是有这么一个人，我印象很深。"

"哦？"李振峰有点意外，"印象很深？"

"是的，她的笔试和口试，以及体能成绩方面都是第一名，而这在以前是不太可能的，毕竟是女人，在身体素质这块上肯定要逊色于男性报考人员，但是她却让我们所有人都刮目相看呢。”值班领导笑呵呵地说道，“我正准备下个月等她试用期结束了，就直接上报给局领导，看看能不能申请个特殊的名额让她转正，她太优秀了。”

李振峰问：“这么优秀的人却来报考辅警，王叔，你难道不会觉得有点大材小用？她的动机你打听过了吗？”

“有。”值班领导点点头，“我们对她进行了多次政审，都没问题，她是我们展览馆那起凶杀案的报案者，就因为这个，她被实习的单位领导找借口炒了鱿鱼，因为长相比较一般，求职没人要，就干脆来投了辅警。对了，是林局一眼看中的，说这孩子很不错，很有潜力。这不，我们部门正好缺人手，就把她要来了。”

“王叔，那她上班后到现在有没有什么地方让你觉得有点不太正常？”李振峰追问道。

值班领导皱眉看了看他，很快却又平静地摇摇头：“不太正常倒是没有，就是比较莽撞，不过已经批评教育过了，她也承认了错误。”

听了这话，李振峰心里一沉：“跟我说说看，到底是怎么回事？”

“其实也不是什么大事了。前天晚上她第一天轮中班，打进来一个电话，带班师父正好去洗手间，她就自己接了。这本来也不是什么大事，只要如实记录下来就可以，我们系统中都是有录音的，据她带班师父后来说只是一起很小的停车场纠纷，也已经通知了当地派出所去处理，结果昨天上午我们核查记录时，竟然发现那段停车场纠纷的报案录音被人为删除了，系统里根本就找不到。我们询问过她，她说当时以为登记完后，不是什么大的命案，就没必要保留记录了。为了这个事，我们对她进行了批评教育。”

“那个电话大概是什么时候打过来的，你还记得吗？”李振峰问。

“前天晚上8点21分左右。”

李振峰掏出警务通，在上面搜寻前天晚上所有派出所登记的相关停车场打架纠纷事件，只看到与时间点最接近的安平大学城派出所上传了一条在安平大学城东大门停车场发生一起打架纠纷事件，伤者已经被紧急送往市里人民医院抢救。

“王叔，她昨天上的什么班？”

值班领导赶紧抓过值班台桌面电脑查了一下，说：“昨天倒班休息，今天白班。”

“那她现在应该在岗位上，对吗？”

李振峰脸上凝重的神情让值班领导顿时意识到事情有些严重了，便一声不吭地走进房间看了看，出来时摇摇头：“她带班师父说了，5分钟前她说到门口去拿件东西，马上就回来。可是现在已经不止5分钟了……”

话音未落，李振峰转身就走，边跑边拿出手机在群里发语音：“所有人听着，犯罪嫌疑人目前就在我们单位，她用的身份证件是钱丽珠，在接警台工作，身高162厘米，体态中等，长发垂肩，戴有一副无框眼镜，马上带人关上电动门，不能让有上述特征的人出去！如果有发现，随时打我电话。”

正在这时，楼下传来一阵车轮摩擦地面的声音，一辆警车从车库里高速冲了出来，摇摇晃晃地向门口开去，保安正要上前阻挡，但见警车根本就没有要刹车的意思，最后关头只能往旁边一跃，重重地跌倒在了水泥地面上，而警车一头撞破电动门，把整个门的大半截直直地往外推了好几十米，这才终于摆脱了电动门，疾驰而去。

在它身后不到10米远的地方，本来停着的一辆灰色起亚也开了出来，全力追了过去。

一切都太突然了。李振峰意识到不妙，他立刻冲下楼直接向底楼法医办公室跑去，只见大门敞开着，浓烈的血腥味扑面而来，地上的血泊中躺着一个人，正是马月，她身上中了几刀，幸好不是要害部位，只是痛苦地用手捂着脖子上的创口，那里插着把刀，她摆手示意李振峰不要过去，而这时候的她已经虚弱得说不出话来了。

身后传来急切的脚步声，是刚刚从现场赶回来的小范，他气喘吁吁地跑了进来，嘴里叫道："马月姐，马月姐，你没事吧，我已经打120了，马上到，李哥，安哥去追那混蛋了，他说已经把实时坐标发到你手机上了，你快去增援吧，车就在外面，还没熄火，赵法医被绑走了，保安说的，赵法医……"

话还没说完，李振峰只丢下一句："照顾好马月。"就头也不回地冲了出去。

第十章　重叠的记忆

当谎言被重复了一千次的时候，
就成了现实。

在等待的时候，“蜘蛛”又一次打开手机，看着屏幕上那条自己两天前收到的消息，逐字逐句读下去，心中久久难以平静。这么多年了，他终于等到了这一天。

如果非要说人的一生中必定会做一次噩梦的话，那么此刻，就是他“蜘蛛”噩梦即将醒来的预告，他心中的牵绊即将彻底解脱，“蜘蛛”的目光中不禁充满了笑意。

他今天就是来向赵晓楠做暂时告别的。他知道自己很快就会回来。副驾驶座上是一束香水百合，同样的洁白，他打算等赵晓楠下班时当面送给她，相信这一次，她不会再拒绝了吧，上次见面时，她不就对他笑了吗？

“蜘蛛”相信本能，当他又一次抬头看向马路对面的公安局时，他隐约感觉到了气氛中的异样，是的，没多久，他就看到了一辆失控的警车。

罪恶都有相同的气味，所以敏感的“蜘蛛”立刻意识到了不安，他警惕地坐了起来，直直地看着那辆一头冲向电动门的警车，接着便是一片人仰马翻，被电动门勾到的行人和电动车辆纷纷倒地，哀号声四起。

而那辆警车是朝着他的这个方向开来的，车辆交会之际，“蜘蛛”的心脏顿时停止了跳动。他看到了赵晓楠，而她的脖子上架着一把柳刃刀。他看不清副驾驶座上的人的具体长相，但是有一点可以确认，那也是一个女人，而且是个近乎狂躁不安的女人。

“蜘蛛”的心顿时悬了起来，他没有再多想，转动车钥匙点着火，猛打方向盘，把车开了出去，紧紧地跟在那辆出事的警车后面，完全不顾身后响起的刺耳的警笛声，反正此刻的“蜘蛛”只认准一点：赵晓楠千万不能有事！

安平街头，刺耳的警笛声响起，四辆车飞速穿过街头驶向城外的方向。路面车辆纷纷向两旁闪避，安东在第三辆车上，他摘下对讲机呼唤后面的李振峰：“李哥，是我。”

“我听到了，我在你后面。”李振峰回答。

“前面那辆起亚车上是谁？增援没这么快吧？”安东奇怪地问道。

“没有，目前就我们俩，”李振峰没敢跟他说马月出事的消息，怕安东受不了而分心，“你确定那起亚车是跟我们一起的？”

“我当然能确定，他在我前面一连开了三个十字路口了，车速非常快，而且车技非常好，我根本超不过他。”安东说，“李哥，我没警务通，你那车上有，我把车牌号报给你——苏T23734，不排除是套牌，你查查试试。”

李振峰腾出右手，在警务通键盘上输入了车牌号，很快便跳出了一个人名——蒋万安，便脱口而出道：“那个心理诊所的老板？”

“那小子插手想干什么？”说话间，车子已经开出了安平城，开上了国道。安东见前面的车子越来越慢，知道快没油了，便把油门踩到底，让车猛地向前冲去，三辆车直接把前面那辆警车给逼停了。

顾不了太多，李振峰不等车完全停稳，就直接跳下车，向那辆被劫持的警车冲了过去，却见车厢内，那把尖刀依然一动不动地架在赵晓楠的肩膀上，副驾驶座上的年轻女人正冲着赵晓楠怒吼着："为什么，你说啊，为什么要把我逼上绝路，你又毁了我……"

而赵晓楠脸色虽然惨白，双手放在方向盘上，神情却异常平静，她冷冷地说道："我说过我只负责讲述事实，这是我的工作。"

"不！不！不！你现在必须告诉所有人，告诉他们我就是钱丽珠，你弄错了，我就是钱丽珠！"女人声嘶力竭，整个人就像中了邪一样疯狂地吼叫着，"你不答应我，我现在就可以杀了你！你的副手，现在恐怕已经死了吧？开车啊，继续开车！"

这话被一旁的安东听到了，他顿时脸色煞白，身体微微晃了晃："李哥，他说什么？谁出事了？"

知道已经瞒不下去，李振峰没有办法，小声而又严厉地说道："冷静点，别冲动，人送去医院了，应该没事。"李振峰用眼角的余光注意到那辆灰色起亚中的蒋万安似乎想开门出来，便神情严肃地冲着车打了个手势，示意他安全起见，不准离开车。起亚车内便再也没有了动静。尽管如此，李振峰知道车没熄火。

这时候，赵晓楠也已经看到了车外的李振峰，她的目光中闪过了一丝泪花，脸上却依旧神色平静，看不出一点波澜。

"车没有油了。"赵晓楠淡淡地说道。

"下车，你给我下车！"年轻女人狂躁不安地用刀逼着赵晓楠，两人下车后，看着站在不远处的李振峰和安东，她手中的柳刃刀依旧抵着赵晓楠的颈动脉，嘶声喊道：“你们是谁？”

“你不准过去，我来。”李振峰小声冲着安东说道。

安东紧张地点点头。

这时候，远处增援的警车已经越来越近：“你去拦住他们，不要靠近，她现在不能激动，不然赵法医随时会死。”李振峰的声音微微发颤。

“需要狙击手吗？”

李振峰犹豫了会儿后，果断地说道：“待命！”

而坐在起亚车里的“蜘蛛”的心也开始七上八下了，他紧张地看着眼前车窗外的一幕，知道如果李振峰就此搞砸了的话，那么赵晓楠就必死无疑。

但是形势已经不容他左右了。

李振峰深吸了一口气，双手举高来到近前，高声说道：“钱丽珠，我是刑侦一队一分队的李振峰，也是这件案子的负责人，你仔细听我说，我认识你，你就是钱丽珠，赵法医她搞错了，你成绩非常优秀，无论面试、笔试还是体能，你都是第一名，而且局里准备今年年底给你转正，让你成为一名真正的警察，明白吗？钱丽珠，相信我，你付出的一切我都知道，你很了不起，你努力到了最后一刻，你已经尽力了！后面的就交给我吧，你是个好姑娘，我一定安排好你，给你一个完美的交代！”

赵晓楠听着听着，泪水夺眶而出，她瞬间明白了李振峰为什么会突然这么说，因为他显然已经知道了在电影院中遇害的正是钱丽珠，而不是身边的这个疯女人。

“你想干什么？”或许是因为李振峰在话语中提到承认她是钱丽珠的缘故，年轻女人明显平静了许多，“有话直说。”

“你放了赵法医，我没有带枪，我陪你回局里去，你这车已经没有油了，用我的车，我开车，你照样可以带刀，我不反对。”李振峰柔声说道，“如果没有我证明，他们依然会误会你的，相信我，我了解你，那天看见那幅画的时候，我就了解了你，你是个很有天赋的人，你只是需要一个被人认可的机会罢了。真的，我可以给你机会，但是你也要给我机会，对不对？”

“真的吗？”眼看着一切问题都将顺利解决，就在这时，她从车辆的后视镜里无意中看到了不远处的狙击手，突然明白了过来，脸色一变，怒吼道，“你骗我，你这个骗子！你根本就不相信我，我要杀了她！”

说着，她挥动手中的匕首就要捅下去，而这时候赵晓楠已经没有力气反击了，只能闭上双眼。李振峰急了，此刻自己离她们俩还有不到3米的距离，他猛地向前扑去，完全不顾对方手中锋利的柳叶刀刃，伸出右手瞬间挡在了赵晓楠的脖子前，手背接触到她冰凉的肌肤的刹那，刀刃扎进了李振峰的右手手掌，一阵剧痛袭来，紧接着他用右手手肘狠狠地撞开赵晓楠，然后左手猛地抱住那发狂的女人，死死地勒住了她的双手，全然不顾刀刃完全穿透了右手手掌，鲜血直流。

看着倒地的赵晓楠安然无恙，李振峰脸上露出了欣慰的笑容。

这一幕，把车内的“蜘蛛”惊呆了，他久久都不能回过神来，那该要多大的勇气和足够冷静的判断力才能冒死伸出手去，“蜘蛛”的心里突然有了一种小小的嫉妒，他真希望那个人就是他自己。

直到安东带人冲了上去，“蜘蛛”这才重新发动车辆，掉了个头，沿着来时的路开了回去。在经过李振峰开来的那辆警车的时候，他把副驾驶座上的那束香水百合拿了出来，从窗口扔进了李振峰的车，然后开车悄然而去。

在场的所有警车都把注意力集中在了被抓的凶手身上，只是把这辆不起眼的起亚当作一个过路车辆罢了，就连安东看见了也没当回事，所以并没有人在意“蜘蛛”的离去。

渐渐地离现场越来越远，“蜘蛛”开着开着，突然笑了，看着后视镜中那些忙成一团的警察，“蜘蛛”笑得很开心。

他伸手从遮阳板后面取出一张相片，这是他趁赵晓楠不在家的时候，从她藏起来的照相簿里拿走的，相片中的赵晓楠脸上的笑容正如此刻天空中的阳光一般灿烂。

“蜘蛛”知道他会回来的，所以他带走了这张相片，只不过现在他还有更重要的事情要去做，做完了，他就一定会回来。

他确信赵晓楠也一定知道他会回来，并且会等他。

那是属于自己的女人。

这时候，他的电话响了起来，是诊所的接待处打来的，通知他机票已经确认完毕，飞机会在3小时后起飞。

远处的天边，一架飞机缓缓穿过云层。

第二天早晨，天空灰蒙蒙的，两辆警车开过滨海隧道，向安平大学城的方向开去。

李振峰因为手部受伤没法开车，便坐在副驾驶座上，看着窗外的天空发呆。

安东不放心地看了他一眼，问："李哥，你真有把握吗？"

李振峰点点头："她们肯定在校园里，从来都没有出去过。"

"视频组查看了整整一个月的监控资料，还真没找到她们俩的下落。"安东有些沮丧，"哥，要是今天空手而归的话，我们最多只能起诉她两件谋杀案、一件绑架案和一件故意伤害，那岂不太便宜她了？检察院起诉科的人说了，坑里发现的罗小贝、陈欣然和李连芳，这三件案子只能算在金俊强的头上，因为没有直接的证据证明梁美芳参与。况且任欣悦的案子，那时候梁美芳还没满18周岁，又不能定罪，想想心里真不是滋味。"

李振峰忍不住苦笑："不是我打击你，要是今天找不到陈静和韩婷婷的下落，钱丽珠那起爆炸案也不一定能算到她头上，证据都被毁了。"

"不是有起爆器吗？"

"根本没有指纹，而那鬼地方周围连个监控都没，你说起诉科那帮家伙会冒险起诉？证据链都无法闭合。"李振峰轻轻一笑。

"那'小丑'那起案子呢？我们可是看着她杀人的啊。"

李振峰的目光突然变得犀利了起来："谁说你看到的就一定是她？而且，即使是她，她也会说自己是正当防卫，因为那场面，摆明了就是——不是你死就是我亡的结局。"

"那她岂不是死不了？"安东急了，"马月差点就没保住小命，难道这就算了？这也太过分了吧！"

"所以我们今天必须找到韩婷婷和陈静的下落。"李振峰脸色沉了下来，“不然的话，对死者太不公平了。”

说话间，警车已经开进了安平大学城的东大门。

李振峰本能地朝左手方向看过去，顿时脸色铁青，他拿起步话机，对后面那辆警车上的人说道：“你们暂时不用跟我们车了，立刻把东大门停车场上所有车辆引擎盖上放矿泉水瓶的车主统统登记下来，然后叫他们明天上午去治安大队接受处罚，再有个啰啰唆唆的，告诉他们，我无人机天天给他们录着呢，火网系统放着唬人的吗？”

放好步话机后，李振峰便径直把车开往女生宿舍，停在中间的过道上。两人打开车门，面对周围好奇的目光，李振峰视而不见，他伸手朝右手方向一指：“这一栋三楼302是梁美芳的宿舍，这左手边二楼204是陈静和韩婷婷的房间，两者之间的距离不超过50米，上次你提到说有人帮韩婷婷报过案，就在这块区域，理由是韩婷婷父亲闹到学校向女儿敲诈勒索，对不对？”

安东点头：“没错，就是梁美芳报的案。”

“那就说明梁美芳是熟悉韩婷婷和陈静的，至少熟悉前者。”李振峰又用手指了指宿管阿姨待的房间，“我来这里总共三次，遇到过两个宿管阿姨，她们不约而同地向我表示虽然两个宿舍楼分属两所学校，但是因为都是女生的缘故，自然就放松了警惕，即使有出入证也是形同虚设，也就是说陈静和韩婷婷以及梁美芳之间是可以互相走动的，并不需要进行任何登记。”

“是的。”安冬回答。

“那天早上韩婷婷来警局报案的时候，你还记得我跟你说过一句话吗——我说现在的女孩子身高背影啥的都差不多？”李振峰双手放在车顶上，看着安东若有所思地说道，“不只是我一个人这么想，宿管阿姨也见过几次韩婷婷偷穿陈静的衣服外出，那时候宿管阿姨就认为韩婷婷也在干失足妇女的活儿，毕竟韩婷婷需要钱交学费。而我们在204宿舍那把木梳上所发现的带有毛囊的头发，结果证实就是梁美芳的。但是，”说到这儿，李振峰话锋一转，“你别忘了那根头发被发现的时候，房间里是被打扫得干干净净的，也就是说韩婷婷和陈静出事后，梁美芳还去过她们的宿舍，甚至不止一次，还梳过头，而她如果穿上陈静或者韩婷婷的衣服，我想黑灯瞎火的，宿管阿姨也不会认出来，你说对不对？”

“没错，她们仨体型身高啥的都差不多。”安东说到这儿的时候，脸色突然变了，“难道你的意思是说梁美芳杀了韩婷婷，然后取而代之？你到底是什么时候看出来的？报案的时候吗？她为什么要取代韩婷婷？”

李振峰摇摇头：“我相信那天来报案的就是韩婷婷，但是她出门的时候看着那张相片时，我知道她一定认出了什么，所以脸色才会变了，只是很可惜，那个时候我没有注意到这点，以为她只是认出了陈静，毕竟那个角度，是很难确认一个人的，可是如果是你朝夕相处的同学，那就不一样了。”说话间，李振峰的目光落到了车前方的空地上，时不时有年轻女孩走过，三三两两，或说笑或唱歌，满是青春的味道。

“韩婷婷正是认出了相片中的人，愤怒之下她肯定去找了梁美芳，因为相片中的丁媛媛也失踪了。我相信我们要是能找到丁媛媛手机的话，肯定也会找到韩婷婷的影子，你别忘了，韩婷婷从小是受父亲虐待的，母亲贪财又懦弱，保护不了她，所以，当她来到安平大学读书后，我想她遇到了丁媛媛，而后者比她更弱小，这成功激发了韩婷婷的母性，所以才会出面保护丁媛媛，但是这一次她做梦都没有想到的是，丁媛媛已经死了，帮凶正是自己的好闺密梁美芳。”说到这儿，李振峰掏出手机拨打了小邓的电话，“查到了吗？”

“是的，李队，你推测的没错，梁美芳从两年前开始，每个月都会有固定的好几笔数目不菲的收入，并且很快又转了1/3出去，而接收者的账号分别属于陈静、罗小贝、丁媛媛、李连芳、陈欣然。她们明显是个小型卖淫团伙啊。”

李振峰长叹一声：“没错，梁美芳应该就是中间的皮条客。谢谢你，小邓，辛苦了。”说着，他挂断了电话。

“可是，李哥，我还是有一点不太明白，”安东问，“女大学生干这个，到底图什么？”

“钱！最初应该是为了学费，后面的话，那就变得复杂多了。”这时候，李振峰注意到有一些女生提着水壶从大楼后面走过来，便一拍安东的肩膀，“去，问她们，大楼后面是什么地方？还有别的路可以去吗？”

很快，安东回来了：“哥，是锅炉房。离这儿不到30米，从大楼后门都可以直接过去。现在是夏天，喝热水的人不多，到了冬天的话，会排长队的……”

安东话还没说完，李振峰转头就走，快步朝锅炉房走去，安东赶紧跟在身后，两人后来几乎是以跑的速度来到锅炉房的，眼前的一幕让李振峰顿时傻了——就在离自己不到两米远的地方，是个小型烧煤锅炉房，左面的门不断有学生拎着水壶进出，右面的门开着，有个锅炉工时不时走出来，用铲子挖了点地上堆的煤进去。

李振峰顿时脸色煞白，他快步走进右面的门，亮出证件后，语速飞快地对锅炉工说道：“马上给我把炉子熄火！尽快！”

“可是，从没熄火过啊，警官。”锅炉工一脸的委屈。

“这是杀人现场，给我关了！立刻！”李振峰怒吼了一句，“有任何责任我一个人承担！”

锅炉工一脸惊诧地迅速伸手关闭了闸门，顿时，耳畔传来一阵白烟冒出的刺啦声。

“马上给小九打电话。”李振峰冲着锅炉工把手朝锅炉房外一指，“出去！不准再进来。”

吓傻了的锅炉工立刻把手中的铲子一丢，蹿出了锅炉房。

一个小时后，安平大学城的锅炉房被团团围住，警灯闪烁，警戒线被拉了起来。

李振峰站在警戒线外，双手抱着肩膀看着锅炉房内进出的技术人员，目光深邃，脸上却毫无表情。

很快，安东走了过来：“李哥，目前为止在锅炉边的砖块缝隙里发现了这个。”他把一个塑料证据袋递给李振峰，里面是一串被扯断的白金项链，吊坠是一颗泪珠。

李振峰怔怔地看了半晌，最后闭上眼，发出一声叹息：“我见过这串项链，韩婷婷戴过，我第一次在市局接待她的时候，我就见过，她当时穿着白色T恤衫、浅蓝色牛仔裤，背着帆布包，我的印象太深刻了。”

“我想，我们已经找到她和陈静了。”

正说着，小九探出头来：“李哥，锅炉里有发现。”

李振峰突然转头问一旁脸色发白的锅炉工：“你们多久清理一

次炉灰？”

“一个月吧，有时候，有时候会半年……”

“到底多久？”李振峰冷冷地问道。

锅炉工终于吓得瘫软在地：“警官，不是我干的，真的不是我干的，我没有杀人！”

“我没有说你杀人，我只是问你多久清理一次？”

锅炉工哆哆嗦嗦地说道：“老，老锅炉了，温度都不够了，根本就，就懒得清理了。”

李振峰迅速对安东说道：“拆！”

“拆？”

“叫小九把这锅炉房给我挖地三尺拆个底儿掉！”李振峰咬牙说道。

站在看守所提审室里，李振峰的心情很糟糕。

“安东，你的资料可靠吗？”看着手中厚厚的打印纸，李振峰昨晚上失眠了。

“当然可靠了，小邓和小范跑遍了官林中学和附近的派出所，并且走访了她以前的老同学，再加上这份DNA，李哥，足够了。”

这时候，拖沓的脚步声伴随着不锈钢门开关的声音由远至近。

“她们来了。”安东说。

李振峰把视线从窗口那被隔成数小块的天空中硬生生地抽了回来，看向门口，首先出现的是女狱警，跟在她身后的那个女孩，既熟悉又陌生。

年轻女孩在椅子上坐了下来，女警围上防护栏，锁好，这才转身对李振峰和安东点点头，退到了一旁。

“梁美芳，你好，我是李振峰，这是我的同事安东，我们从安平市局过来，负责对你进行第一次提审，请你配合我们的工作。”李振峰的声音平缓而又冰冷。

年轻女孩一脸的茫然：“梁美芳？你们搞错了吧，我叫钱丽珠。梁美芳是谁？”

“好吧，我来帮你回忆一下，毕竟演戏演得太投入的话，往往也是会忘了自己是演员的。”李振峰轻轻叹了口气，“梁美芳，这是你的本名，安平市官林镇官林中学第132期高中毕业生，你的父亲叫梁成刚，母亲叫邱淑梅，都是官林镇官林村四组的人，他们至今都还以为你只是因为和家里闹矛盾所以才一直不回家，虽然你高考失利，但是考上了专科。这三年来，你没少给家里寄钱。

“有一个同学和你高中同班，叫任欣悦。她的家境很好，虽然没有你成绩优秀，甚至毕业都成问题，但是她有钱，平时还嘲笑你，更是当众霸凌你，你因此患上了抑郁症。可是你做梦都没有想到的是，班里没有人帮你，也没有人愿意出面为你说一句公道话，你除了学习，已经没有了退路，因为你的父母对你说过，如果你考不上大学的话，就和村长家换亲结婚。

“高考结束后，你心情很好，你知道自己考场上发挥得不错，你把自己的命运都赌在了这场考试上，你相信你会赢。但是结果却让你失望了，因为你的高考成绩是班里最差的，而这一次成绩最好的，就是那个任欣悦。你不相信这个结果，不相信一个平时考试只有二三十分的人能一下子考出官林镇最高的分数。

“你勉强考上了安平大学城内的一所普通师范大专，你无意中从同学那边知道，任欣悦考上了安平大学的中文系，并且听到传言说任欣悦的父亲托关系找人把你们俩的高考成绩互换了，这才造成了你的所谓‘发挥失常’，你不甘心，决定找任欣悦好好理论一番。”

说到这儿，李振峰长长地叹了口气，目光中满是无奈：“三年前，来报到前夕，你把她约到港口鱼排屋那里理论，你要她赔偿你，却被她拒绝了。她不仅傲慢地承认了成绩互换的事情，而且嘲笑你蠢。她知道你考上了同在大学城内的一所大专，第二天就要一起去学校报到了。尖酸刻薄的言辞让你忍无可忍，你对她下了手，因为她偷了你上名牌大学的机会，你恨她已经入骨。你掐死了她，并将现场伪装成上吊自杀。你知道任欣悦的尸体最终会被人发现，所以你仔细擦拭过现场，你本以为万无一失，结果呢，你把你的指纹留在了这儿。”

说着，李振峰拿出一张尸检相片，指着任欣悦变形的尸体脖子说道：“就是脖子上的这枚指纹，和你那幅画上的指纹匹配上了。”

“画？”梁美芳脸色一变，她皱眉看着李振峰，却没有说话。

“是的，画的事我等会儿再说。说回三年前，来这里上学的前一天晚上，你杀了任欣悦。你本以为她的尸体很快就会被人发现，结果呢，整整过了一周才被人发现，而那时候，已经没有人能认出她是谁了，任欣悦的父母也在前来安平的路上出了车祸，双双身亡。你就以为这事不会再有人追究了，对不对？”

梁美芳没说话，只是“哼”了一声。

“你安心返回学校念书，你甚至将杀害任欣悦的事情忘得一干二净。这时候，你无意中认识了美术专业三年级的陈静和她的舍友韩婷婷。陈静是个性格很古怪的女孩，不合群，脾气暴躁，和唯一的父亲也闹翻了，后者更是住进了医院，在陈静眼里只有钱是最重要的。韩婷婷也是农村考出来的，但是这个女孩个性懦弱，毫无主见，一切都听陈静的，甚至可以说是言听计从。

“一个偶然的机会，你去东大门停车场做起了特殊的生意，从此你花钱不愁。陈静来找你，说也想加入，你同意了，但是要求提成，起初的时候陈静也是答应的，你们关系变好了，甚至换穿衣服，经济上的宽裕让你感觉你已经夺回了自己的生活，这是你梦寐以求的人生。陈静甚至介绍了她认识的几个同学加入你的团队。可惜的是，陈静越来越贪婪，你根本没有钱去堵住她不断膨胀的贪婪和欲望，她想把你塑造成第二个韩婷婷。插一句，韩婷婷也去了东大门，但是次数不多，陈静想在你们俩身上抽头，这让你很反感。终于，你用对付任欣悦的手段杀了她，这回尸体不能再乱处理了，你把她丢进了学校后面的锅炉。你喜欢控制别人，而韩婷婷本就已经习惯于受人控制，所以你刻意接近韩婷婷来掩饰你杀了陈静这个事实。直到韩婷婷发觉陈静彻夜不归，又联系不上，这是反常的，情急之下韩婷婷决定报警。在警局的时候，她无意中在墙上的相片里发现了丁媛媛死后的样子，她顿时想到了你，于是回学校后便来找你理论，想证实是不是你杀害了丁媛媛，失踪的陈静是不是也被你杀了，结果自然逃不脱你的算计。

“你把她骗到了学校后面的锅炉房附近，说你想和她谈谈，于是，她消失了，你一个人扮演了两个人的角色。

“我们第一次见面的时候，你差点露了马脚，你和韩婷婷高矮胖瘦都差不多，而且只要刻意化妆，你们俩在陌生人面前是不容易被区分开的，更不用说你们还经常换穿衣服，对不对？你还刻意学了韩婷婷说话的声音，不得不说你的模仿能力真的强，只不过你却用来犯罪。而你没想到我会这么快就去宿舍，所以你有些慌乱，这打乱了你在204安静生活下去的计划。我走后没多久，你便把那幅画给割坏了，并且彻底打扫了房间，试图抹去你存在过的印记。但是你忘了一点，你用过韩婷婷的牛角梳，上面留下了你的一根带有毛囊的头发，所以我们确认在那间房间里还有另外一个女孩出现过，那就是你。”

“警官，那我问你，”梁美芳眼珠一转，笑眯眯地说道：“我为什么要在204生活，我不是自己有宿舍吗？”

李振峰微微一笑：“很简单，你要去读本科，那才是你本来的人生，韩婷婷和陈静的消失让你有了替代她们去教室听课的机会。你甚至打算就用她们的身份来生活。”

“有一句话不知道你有没有听过——当谎言被重复了一千次的时候，就成了现实。

“你之所以骗过了你的同学，因为你刻意塑造了两个不同性格的人，而且你们从未在同一个场合中出现过，你是韩婷婷，同时又是陈静。你的把戏被你的学生处老师金俊强看穿了，但是他没有揭露你，你知道为什么吗？”

本来一直都面无表情的梁美芳在听到金俊强的名字时，突然抬头，目光犀利地注视着李振峰和安东：“他需要我，他说过，我是他唯一的知音。”

李振峰重重地叹了口气，哑声说道：“你说的没错，他是离不开你，因为上一个拒绝做他的观众，并且瞧不起他的人，被他杀了，那人就是他的母亲，而你身上，有他母亲同样的特性，你喜欢控制别人的人生。”

“但是，但是我杀了他……”渐渐地，梁美芳开始啜泣，“这对我来说，是多么痛苦，我好后悔，他一定恨我对不对？我知道他在恨我。他不会原谅我的。”

看着梁美芳悲痛的样子，李振峰恍然大悟，喃喃地说道：“你爱上了他，这就是你死心塌地帮他的原因！但是你知道吗，他一点都不爱你，在这个世界上他只爱他自己。”

“你胡说，你胡说，你胡说，你胡说……”梁美芳的精神近乎崩溃，她不断地重复着这三个字。

一旁的安东忍不住了，从电脑屏幕后探出头愤怒地理论：“我们才没有胡说，你知道那次杀戮是他亲自安排的吗？他把那段视频实时传到了网上，你后来上了他的账号，难道你就没看到？你只不过是他利用的工具而已！”

“你胡说！”梁美芳抱住了头，放声大哭。

李振峰神情凝重：“金俊强这辈子唯一在乎的就是他自己，他想成为众人关注的焦点，为此，他不惜杀人。当他知道‘蜘蛛’成了他的竞争者时，他就把自己当作了最后的武器，但是自杀是很懦弱的表现，会被人唾弃，也不会有太多关注度。于是，他想到了被杀，他折磨你，当着那么多人的面，让你的杀人行为将你永远地钉在耻辱柱上，所以，你只是一个工具，在他眼里，你连个人都不是。”

字字诛心，李振峰的话就像一把锋利的匕首，彻底刺穿了梁美芳为她自己亲手编织的假面具。

“知道吗，我前几天一直都想不明白，你为何要杀了徐彦武，甚至不惜冒险混进急诊中心。我们后来查了病历，有一个叫梁美红的人不止一次因为试图割腕自杀而去了急诊中心，所以你是知道后面的外科病房的。你用割腕自杀来宣泄自己内心的阴郁，却没有去看过一次心理医生，相反只是一次次地逃避。但是这一次，在医院，你冒险进去后，不惜一切代价要杀了他，那是因为他认出了你，对吗？那个电话？一向小心谨慎的你从没有这么慌乱过，所以你不得不出手。”李振峰的声音中充满了不可思议。

“他不是个好东西，当初猥亵他的学生，逼得人家要去告他强奸，他杀了人处理了尸体，卖了钱还倒打一耙，真不是个东西！”梁美芳冷冷地说道。

“你认识方淑婷？”李振峰感到很意外。

“我和方姐是好朋友，她也是唯一一个同情我的人，我知道她的消失必定有问题。我认识‘小丑’后，曾经和他一起想办法去找过，但是都一无所获，我们甚至找到了模型公司，因为知道那几天她一直在和他们接触，但是翻遍了那辆集装箱车，都没结果。”梁美芳愤愤然地说道。

“那你杀徐彦武不是为了灭口？”

梁美芳的嘴角露出了一丝邪魅的笑：“我是替方姐报仇，让撒谎的人不得好死，我本来不想下手了，但这家伙居然找上门了，就是那个该死的电话。他听出了我的声音，我当初是给他留过言，因为‘小丑’说了，我们有些东西得放下，不能太执着。再说了，那时候我也不知道方姐死了，直到我接到那个电话。”

“那你为什么要对赵法医下手？”

梁美芳哼了一声，满脸的不屑："她多管闲事，给我发消息说要我自首，说我不是钱丽珠。那个傻女人，不知道图个啥。"

李振峰冷不丁地问道："你是怎么让钱丽珠相信你说的话的？"

"她很崇拜那个法医，"梁美芳夸张地扬起了头，"你没看到过她看法医的那个眼神，简直就像是在看自己的爱豆，哈哈哈，所以我就说我是法医办公室的，叫她去领下推荐表，她就傻乎乎地上了我的车。"

李振峰不由得倒吸一口冷气。

打印出来的口供上签过字后，李振峰和安东刚要离开，梁美芳突然开口："等等，李警官，你问了我这么多，该我问你问题了。"

李振峰停下脚步，转身看向她："你说。"

"你是怎么知道我是梁美芳的？"

李振峰微微一笑："宿舍里的那两幅油画，都是官林镇的老街，我就猜你可能是官林镇人，不得不说你的画风不错，我很喜欢，你很有天赋，可惜了。"

"你想知道那停车场掉下去的尸体是谁吗？我们可以谈条件。"梁美芳急切地说道。

安东的目光中满是不屑："谢谢你，我们都已经找到了，总共四段视频，对应四具尸体，除了丁媛媛以外，剩下的三具尸体我们也已经找到了，她们的名字，希望你给我永远记住——罗小贝、陈欣然和李连芳。她们都是间接死于你的手！还有啊，我们已经在锅炉里找到了人体骨骼部分残骸与几粒牙齿，监控视频中也找到了案发时间段内你所留下的影像资料，你同学也目睹了你和韩婷婷在一起争执的场面，就在你把韩婷婷骗到锅炉房附近的时候。所以，你已经没有别的路可以走了，哪怕你什么都不说，这些证据也足够把你送去法院了。”

“等等，我是认识‘小丑’，这没错，他毕竟是我们学校学生处的，你们说是不是？可是他杀人与我无关啊！”梁美芳声嘶力竭地说道。

李振峰轻轻叹了口气，小声对安东说：“给她看看丁媛媛的那份气管化合物检验报告。”

安东找出后拿给了梁美芳。

“这是什么？”梁美芳声音微微发颤。

“丁媛媛的深喉采集样本中发现了与安平大学摄影专业所使用的显影剂完全相同的成分，经确定是同一罐显影剂。金俊强杀人是铁定的事实，但是他所有的剪辑视频以及在他宿舍所翻出的死者相片，都是你拍的吧，对不对？”

“为什么不是金俊强拍的？你们凭什么怀疑我？”

李振峰笑了：“你得谢谢赵法医，她经过辛苦的工作，昨天上午才发现金俊强患有飞盲症，这种病一般中老年人才得，我不明白金俊强为何会得上，并且已经很严重了，达到了玻璃体浑浊的地步，而这种状况已经持续了很久，所以，他没有办法完成拍摄的任务，而且显影工作他也做不了，再加上现在市面上已经不会出售这种针对相片的显影剂，来源只有一个地方，就是安平大学摄影系。我想，你是叫丁媛媛拿的吧，对吗？最后，她却喝下了这个，留下了指认你们的证据。”

李振峰看着眼前这个彻底被击垮的女孩，慢慢说道：“当你遇到不公平待遇的时候，你本可以用法律的武器保护自己，但你的一念之差，不仅让其他无辜的女孩葬身深渊，而且让你自己在深渊中痛苦一生。就像尼采所说，‘当你在凝视深渊的时候，深渊也正在凝视着你’。”

梁美芳瞬间瘫软在了椅子上，掩面号啕大哭了起来：“对不起，对不起，我也不想这样的，对不起……”

“与恶龙缠斗过久，自身亦成为恶龙；凝视深渊过久，深渊将回以凝视。”等待着梁美芳的是法律的制裁。

开车回安平市局的时候，安东问李振峰：“李哥，她是抑郁症患者，为什么会杀人？”

李振峰瞥了他一眼：“谁告诉你抑郁症就只会杀自己？”

“我……好吧，好吧，你是专业人士。”安东长长地叹了口气，话锋却又一转，“对了，还有个问题，李哥，你不问她‘蜘蛛’在哪儿吗？她或许有线索呢？”

李振峰摇了摇头：“‘小丑’和‘蜘蛛’之间是对手关系和竞争关系，而这两种关系建立的前提是‘互相尊重’，一个连‘小丑’都看不上的，只会拿来当作工具的女人，你说，‘蜘蛛’会找她吗？”

“但是‘蜘蛛’好像消失了……”

李振峰的目光中闪过一丝冰冷：“他会出现的，我等着他。”

在车的后备厢里，有一束枯萎的香水百合。

“李哥，你相信徐彦武猥亵了方淑婷吗？”安东问。

“人已经死了，死无对证，反正目前我只看到一个结果，那就是梁美芳亲手杀了徐彦武，这就足够了。”李振峰的目光深不见底，“谎言重复了一千次就能成为真相，这个道理不只针对听的人，也针对说的人。”

尾声

我会回来的，等着我……

夕阳西下，韩婷婷的母亲魏淑芳呆呆地坐在自家老宅门口的板凳上，目光空洞而悲凉。这时候，一辆警车无声地在坡下停了下来，李振峰走下车，他定了定神，缓步走上小坡，来到韩母魏淑芳面前，冲她点了点头，眼神中满是同情。

魏淑芳目光中刚刚燃起的希望之火瞬间就被扑灭了。

李振峰从兜里摸出了一张相片和一串已经修补好的白金项链递给她，轻轻叹了口气，然后转身离开了。

看着项链上那熟悉的泪珠吊坠，韩母瞬间哭出了声，她知道自己的女儿再也回不来了。

安平市。

漆黑的夜色中，一辆出租车在安平路308号门口悄无声息地停了下来，李大强走下车，径直来到门卫室，他认识门卫老王，便打招呼道："老王，是我，李大强。我进去找下值班的欧阳，有点事跟他说。"

"你找欧阳工程师啊，没问题，没问题，他后天就要正式退休了，这两天正在加班加点干呢。那老头儿啊，我跟你说，也舍不得这里呢。对了，你儿子，在四楼。”门卫老王善意地提醒了下，随即嘿嘿一笑，又重新坐回了传达室。

李大强没有走进一楼大厅，也没有去找儿子李振峰，反而是绕过那棵银杏树，来到后门，那里是法医现场勘查车进出的通道，李大强对这里非常熟悉。他顺着卷帘门边上一摸就摸到了钥匙，然后打开了卷帘门的一条缝，够他钻进去就行。

李大强来到了法医解剖室的门口，他没有犹豫，继续往里走，直接走过通道，来到后面存放尸体的冰柜前面，这才打开灯，按照登记簿上的编号找到那具女性遗骸所在的柜子。

李大强深吸了一口气，接着便戴上手套，拉开柜门，看着那具用白布盖着的近乎风干的遗骸，他突然直直地跪了下去，老泪纵横。

此时，赵晓楠下班回到家里，推开门，她愈发感到浑身疲惫不堪，便反手带上门，锁好。案子虽然只破了一半，“蜘蛛”还没抓到，但是今晚多少能休息一下了。

洗完澡后，赵晓楠先是为自己拿了一罐冰啤酒，接着便来到里屋柜子边，找出那本相册，坐在父亲曾经坐过的那把椅子上，一张张地翻看了起来，突然，她的呼吸停止了——那张本该是她初中毕业照的位置上，却出现了一张自己穿着睡衣站在窗口眺望天空的相片。

她确信相片中的人是自己后，便猛地站了起来，来到门边检查了一下门锁，确认完好无损，又在房间里四处看了一遍，再次确认只有自己一个人，这才回到桌边，重新拿起了那张相片，开始估算拍摄者的具体位置。

反复计算后，她最后得出结论——自己被一架无人机跟踪了！

而且跟踪者还进入了她的房间，找到相册不说，还留下了那张相片，就好像在告诉她——我会回来的，等着我！

赵晓楠感到浑身发凉……